人文阅读与收藏·良友文学丛书

舒乙题

原丛书主编：赵家璧

特 邀 顾 问：舒　乙　赵修慧　赵修义　赵修礼　于润琦

出 品 人：马连弟
监　　制：李晓琤
执　　行：张娟平
统　　筹：吴　晞　姚　兰
装帧设计：赵泽阳

特别鸣谢（按姓氏笔画排列）：
韦　韬　叶永和　李小林　沈龙朱　陈小滢　杨子耘
张　章　周　雯　周吉仲　舒　乙　蒋祖林　施　莲
姚　昕　俞昌实　钟　蕻　郑延顺　赵修慧
以及在版权联系过程中尚未联系到的作者或家属

特别鸣谢：
上海鲁迅纪念馆
北京鲁迅博物馆
北京大学中国语言文学系
复旦大学中国语言文学系
中国作家协会权益保障委员会

人文阅读与收藏·良友文学丛书

在城市里

张天翼 著

中国国际广播出版社

良友版《在城市里》精装本护封

良友版《在城市里》编号页

良友版《在城市里》扉页

良友版《在城市里》内文

《良友文学丛书》新版出版说明

二十世纪三四十年代，著名编辑赵家璧在上海良友图书公司老板伍联德的支持下，历经十余年，陆续出版《良友文学丛书》，计四十余种。其中三十九种在上海出版，各书循序编号，后出几种则无。该套丛书以收入当时左翼及进步作家的作品为主，也选入其他各派作家作品。其中小说居多，兼及散文和文艺论著；第一号是鲁迅的译作《竖琴》。丛书一律软布面精装（亦有平装普及本），外加彩印封套，书页选用米色道林纸，售价均为大洋九角。

《良友文学丛书》选目精良，在现在看来，皆为名家名作；布面精装的装帧更是被许多爱书人誉为“有型有款”。不可否认，在装帧设计日益进步的当下，这套出版于二十世纪三四十年代的丛书外形已难称书中翘楚，但因岁月洗汰，人为毁弃，这套曾在出版史上一度“金碧辉煌”过的丛书首版已然成为新文学极其珍贵的稀见“善本”。

在《良友文学丛书》首版八十周年之际，为满足现代普通读者和图书馆对该丛书阅读与收藏的需求，我们依据《良友文学丛书》旧版进行再版（四种特大本不在其列）。本着尊重旧版原貌的原则，仅对旧版中失校之处予以订正。新版《良友文学丛书》采用简体横排的形式，以旧版书影做插图，装帧力求保持旧版风格，又满足当下读者的审美趣味。希望这一出版活动对缅怀中国出版前辈们的历史功绩和传承中国文化有所裨益，也希望广大读者多提宝贵意见和建议，以便我们把日后的工作做得更好。

《良友文学丛书》新版校订说明

一、本丛书收录原良友图书公司编辑赵家璧主编《良友文学丛书》共四十六种（四种特大本不在其列），乃为目前发现且确系良友版之全部。

二、此番印行各书，均选择《良友文学丛书》旧版作为底本，编辑内容等一律保持原貌，未予改窜删削。

三、所做校订工作，限于以下各项：

（1）将繁体字改为简体字；

（2）原作注释完全保留；

（3）尽量搜求多种印本等资料进行校勘，并对显系排印失校者在编辑中酌予订正；

（4）前后字词用法不一致处，一般不做统一纠正；

（5）给正文中提到的书籍和文章及其他作品标上书名号，原作书名写法不规范、不便添加符号者，容有空缺；

（6）书名号以外其他标点符号用法，多依从作者习惯，除个别明显排印有误者外均未予改动。

一

这艘拖船给小火轮龙翔号拖着靠了码头，丁寿松就给吵醒了。

右手一直趴住他旁边那个包袱，连那黑油油的长指甲都陷了进去。包裹布看来很有点年纪——灰里带黄，谁也看不出它出世的时候原来是什么颜色。上面捆着一道红带子，深深地嵌成一道槽，好像一个胖子给紧紧地勒着腰。

它主人可很瘦，那件长衫仿佛挂在衣架上一样。他腮巴凹进得很深，叫人疑心他是在使劲吸着什么东西。

他打个呵欠，咂咂嘴，把同舱的人扫了一眼。然后把视线钉到了船板上，出神地想着什么。稀稀朗朗的眉毛往上伸了一下，嘴角轻轻抽动着——爱笑不爱笑的。末了他嘘了一口气，于是把扁平的脑袋伸出窗子去看一看。

外面的阳光陡然往他脸上一拍——右眼给刺得直眯

着，下眼皮还颤动了一会。左眼可干脆闭着：似乎周围的肌肉有点嫌多，挤得它睁不开。

瞧着岸上那些焦急的脸子，瞧着那些人抢着踏上跳板往船里直冲，叫船上的都觉到了自己那种安稳不过的地位——幸喜自己占了先。有些还在船舱里拍着手打哈哈，指指那个给挤得落了后的女人，指指这个蛮牛样冲着的男子汉，谈论了几句又大笑起来。仿佛他们自己一辈子都不会来这一手的。

丁寿松也微笑着。他装做格外闲散的样子——居高临下地看着热闹。有时候对那笑着的几位会意地看一眼。

那些人好像要在他姓丁的跟前特别讨好，拥得更加起劲了些。个个人都用手推着前面的脊背，用嘴叫着向同伴招呼着：叫人觉得这地方出了什么大祸害——迟点儿就逃不了命。

等到上船的人渐渐多了，丁寿松这才对谁装鬼脸似的——霎霎右眼，缩进了脑袋。右手把包袱挪过来一下，让它紧贴住了自己的屁股。一面用提防着什么的眼色打量着挤进舱来的人。

那多半是些粗家伙，是些泥腿子，他们身上还蒸了一股汗味儿。

他忍不住把下唇窝了起来，成了一把汤匙，仿佛要把嘴里那些残余的梦涎兜住了不叫漏掉它。为了怕有个把粗人坐到他身边，或者竟请他拿开包袱拨出个空座来，他于是又闭上眼睛。

窗口飘进了一阵风。一些黑屑给卷了进来，就简直是些活东西——不轻不重地往人身上扑，跟手还带弹性地跳了跳。于是一阵什么野花香气也漏进了窗子，还混着大粪味儿。船身轻轻地荡着：底下河面上暗暗发出那种低沈的叫声，听去觉得它是在对谁诉苦。

各色各样的人还是往舱里拥。夹在中间的一位带瓜皮帽的先生——烦躁地皱着眉，拿肩膀撞开别人的肩膀，脚踹着别人的脚——让身子挤到前面来。他那只圆泡泡的鼻子发了红，大声叱斥着——挤什么呀，混蛋！把旁边一个乡下人一推，自己又逼进了一步。

丁寿松睁开了右眼。他旁边这空地方反正要给别人坐去的，他就选上了这位戴瓜皮帽的先生。他揪揪那位的马褂袖子，一面把包袱移到自己腿上。

那个嘴里一直嘟哝着，用着些挺文明的字眼骂了开去。并且还横了码头上的巡警一眼：他怪那些吃公家饭的连秩序都维持不了。然后又恶狠狠地瞧着那些落在他后面的人。

可是到处都滚着乱糟糟的叫声。那些客人一挤到跳板尽头，就很重很起劲地往船里一跳。好像他们已经第一步踏上了一个安安稳稳的太平世界——表示着一种了不起的决心，表示着一种得了救样的快活似的。

丁寿松连左眼也开张了一小半——动手来打量来身

边这位先生。脊背可紧紧贴着后面：那訇訇訇的响声震得他挺舒服，竟有在剃头店里给捶着背的那种派头。

他到底是个什么脚色呢，这位先生？整船的人——怕只有这一位先生跟他丁寿松谈得来。

现在上船来的都已经坐定了，有几个只能拿尾舐骨贴着坐位，摆出付登坑的姿势来撑住自己的身体。这儿那儿都在咕噜着，像是给挤压出来的声音。

于是这位先生把屁股往右边推动的一下——叫自己别尽挤着丁寿松。接着取掉了瓜皮帽，让他那秃脑顶来冒热气。

丁寿松也往左边耸过去些，并且在屁股上用着劲，不让别的人来动摇他俩的防线。他眼睛生了根地钉着那只发红的鼻子，还在嘴角上挂着微笑——等那位坐稳的先生掠过视线来。

到底——那位先生来招呼了他。好像知道天数派定他俩会做朋友的，很自然地对他点点头。

“你这位先生——也是上城里去的吧？”

丁寿松赶紧把后脑离开了板壁，笑着皱皱眉毛。他早就打算要说一大篇话了：

“是的嗄，唉。人家硬要找我，真是的！我——我——敝姓是丁。尊姓呢？”

“何。”

这个就挺内行地问：

“何？人可何啊？”

接着用食指在包袱写着；下唇往外兜着，好像要不这样——就记不住似的。

有几张脸抬起来看着他，大概他们都想要知道他是个什么来头，他决计要跟这姓何的谈谈。为了要表示自己的身分，并且要来得客气，他就叫别人“仁兄”。

“你这位仁兄也是到城里？——在哪块发财的？”

别人张一张嘴还没吐出声音，他又摇摇脑袋，吸足一肺的气谈了起来：

“我呢——我是不愿意上城里去的。公家饭实在不容易吃，我不瞒你说。人家谈起来：哦，做官哩。其实啊——没得玩头，唉。……有什么法子呢，不看鱼情看水情，唐老二硬要找我去嘛。……唐老二你晓得的吧，柳镇唐家的？”

这里他扫了所有的人一眼，把个脖子撑得挺直，眼睛里发着光。

“唐启昆么？”那位仁兄注意地瞧着他，掏出了一支纸烟也没去点火。“他跟你是——？”

等丁寿松开了口，何先生才擦燃了洋火。那支烟给揉得皱着弯着，歪头扭脑的活像一条蚯蚓。可是他用很快的手脚点着了，赶紧就把火柴梗一扔，仿佛这些事都要瞒着别人干的。

丁寿松可在溜着嗓子直嚷，眉毛几乎打眼睛上飞了开去：

“是啊是啊，唐启昆。他是我们亲戚。我看他们唐家里是——‘启’字辈里就只出了个二少爷。好的不在多，一个抵十个。人家说起来：我家姑老爷死得早，可惜哩。其实……”

“你家姑老爷？”

“是啊。哪，就是那个呐——唐大少爷，你总晓得的吧？唵，大少奶奶就是我们丁家的。……”

他似乎听见有人在咕里咕噜，显然是谈着一位什么大人物。那几张酱油色的脸子在对面幌动着，偷偷地看着他。

于是他闭了会儿嘴，把狭长的脸子仰起点儿。

那位何先生好像要凑趣似的，一步紧一步地要把丁寿松的来头盘出来：

“那么你这位先生是……丁仲骝是你的——？”

“平辈，平辈，”丁寿松等不及地赶快接嘴。“我们是堂房兄弟，我们是——嗯，嫡堂的。唐二少爷比我小一辈，总是‘松大叔，松大叔’的恭恭敬敬叫我。我叫做寿松——木傍松字。我呢……”

听的人可移开了视线——钉着前面出了会神。然后使劲抽了两口烟，把烟头火捻熄，用种挺谨慎小心的劲儿藏到了衣袋里。

丁寿松睁大了右眼——巴巴地看着对方。嘴巴张开了一半，下唇水渌渌的，一掀一掀地在动着：显见得那一肚子话是实在关不住的。

毕竟那位何先生转过脸来了。他问到了丁仲骝近来怎样，问到了丁仲骝的两个儿子。看来丁家的事他很明白，很关切。可是脸上摆出一付满不在乎的神情，只瞧见他眼睛在闪着。

丁寿松几乎站起来。手在包袱上一敲，大声叫：

“哪里！哪里！丁仲骡哪里有两个儿子！……呃，他只有一个！真的，一个！”

于是庄严地看着对手，准备着一场激烈的争论。一面项起了脸子，把满舱的人都扫了一眼，似乎要找个把脚色来帮他卫护这个真理。

一会儿他又心平气和地说下去：

“哪，我告诉你嗄：儿子倒真的是有两个，不错哩。其实大的那个——早已八百年就过继给大太爷了。他自己光只留下了小的，他啊——哼，真是的！什么都不懂……”

“就是那个丁文侃啊？”

“嗳，你这位仁兄！”丁寿松苦笑着，没办法似地拍拍包袱。“大的才是文侃哩，文侃是过继的那个。小的是文侯——城里的人个个都认得他：嫖呀赌的他行行精，只会花钱。穷人生个富人体，真是没得法子，唉！”

他摇摇头。他怕别人这里会打断他，就又赶紧接了下去——有条有理地叙述起丁文侯的事来。脑袋往何先生那边凑着，苦着一张脸，压着个嗓子，仿佛在报告什么秘密。声音仍旧很大，连舱门外的人都听得见。

那一位在鼻孔里“唔”着，耳朵给震得有点难受，直霎着眼睛，有时候要插句把问话：

“真奇怪，文侃有钱给他去嫖么?”

“文侃给他钱?——文侃哪里来的钱！我们这位文侯少爷呀——唉，真是的！偷呀抢的他都来，不瞒你说。”

接着丁寿松用种挺严肃的脸嘴声明着：并不是他欢喜把丁家的丑事传扬开去，他只是讨厌这个败家子。这里他苦笑了一下，拿两只手背着急地敲敲包袱。唉，真是。这小伙子已经活到三十六七岁了——可没有一桩事做成的。

原来那位丁文侯也找过唐启昆：想要谋个差使。唐二少爷当然不睬他。一个正派人是看不起这些家伙的。

“真的，他干得了什么事嗄，干得了什么事嗄！哼，还想做官哩！”

“他那哥哥呢?——丁文侃不管他么?”何先生搔搔头皮问。

这回他没答腔。只把下唇窝了起来，左眼轻蔑地看着。

忽然舱外面起了吵声，水手们奔上奔下地忙着。跟手龙翔号就发了一声喊，好像对人威吓似的。整个世界给震得颤动了一下，船舱里的客人都发了一阵麻。

那位何先生往窗子外面瞟了一眼，岸上那些嫩绿色的秧子似乎叫他记起了一些什么，小声儿问：

“仲骝老先生还有一位小姐吧？”

“哦，小凤子啊？是的。这丫头长得倒还不错。他家里出女不出男，两个女儿都好，怕是他家坟山有点那个。”

他睁大了右眼，让左眼珠偷偷地露出点儿亮光——钉着旁边那张圆脸，对风水发了点儿议论。

小火轮给谁捶着那么响了起来，河水也哗哗哗地叫着。于是又发两声喊，声音直冲到了天上。什么地方起了回声——好像碰着了流云给弹回来的。这艘拖船把身子斜了一下，就看见两边的岸慢慢移动，慢慢打旋了。

窗口上流进了一股凉气，叫客人们都觉得在大热天喝了一碗冷开水的样子。

何先生透了一口长气，带上瓜皮帽。他眼睛不看着丁寿松：

“他们嫁那位大姑太太——总有一点陪嫁吧？”

“唐家那个大少奶奶啊？”他鼻子皱了皱，把下唇兜出了些。“哼，陪嫁哩，他们看唐家里家私大，死命地要攀亲。哦，好，到婆家三年——就死了男人。命里不招嘛，你有什么法子！陪嫁？——哼，教洋人读三字经——谈不到。”

他看不起地抡了抡眼珠子，拿长指甲在水渌渌的下唇上一扫，向对面毕卜毕卜一弹。屁股往左边移动一下，好让身子整个儿转向何先生这一面，嘴里背熟书似的：

“我们家连那位仲骝二爷啊——不瞒你说，真呕死人。天不管，地不问，什么事都让他大太爷去做手脚。好嗄，做生意哩。我们那大太爷也不想想——自己到底是不是个生意人。店一倒，连祖田也赔了出去。大太爷死的时候——张罗了好一阵子才开得成吊。唉，你看。……如今就只剩下城里那所房子，拿什么做嫁妆，你说？”

闭了会儿嘴，他又谈到他们丁仲骝向唐家里借钱的事。然后伸长了脖子，把话锋完全转到那位唐老二身上。脸子兴奋得有点发红，嘴角上挂着唾沫泡。

可是何先生打断了他：

“呃，你们仲骝老先生——他跟他大房总没分家吧？”

“有什么东西分呢？”丁寿松下巴一翘，摆出付当然这样的脸色。“屁！分哩！吃呀穿的都靠文侃几个辛苦钱，还靠——还靠——”他把歪着的嘴巴凑到了别人耳边，“还靠唐家贴几个。”

说了就看了对手一会儿，他舔舔嘴唇。两手作着势——又打算告诉他唐二少爷的做人。

那个——一个劲儿问着他们丁家。

“我看——你们仲骝二先生如今总留了几个。他家文侃当了秘书长……”

“什么!”丁寿松一跳，大腿上那只包袱几乎摔到了地下。“什么长啊，你说?……嗳，没得那回事!没得那回事!他还当什么长哩!哼，你真是!”

“呃，真的，真的。我看了报：的确是丁文侃。丁文侃在个什么部里当了秘书长。”

这么着他们两位先生中间就起了争论。

那位仁兄并没举出什么靠得住的证据来。只冷冷地点着头，用种斩铁截钉的声调，一口咬定他自己的话。看那劲儿，叫人觉得丁文侃这回当了那官儿——就简直是他这位姓何的保荐的。

丁寿松可热烈得肚子里都发烫。他颧骨发了红，嘴唇用力地掀动着，恨不得要把他的对手狠命揍一顿的样子。什么，丁家里的人难道不明白丁家里的事么!文侃那个小子——嗯，又矮又小，天庭也长不开，下巴也兜不起：这么付相貌会做官?吃过报馆饭那倒是真的：他知道。后来似乎在个什么人家里当教书先生——不过他丁寿松有点记不准了：他这几年一直呆在他家里没出来。可是他当叔叔的——嗯，早就看透了那小伙子是个什么脚色。

他来得太奋激了点儿，就有点管束不住自己那张嘴：

“那小伙子当什么长啊？哼，屎里放屁——没得那回事！”

说到那个唇音字的时候——唾沫星子就往别人脸上一喷。

同舱的客人显见得都站在他这一边。他一开口——大家就对他瞧着，一面瞅瞅那位何先生，似乎要看看那一位还有什么说的。有些泥腿子竟笑起来，不过压着声音，仿佛在那些先生们面前放声打哈哈是不该的。

这里丁寿松就向对方提出个理由来，拿食指使劲顶着那只包袱：

“我问你，我问你：文侃要真的做了官，当了那个长，怎么他不把祖田买回来呢？”

那个吓了一跳似地看着他，愣了好了会儿。

“把祖田买回来？”那张圆脸忽然绷得紧紧的，小声儿问。

丁寿松得意地微笑着，脑袋在空中画着圈子。

“是啊，是啊，”他声音提得很高。“哪，这个样子的，我告诉你：我们家里那个伯骥，那个大太爷——人倒是个好人。他做生意做亏了本，连祖田也卖个精光，他怎么对得起他们仲骝二爷呢，呃，可是啊？他临死时候就跟文侃说过的，他叫文侃一发迹——就把祖田买回来。其实啊——嗯，你瞧着罢！……发迹哩！”

他下唇一突，带着打了胜仗的神情盯着何先生。他看见别人已经给封住了嘴，就趁势逼紧了一步：干脆赌了个咒。

“他要是真的做了官，我这个当叔叔的就在地下爬给你看!”

于是长长地嘘了一口气，拿手抹抹嘴，把脸子转向着窗口。他好像已经做完了一桩大事，放心地吸起那种带腥味儿的空气来。眼睛眯着看着外面，眉毛鼻子都打起皱褶，仿佛他要痛痛快快打个嚏喷——可又打不出的样子。

河面越走越狭，看来简直会把这艘小火轮夹住。绿灰色的水给龙翔号剪成个楔形，打船头两边卷起两条浪纹，翻着滚着——拍到了岸上。

何先生又关心到丁仲骝家里那位没出嫁的小姐了。何先生问起她的年纪，她的品性。他已经把口里那截烟屁股抽了好一阵，一直到短得烧着了指甲的时候才毅然决然把它扔掉。

那一位的嗓子发了嗄，嘴角里不断飞出白沫来。他好几次要把话锋转到唐老二身上去，好像一个男子汉忍不住要谈到他的相好女人似的。可是他没办到。于是他凭他记得的一点儿——告诉了别人。他最后一次看见他那位侄小姐，她还只十八岁。唵，这孩子长得很嫩，脸子白漂漂的很逗人爱。他并且还把她那种活泼劲儿模糊地描写了几句。仿佛她打那年到现在年纪一直没有长。

末了他正正经经下了个结论：

“说起来真叫人不相信：我们仲骝二爷倒有那么个好丫头。”

“那——那——”何先生显得有点着急的样子，“那你有多少年不见了呢，跟她？”

“哦，唔，这个——唵，怕有十三四年了吧。……我不瞒你说：城里我以后倒去过好几趟，不过我没有去找我们仲骝。说起来是不错，一家人哩。其实啊——唉，真是！我跟他合不来。我倒是跟唐家里要好点个：唐老二把我当亲叔子看待……”

他笑了一下，又庄严着脸色看大家一眼。

龙翔号像喝采那么吼了一声，叫客人们吓了一跳。这两艘船往前面那座石桥直冲，看来后面似乎有什么追赶着它。河身在这里成了个牛角尖，浪纹给挤得狂喊着，发气地扑到两岸的草上，打到那些树根上，然后又流苏似的泻回到河里。

有人正在那里耽心——怕小火轮钻不过这个桥洞的时候，给闷住的水声可一下子放开了。哗哗哗的声音打船跟前卷开去，一直溜到四面八方，溜到很远很远，好像这两艘船成了全世界的中心。

大家眼面前一亮：他们已经给带到了一个大港口里。有谁得了救那么透了一口气。

姓何的那位仁兄不再开口了，好像刚才已经办完了正经事。眼睛呆呆地瞧着前面的岸——一抹黑色的土上镶着一线绿的。

闷得难受的丁寿松嘘了一口气，自言自语地咕噜着：

“唔，只有七里。……”

小火轮往南转了个湾。这艘拖船一直是往前冲着的，这里意外地给拨动了一下，身子就往右边一歪，尾巴往左边一甩，看来它很勉强才改了方向。

“唉，”丁寿松摇了摇头。“日子过得真快：我有三年没走这条路了。”

过会儿他又嫌烦似地说：

“真是的！城里怕已经改了样子。……”

接着又无缘无故哼了句成语——“江山好改，秉性难移”。

可是何先生把屁股移动一下叫自己坐舒服些，两手筒到袖子里，竟闭上了眼睛。

“哼，这位仁兄一定有毛病，”丁寿松在肚子里说。茫然看看四面，咽下一口唾涎。“快要到了——还打盹哩！”

河面上小船渐渐多了。那些船夫们冲着小火轮嚷着什么，拼命摇着橹——往岸那边避开去。可是龙翔号直往前冲，激起了山丘样的水浪，把那些渔船什么的搅得没有命地幌着荡着。

丁寿松这就爆出了大笑：

“要翻下水了，要翻下水了！哈哈哈……”

声音空洞得连自己都害怕起来，仿佛全世界就只有他孤零零一个人。

他右边那个还是闭着眼没理会，好像已经看透了他丁寿松的底子——认为他不够朋友似的。别的许多视线可落到了他脸上，似乎他们知道了些什么事情，摆出副瞧不起的神气。

“混蛋嘛!”丁寿松小声儿打了句官腔，偷偷地把眼睛扫他们一转。

怎么，难道有谁认识他么？他侧过脸去看着外面。他记一记他先前说的那些话：他可并没瞎吹。他的确天生的是唐家的亲戚。

外面——一些很熟的景色在对他打招呼。他像看西洋镜似地闭上了左眼，瞧着天慈寺里的宝塔——像辣椒的那个。它身边那些瓦房——黑的白的夹在一起，看去似乎是一碗木耳煮豆腐，还烟扑扑正在冒着热气。

那抹灰黑的城墙也落到了眼底里，叫他想起唐家温嫂子那排牙齿。

忽然他心跳起来。呼吸也不大顺当。连他自己都摸不清这到底是欢喜，还是感到了什么坏兆头。他怕别人看破心事似地瞟了何先生一眼，就拼命想法子镇定自己。他消遣地想：

“温嫂子是个好人，怪不得太太跟二少爷都相信她。”

可是他叹了一口气，他觉得有什么东西给人占去了的样子。

城墙轮廓渐渐分明起来，还瞧得见剥了砖的地方——现出了凸凸凹凹的黄泥。他站起来又坐下去，趴着包袱的两手直发紧。他又希望快点儿到岸，又希望永远走不到。

码头上的鱼腥味儿可飘到鼻子跟前来了，那些嘈嘈杂杂的声音也听得见了。

船还没有靠好，那位何先生就猛的张开眼睛站了起来，推开了前面的人冲出去。到了舱门口才记起世界上有个丁寿松，回头嚷了一声——

“走呀！”

接着听见他一路骂着：

“该死，挤什么呀！一点秩序没有！”

“虚里虚糟的东西！”丁寿松走在大街上，感到受了什么侮辱地嘟哝着。“哼，他是什么家伙！——睬都不睬人！”

他闻着炒什么的油味儿，咽下一口唾涎。他腿子没了劲儿，挟包袱的左膀子直发酸。嘴唇动着骂着：他现在这么不舒服，这么闷气——仿佛都是那个姓何的害的。

于是他一到了唐公馆，就把脑袋往门房里伸了进去，要把闭久了的嘴唇动儿下来舒散舒散似的，一口气说着话：

“老陈，老陈！……你还认不认得我了？……怎么？我是丁寿松哎。……刚刚到。唉，累死我了！……你怎么样？——看你发了福了嘛，哈哈哈！……呃，呃，说句正经话：呃，二少爷可在家？——烦你通报一声。真的，真的。……”

那个老陈也不表示认得，也不表示不认得，只瞧了他一眼，随后就一拐一拐地走了进去。

二

丁寿松一给带到了里面，他就觉得他这趟来得不大凑巧：唐二少爷今天要到对江那个省城里去。他知道他那位阔亲戚还是那个老习惯：一个月里面总得过江去一次把，并且四五天就回来的。不过他总感到有点失望，仿佛他碰到了不好的兆头。

“去做什么呢，真是!”

接着他又想：

“嗯，怕的又是有个雌货迷住了他!”

他心头竟有点酸溜溜的，可是他用种很感动的脸色跨进了那个书房。

这间房子很暗，一走进来就觉得一阵凉气。四壁似乎要跟这有气没力的光线赌赛——那些字画发着灰黄色，看去只像是墙上的霉斑。

那位启昆二少爷正把上身伏在桌沿上，一个人在那里喝稀饭。他嘴里哪一丝肌肉都在跟滚烫的流质挣扎着，搏斗着，把他那张长方脸搅得动着扭着。一面发出唏唏嘘嘘的响声，好像他什么地方受了伤。

唉，唐二少爷比从前老了点儿：脑顶上多了几根白头发。不过那抹崭齐的胡子还是又黑又有光泽，气色也不坏，实在看不上四十几岁。并且他仍旧吃得很多，用他全力使动着筷子——仿佛这两根银棒很有些斤两。他把一块葱油烧饼整个塞到了嘴里，又夹起油滴滴的肉包子来。他脸色很认真地嚼着，把一双有点红丝的眼睛钉着那盘盐水猪肝，腮巴肉扯动得很起劲。看来他简直是在尽什么神圣的义务：他生到世界上来就只为的这个。

那位客人驼着背走进来的时候，二少爷好像怕给分了心似的，只随便瞅了他一眼。

可是丁寿松用激动的声音叫了起来：

“二少爷！你发福啊！”

接着把包袱捧宝似地放到一张红木椅上，他就施起本地顶隆重的礼节来。他哼了一句——“拜年！”一面用种挺熟练的手法跪了下去。

二少爷稍为踌躇了一下，就认为自己可以不必站起身来。他只用手摆了几摆，又像是表示不敢当，又像是嫌别人打搅了他的用饭。嘴里不方便地响着：

“呃呃，呃！”

他瞧着别人伏下身子去，一面皱着眉，似乎嫌那个的姿势不大好。

为了跪着的地方离他太近，丁寿松磕头的时候不得不把脖子缩着点儿，脊背就更加驼了些，看来显得格外恭敬，格外有那种小人该死的样子。于是二少爷觉得自己仿佛又给垫高了许多，脸上放着红光。并且忍不住想要挑出对方的错处来似的，摆出付讨厌的脸色来瞧着客人——等他先开口。

丁寿松早就摸熟了主人的脾气：他知道二少爷一辈子看得顶要紧的是一个娘，还有一个寡嫂。于是他开头就提到对方的母亲。

“大太太康健？我去给她老人家拜年。”

“呃，等下子！”那个把脸用力地一幌。“她老人家没有起来。”

那位客人可还打算往外走：

“那我们那位姑奶奶……”

“早哩早哩！……你坐罢！你坐罢！”

说了就送一块萝卜头到嘴里，慢慢地嚼着。他看看丁寿松，又看看那些碟子——似乎怕人抢去。

墙上的挂钟拖下一个很长的摆——重甸甸地摇着，替他的嚼声打着拍子。有时它格达响了一下，人家当它会敲起来，可是偏偏没有声音。好像它知道它自己活在这唐家里不是为的要报时辰，只是让它涂金的雕花在这里给客人们欣赏欣赏的。

天上大概有云在流着。这屋子里一下发了点亮，一下子又暗了下去。于是那些红木家具时不时在变着颜色——一会儿浅，一会儿深，像二少爷的脾气那么捉摸不定。

丁寿松为了特别客气些，他不去坐那些光烫的椅子。只把半个屁股搁在一张骨牌凳上，腰板稍为挺直了点儿。

“大太太——她老人家——”他感慨地说，一面咽了一口唾涎，“唉，真是的！她老人家真好福气！……她老人家——她老人家——那个背疼的毛病可好点个了？”

那个瞅了他一眼，校正他一下：

“膀子疼。”

照丁寿松平素的脾气——准得有一场争辩。可是他忍住了，只表示了有点惊异，右眼睁得大大的：怎么，膀子啊？接着可又不放心起来，很仔细的问着疼得怎么样，有没有贴膏药，好像他是个医生。最后他屏住了呼吸，焦急地等着别人回答他。

“唔，今年没有发，”唐老二很不经意的样子。连眼睛都没抬起来。

丁寿松总想要别人转过脸来，可是等个空。他脸上皮肉缩紧了些。右眼就睁得有点费劲。怎么搅的呢——唉，他那位亲戚没往年那么看得他起了。其实自己在家乡里也有五十亩田，也穿着长衫受人尊敬，并且那些泥腿牛常常有事情请教他的。

“人家还说唐老二是孝子哩！”他在肚子里嚷。“哼，问起他的娘来——他倒他倒——不相干似的!”

倒还是他丁寿松关切些。他问:

“她老人家背脊——呃膀子——一点不疼啊?什么膏药贴好的嗄?”

等到他听说并没有用药,只是在天慈寺许愿许好了的——他就快活得全身都幌动起来,右眼霎呀霎的流眼泪的样子。他一面提高嗓子发着感慨,一面叹着气。

唉,大太太是——菩萨当然保佑她老人家。不过他认为二少爷的功劳更加大些。

“二少爷你老人家——唉,孝心感动上天:我晓得的,我晓得的。”

那个把嘴唇包着,嚼得轻了点儿。挂钟敲起来的时候——他还嫌它吵似地皱皱眉,可是它满不在乎慢慢响了十一下。

丁寿松活泼了起来,话也渐渐来得流利了。他打着手势,腿子也在桌下动着,轻松得连骨头都脱了节。嘴里反反复复谈着启昆二少爷的孝行,好像生怕对方不知道。他又叹气,拿手背抹着湿渌渌的下唇。

末了——他还举出别人的话来做佐证:

“他们都说嘛:唐家二少爷真是!好心有好报,怪不得如今当大官哩。孙少爷呢,书又读得好:常是考第一,他们说的。”

“哪个说的?”二少爷拼命装出付平淡的脸色。

“哪个啊?……都是这个样子说。小火轮……唵,大家也谈的。”

原来船上的人——一个个都在谈着唐二少爷:那么个好人出现在世界上,出现在城里,真好像是个菩萨落凡。唐家全家的人又都那么出色,跟那位二少爷配得很得当。至于他丁寿松呢——他只叹气,唉,真是的!他在这三四年里面没有一天不想着他这房亲戚,没有一天不跟家里人谈起:

“唉,我这一辈子就只靠二少爷。真是!二少爷待我们真好。说话要扪扪心,真的!”

他并且还细细地告诉他那两个种田的儿子:他要叫他后代都记得这位好人。

那位二少爷慢慢吃完了饭,慢慢向客人转过身来。他脸上有点发红,气色显得更加好。他自己也不知道这到底是喝了稀饭之后身上发热,还是有一种轻飘飘的快乐感觉熏得他这样。

随后他用种很温柔的声音叫高妈打手巾把子给他。他挺舒服地靠在椅上,打一个小木盒子里掏出一件精致的小银器来:这还是四五年前的那根牙签——用银练跟挖耳子吊在一起的。他很周到地剔着牙,还拿小指去帮着挖呀括的。他时不时插句把问话:

“怎么呢?……怎么说的,他们?”

反正现在去赶公共汽车还嫌太早，他就打算让客人谈完了再走。他觉得丁寿松这人还不讨厌。可是有时候他脸上忽然感到一阵热：他看着对方那付过于谦卑的样子，过于小心的样子，反倒叫他起了点疑心。到底是说正话还是说反话呀，那家伙？

全屋子都静悄悄的，表示着一种大公馆的庄严。只有丁寿松一个人在咭咭刮刮，似乎四面还起了嗡嗡的回声。他嗓子发干发嗄，好像破竹子在空中甩着的声音。他求救地瞅一眼茶几——可是那些听差老妈竟忘记了替客人倒茶。

末了他提到了他这趟的来意，他要请二少爷赏他一碗饭吃。

“二少爷待我好，我只要跟二少爷做事。……”

他哭丧着脸盯着对方的眼睛——等着别人表示一点什么。

二少爷那双眼睛中间隔着一座宽鼻子，叫人疑心他的视线不会有交点。那上面涂着一些红丝，好像老是睡不够似的。不过它还发出又威严又同情的光来。丁寿松总觉得那双眼珠子生得不大平正，可是仔细瞧去，又不知道它的毛病到底在哪里。

“怎么的呢？”二少爷问。“你们乡下也搅得这么糟法子？”

“是嗄，是嗄，唉！三五十亩的人家——唉，真不得了！一年水一年干的。还要闹土匪。”

“你们那块也有土匪？”

“怎么没得呢。唉，如今世界好人少，没得吃的就抢。”

他还想往下说，可是外面有脚后跟顿着砖地的响声。连二少爷也注意地望着门口。他们瞧见那位温嫂子拎着个红漆木桶——要打外面厅子穿过。

那个女人仍旧是那么付俏劲儿。太阳穴上贴着头昏膏药，眉心里扭痧扭得一撮红的。眼睛永远是那付朦朦胧胧的样子，还对书房这边瞅了一眼。她冲着丁寿松扭扭脖子打招呼的时候——很俏地笑了笑，露出那排整齐的黑牙齿来。

二少爷巴望着什么似地问她：

“大少奶奶起来了吧？”

“没有哩！”——那个看不起地答一句，披披下唇走掉了。

这叫丁寿松吓了一大跳，连神经也紧张了一下。怎么，温嫂子现在伺候大少奶奶，温嫂子——嗯，奇怪！她竟没把二少爷瞧在眼里！怎么搅的呢，这是……然后他从男女事件上面去着想：唐老二只管是个好人，在这方面可招人说了许多闲话。这回——说不定是温嫂子故意卖俏。

于是他没那回事似的，苦着脸又回到原来的话题。

唐启昆想起刚才那回情形给别人瞧了去，就瞪着眼对着他的客人——看看那个的脸色。可是对方什么表示都没有。

“混蛋！”他暗暗地骂。他不相信那个姓丁的就这么麻木：越是故意装做不懂事的样子，故意不露出什么神色来，他就觉得他越可恶。

然而最后他还是答允替那个家伙设法，并且还问：

“你有地方住没有？”

“哪里有呢。客栈住不起，我……二少爷赏一个脸，给我……”

“好好好！你就住在公馆里罢！……小侯！小侯！——打车子！”

他出门之前还是照着他平素的礼数——到嫂嫂房里去叫一声问安，还到母亲那里去告辞。随后带上那付茶色平光眼镜，挟着一个肥泡泡的黑皮包，坐上包车叮叮当当地走了。

只留下丁寿松在大太太房里拜年。

这回丁寿松没多说话：大太太老不停嘴，叫他没机会开口。他只应着——“是，是。”他在这里竟听到了一些意外的消息：原来他那本家丁文侃的确当了什么秘书长。唐二少爷的局长位置呢——交卸了！

他脊背上流过一道冷气，又流过一道热气。他觉得坐着的椅子幌动了起来。

那位大太太可没住嘴的意思：想不到一位六十二岁的老太太——还这么有力气说话。她把一双手搁在茶几边沿上，看去像是用盐腌了许多时日的，又干又白，跟她那张皱巴巴的脸一样。那两片薄嘴唇很快地一下子缩紧，一下子掀开，发出嘶嘶嘶的声音：显然她那排假牙没镶得妥贴，一说起话来就会透风。

“他们真是希奇巴拉的，”她把脑袋凑过去点儿，仿佛告诉他一件了不起的机密事。“当秘书长有什么稀奇嗄！——比印花税分局长还小一品哩。你们二少爷连这个局长都不情愿玩，硬辞硬辞才辞掉的。嗯，真的也难怪他。人家当局长赚钱，你们二少爷呢——还赔本。再玩下去——家里田都要卖光了哩。……你们二少爷说：做官没得玩头。真的你看看嗄：你们二少爷当局长的时候——今儿个县太爷请酒，明儿个商会请酒，他还嫌烦哩。今年子正月里初二起，一直到——到——”

这里她转过脸去问她孙女五二子：

“到十几啊，那回子？”

那个十一岁的五二子正在挑着花。客人进门的时候她打量他一下，又低着头去做她的事，这时候她就很快地答：

“到十九。”

“唔，十九。你看！一直到十九都有人请，他一直没在家里吃过一顿安稳饭。……搬到城里来总是应酬大：

人家总要请你们二少爷管管事。早就说要下乡找管田的说话，总没得个工夫。乡下这几年也真是！……哦，真的，你两个儿子呢？还好不好？"

"他们……"

"你们二少爷啊——辞了局长还是忙。真的。丁文侃那个秘书长——还是你们二少爷帮忙才玩成的哩。你们那个本家，你晓得的，从前五块十块的常是来告帮。那回子我家那个亲家太太来借钱，说是——说是——"

她掀着嘴没有了声音，用询问的眼色看看她孙女。于是五二子微笑着，口齿很清楚地报告了那句话：

"她说：'救人一命，胜造七级浮屠。'她说：'亲家太太哎，做做好事嗄。'……"

大太太就格格地在嗓子里笑着，她那孙女用光闪闪的眼睛瞧着客人，爱笑不笑的——似乎表示她从前小时候就认识他，又仿佛要看破他里面的心事。

丁寿松可笑得很忸怩，他决不定要不要走出去，肚子里老反复着那个疑问：

"怎么搅的呢？怎么搅的呢？"

以后大太太的话——他几乎没有听进去。大概她谈到了城里的一些情形，又谈到了公馆里的开销。

"我呢——还是柳镇住得惯点个。柳镇真是个好地方。你到那块去的那年……哦，真的，你是哪年到过那块的啊？"

这位客人惊醒了一下：

“柳镇啊？——我是……”

“柳镇什么都好，就只是有些个坏人不得了——抢东西放火他都来。你们二少爷才不放心我哩，硬要接我到城里来住。也是天照应：要是我还在柳镇的话，那场倒头的大水就逃不过……”

忽然——五二子好像感觉到了什么，猛的抬起了脸。她把挑花绷子往桌上一放，蹑脚蹑手走到窗子跟前，掀开一小角窗挡望外面张了一张。

“怎干？”她祖母吃惊地问。

那位孙小姐摇摇手，对窗子那边努努嘴，又拿两只手指指自己的太阳穴。

于是大太太提高嗓子问丁寿松饿不饿，还叫韩升照拂这个远客去吃早饭。等别人挟着包袱要出房门的时候，她又大声说：

“你这回还没看见你家姑奶奶吧？——去看看嘎！”

为了大少奶奶还没洗好脸，丁寿松就在门房里等了一个多钟头。他的住处是给安顿在这屋子里的，跟老陈拼铺。他把包袱放在一把快要散了的太师椅上，这才坐上吱吱叫着的床沿——老远地想了开来。

三

“见了鬼，”丁寿松嘟哝着，觉得自己做错了什么事似的。

什么地方有綷里嗦噜的响声，好像有谁在捣鬼，又像是搓纸的声音。听着叫他更感到寂静，更感到自己是孤孤单单的，好像这屋子里那些人——压根儿就不知道添了一个客人。

那位老陈一会儿回到门房里来，一会儿走出去——不知道忙些什么。可是走起来总是慢慢的，轻轻的，似乎拼命要叫他那只瘸腿踏稳当了——拐得像样些，他一直没跟丁寿松说一句话，也没看一眼。

丁寿松想要晓得别人到底看不看得他起，他故意想出些话来问：

“呃老陈，真的，你在这块干了七年吧？”

过了好一会儿，那个才冷冷地瞅了他一眼：

“哪里止！”

“哦，九年哩，怕有？”

他没等着回答。于是又问：

“九年，可是啊？”

“没得。”

这位客人有点不舒服，他一定要知道这回事才放心。他紧瞧着老陈的背影：

“那么几年呢？”

沉默了十来秒钟，老陈说：

“八年还欠两个月。”

丁寿松听了叹了一口气：不知道他是对光阴生了点感慨，还是因为坐着的床铺太高了叫他不舒服，他右腿搁上了左腿，两脚就临了空，腿子叠得发酸。可是他没把腿子放下来。

他一直没移动他的视线。老陈背着脸在忙着两只手，在那里缝补着什么。丁寿松可打不定主意——要不要再跟这位门房大爷攀谈几句。这么沉默着很叫人不好受，一开口他可又怕别人那付爱理不理的劲儿。

等到老陈一拐一拐地走了出去，他于是对自己说：

“嗯，真是的，老陈还是这个老脾气。他对二少爷也都是这个样子。真有趣！”

本来他还打算从老陈那里打听点什么，现在才知道办不到。这公馆里上上下下的脚色——他丁寿松都摸熟了他们的脾气，只有这个老陈有点特别。

“哼，一个门房！”——他才用不着去看一个门房的脸色哩。他从前进城来只是跟上房里打交道，跟老陈没有来往过。

他站起来舒舒腿。把包袱放到床上，拨空这张椅子上自己坐上去。

太阳光渐渐射了进来，当窗的桌子上画出一个耀眼的平行四边形。影子在发着抖，发光的一块在闪烁着，好像桌面上给炙出了油——油星子还轻轻地在那里跳动。

天空蓝得没有底：打这门房里的窗口望去，叫人会不落边际地想到老远的地方，想到老远的事，连自己都不明白自己到底呆在一个什么世界里。一些白云浮在前面，带着踌躇的样子慢慢流着，好像给那些屋脊挡住了过不来似的。

那些屋脊显得格外高，格外骄傲，看来竟要俯视全城一切的房子。

这么高大的屋子可有五进。厅上总是挂着些灰扑扑的字画，陈设些笨重的桌椅，就叫人觉得这屋子更加大，更加空洞，走过的时候听着自己的脚步子，听着嗡嗡地起了回声，简直有点害怕，一面忍不住要羡慕。

可是丁寿松每逢到这公馆里来，就不得不穿过这些阴森森的厅子：主人们住的是后面几进。他还记得大太太跟二少爷住的两进——有几扇房门一直锁着，还贴上二少爷亲手写的封条。打门缝里张去，黑黝黝的隐约辨得出那里堆着许多箱子：唐家收藏的骨董字画原是很出名的。

丁寿松叹了一口气。唉！真是！唐老二本来用不着稀罕他那个印花税分局的位置。

他筒着两手放在桌上，再把下巴搁上去。右眼霎呀霎的呆看着天上，一面细细听着这公馆里有什么响声。

四面很静，连麻雀在院子跳——都觉得听得见。偶然大门外面有车子拉过，松了嵌的大石板格咚叫一声，就简直叫人吓一跳。有时候听见了步子响，他就得把脑袋抬起点儿，看看是不是温嫂子出来喊他去见他家姑奶奶。

他家姑奶奶今天可要到娘家去，还在打扮着。

“见了鬼!”他失望地说。他感到什么事都不顺当，都故意跟他作对。肚子里似乎塞满了什么东西，胀得他很难受，只要打个饱嗝就得翻出来的。

一个蚊子嘤嘤地在耳边叫着。于是他狠狠地在自己脸上一拍，那个小东西哼了一声就荡开了。

他生气地想：

“唐老二——哼，搅得好好的又要交卸!”

他似乎怪别人事先没跟他商量。接着他又隐隐觉得自己上了当：二少爷仿佛早就知道他要来谋事，就故意辞掉了那个差使。并且趁着他来到的时候——二少爷赶着过江去。

肚子里的东西翻了一下，要呕又呕不出的样子。他知道他对二少爷的那些敬意，那些奉承的话——全落了空，照他自己说来，那就是“偷鸡不着蚀把米”。于是他把左眼角皱了起来，右眼霎得快了些。他想到大太太的那些话，又想起温嫂子对二少爷的那种卖弄劲儿。

他觉得这屋子忽然一亮，这些旧家具一下子变得鲜明了许多。他凭他自己的经验，凭他那种对别人身分高低的特别感觉，他领悟到自己这回做人做得太欠仔细。

“嗨，我怎么不打听一下的！”他在肚子里叫。“见了鬼！——文侃当了什么秘书长，我还睡在鼓里哩！”

他把包袱放到床下的网篮里，决计去问问他家姑奶奶洗完了脸没有。他心跳得很响：连自己也不知道这是快活，还是害怕。一面他记起自己平素对丁家的那种冷漠的样子，那付看不起的脸嘴，就感到犯了什么罪似的。这回——准是人家看他犯了罪，才不大敢惹他，才叫他睡在门房里，连老陈都哼儿哈的不十分理会。

他用谨慎的步子走到厨房里，走到那些下房里张望一会儿。随后又到大少奶奶屋子外面听着。

温嫂子在里面伺候着，还听见她们小声儿在谈呀笑的。

屋子外面的这个忽然有点嫉妒起来：

“温嫂子到底凭什么本事嗄，个个都欢喜她！”

这个堂客可在这里吃了十多年闲饭。自从她那个男人嫖呀赌的败了家，把八九十亩田荡光，她就走进了唐家——客人不像客人，老妈子不像老妈子。她帮着做做针线，带带小孩，做起事来还露出那排黑牙笑着，好像她干这些是为的她感到兴味。……

忽然里面响起了脚步声。丁寿松赶紧走了开去。他把下唇往外面一兜：哼，别那么神气！——她一来一历他都明白！

可是温嫂子的能干他也明白。真是的！别瞧她那双眼睛朦朦胧胧瞌着睡的样子，看起人来可真看得准。柳镇唐府上没分家的时候就是大太太当家，温嫂子就一直贴在大太太的身边，时常很俏地撮起嘴唇——在她耳边叽里咕噜的。一提到大少奶奶，她嘴唇可就往下一披：

"唷，倒像个人哩！什么东西嗄！——拿唐家的钱贴娘家。"

如今——她可一天到晚跟着大少奶奶。

丁寿松不知不觉回进了轿厅，一半认真一半挖苦似地咕噜着：

"嗯，不错！嗯，不错！"

不过——他搔搔头皮——不过他家姑奶奶怎么一来会相信她的呢？他有点不大服气：好像温嫂子这件事办通了，就是他丁寿松的失败似的。

他转身又踅到厨房里去：温嫂子到那里去打水的时候他可以碰见她，并且他还打算把这件事探听一下。他这就用种老朋友的口气跟厨子桂九谈了开来，转湾抹角扯到了大太太，然后很不在意地问到那个女人——他认为他家姑奶奶不会怎么相信温嫂子。

“哪里！”桂九叫，一面拿围身布擦擦油腻腻的手。“大少奶奶才相信她哩，什么事都要她做。”

“怎么呢？”

“怎么！她叫她做的嘛。”

那位厨师傅又告诉了些不相干的事：大少奶奶房里的椅子凳子只准温嫂子坐，大少奶奶回娘家的时候总是带温嫂子去。他说得很起劲，连脸都发了红。一住了嘴就用手去揉那些斩肉，不一会又想起一句话来，就重新在围身布上擦擦，打起手势来。

丁寿松咽下一口唾涎。唉，没得法子：做人总是这么麻烦的。他现在得重头做一番功夫，另外结一批朋友。真是的：这是很明白的事。

这里他脖子一挺，牛头不对马嘴地答着别人的话：

“是啊，是啊。嗯，对哩。”

他不管桂九有没有说完，就用种闲散劲儿踱出热烘烘的厨房，仰起脸来吸了一口气。他觉得身子轻松了些，还消遣地瞧着屋檐上跳着的麻雀，它们侧着脑袋看看他，呼的一声飞跑了。他不禁在脸上浮起了一丝微笑。

这世界似乎变亮了些，变好了些。他觉得从此以后——他反倒容易做人。他再也不会引起那些闲话，说他看不起同宗倒去讨好外姓了。仗着是一家人，开起口来也容易得多。于是他嚼着东西似地磨磨嘴巴，兴奋得心头都发起痒来。

“唉，我们这位奶奶真是！洗脸还没有洗好！”

一直到一点半钟——他才由温嫂子带着去见了大少奶奶。

这回他拜年拜得很快，仿佛怕给别人瞧见。不知道是因为温嫂子在旁边吃吃地笑，还是他自己跪得太吃力，起身的时候——颧骨上有点发红。

他家那位姑奶奶呢——竟很客气地把身子避开点儿，回答着“万福”。腰板弯得不大灵便，全身折成一个钝角，仿佛她那浆过的硬领子箍得她不能动。她一直绷着那张有点浮肿的脸子，等到别人尽了礼就仰了起来，给淡绿色的窗挡子映得发青。

屋子里刚才洗过地板，还有点潮湿，桌子椅子都发亮，叫人摸都不敢去摸一下——怕留下一个螺印来。到处都弥漫着一种说不出的香味，闻着就感到自己身子给什么软绵绵的东西裹住了似的。

“坐吧，”大少奶奶嘴上闪了一下微笑的影子。

这位客人赶紧一陪着笑——他家姑奶奶可又绷起了脸。他给搅得十二分局促，垂着视线偷偷地往墙脚扫了一眼——不知道自己应该坐到什么上面去，两脚胆小地移动一下，很怕踹脏了地板。

于是温嫂子端着那把藤垫椅子过来——靠门边放着。这是规定了给客人坐的一把。坐垫上沾着点儿油渍，还有些地方去了漆，让出的木头底子上糊着灰色脏印。靠背上画出了一个不成形的“唐”字——大概是祝寿子用小刀子刻的。

唵，原来这孩子还是这么个老脾气。他妈妈房里的木器件件都洗摸得又光烫又干净，绝不准他破坏。于是他只好对这几样家具做起功夫来：反正是安排来招待客人的，做母亲的也就不怎么禁止他。衣柜旁边那张骨牌凳可更加刻得花里剥落，瞇着眼看去——简直是一幅山水画：不错，这是指定给高妈她们[①]坐的。

丁寿松把屁股顿上那把椅子的时候，莫明其妙地感到了一点儿骄傲。他一面问候着丁家那些脚色，一面把脊背往后靠过去。

大少奶奶背着窗子，挺得笔直地动都不动，似乎怕一个不留神会把脸上的粉弄得掉下来。她鼻孔里时不时发出一种响声：听来觉得她在那里笑，又像是答允客人的话——还带点儿谢意的样子。

“唉，真是的，”丁寿松一提到丁文侃就叹气。“到

---

① 此地的老妈子总是欢喜姓“高”。为了要有分别起见，于是这个叫做“高妈”，那个叫做“小高”。主人也高兴这一套，犹如听差的得叫“高升”。

底是我们丁家祖上积德，侃大爷——嗯，如今到底……”

温嫂子一直歪着身子靠着梳妆台的，这里赶紧插了上来：

“没得谈头！——前些个日子人家还看他不起哩！”

“怎么呢？”那个脸上有点发烫。

温嫂子使劲把下唇一披：

“丁家穷哎，唐家阔气哎。阔气嗄，阔气嗄——噢，如今掉了差使还要找丁家想法子！”

这位姓丁的可活泼起来，拿出那种跟自家人谈体己话的派头——叹着气发着议论。他认为一家人家顶要紧的是个气运。他可不怕别人的白眼，到时候出了头——哼，你瞧着吧！

他轻轻拍着自己大腿，瞧瞧这个又瞧瞧那个，舔一下嘴角上的白沫。

可是大少奶奶在鼻孔里哼了一声。她好像全没听见别人的话，只顾自言自语似地说了一句——

“我反正就是这个样子。”

接着她对窗子那边转过脸去，皱了皱眉毛。她怕阳光照坏了她的眼睛，把窗挡子拉严些。举动来得很细巧，很小心，似乎她在拈一条虫子。随后还把手指捻几捻——去掉刚才已在上面的灰尘。

她听着丁寿松谈了这么分把钟，她又对梳装台照照镜子。

反映出来的脸子有点歪，右边腮巴看来更加肿了些。可是看她那两撇清秀的眉毛，那双明亮亮的眼睛，谁也不敢咬定她有三十七八的年纪。于是她稍为把脑袋侧一下，眼珠斜着对镜子瞟了一瞟。

温嫂子一面紧瞧着大少奶奶，一面嘴里照应着客人。她好像不大相信他的，时不时大惊小怪地叫着：

“真的啊？真的啊？”

现在她可忽然发现了什么，一脚冲到梳装台跟前——拿起毛巾来细摸细抹地在大少奶奶的嘴角上擦了起来。

丁寿松仍旧在报告他家乡的情形。他说得很详细，连他家用的账目都背了出来：仿佛他知道她俩向来就非常关切他这个自家人，他不能够漏掉了点儿叫她们不放心。

为了怕别人没注意他，他故意提高些嗓子发几句问话。

“姑奶奶你看我有什么法子呢？你看呢？”

照例——温嫂子就跟着叹一口气，瞧瞧那位奶奶，似乎问她这一手有没有做错。

那位奶奶说：

“真不行！怎么搅的？——用呀用的玻璃就不平了。”

一会儿她又冲着丁寿松问：

“孩子不吵啊？”

“什么?”那个一下子摸不着头脑。

“哪,你说你家里没得吃的,你孙子饿着不闹么?”

丁寿松那个挺直着的脖子松了劲,跟手放了气似地长叹一声。

“是啊,”他说。“人家说起来:哦,家里倒还有五十亩田哩。其实啊——唉,姑奶奶你是晓得的。不出来找个事情可行嗄,你看?”

他听见温嫂子嘴里“啧啧”响了两声,就转过脸朝她看看——表示他这些是同时对她两个人说的。

那个仿佛代替他伤心得丧了元气,身子软搭搭地斜倚着梳装台:

“嗳唷我的妈!真想不到你家这个糟法子!”

不过丁寿松认为现在有希望些:他早就料到侃大爷会做官,这回一听见了这个好消息——他就赶出来了。他说话的声越提越高,手势也打得特别有劲,显得挺有把握的样子:

“一笔写不出两个丁字,侃大爷总不能望着自己家里人活饿——呃可是啊?我常跟家里人说:我不管人家家里怎么有钱有势,我是——嗯,我姓丁,我只相信我家丁家的人。我是——我是——我问侃大爷要口饭吃吃我倒说得出口,不比人家……”

丁家这位姑奶奶可总是有什么放心不下:一会儿看看窗子,一会儿看看镜子。她视线一落到丁寿松脸上,就忍不住要去研究他那双眼睛。

“左边那只一定害过风火眼。”

于是她想到有一种很灵的眼药，可是忘了叫做什么。她眼睛往上翻了一会儿，然后不安心地盯着自己的指甲。她这坏记性逗得她自己都不高兴起来。

这时候耳膜上猛的给敲了一下似的——冲进了那个男客的话声：

“我要去跟两位老人请安。”

她刚集中注意力听到了这一句，又从这上面转开了念头，把他下面的话全都漏过去了。

丁寿松声音发了哑。还是不住嘴的谈着，喝着温嫂子给他倒来的茶。

这回他觉得已经有了点儿落子：到底同是一个祖公下面的子孙——待他不同得多。看来事情可以进行得很顺手，什么都凑得停停当当的。他告辞出来的时候竟透出一口长气，脚踹着的似乎是带点暖气的棉花。

他因为心里太舒服了，就耐不住要多几句嘴——到了房门口又转身问温嫂子：

“姑奶奶不等吃饭要回家吧？”

接着他重新提到那位在京里做官的自家人，好像这回他顺利得过了火，倒叫他有点耽心，有点犯疑似的：

“侃大爷下月初一定家来啊？”

那位温嫂子生了气地把嘴一撮：

"嗳唷你这个人！……快代我去喊小侯打车子！"

于是他吃吃地笑着走了出去，大声使唤着车夫——那个刚送了二少爷到汽车站回来，拿一块灰黑手巾在抹着脸上的汗。

"快点个！快点个！"他瞪着眼叫。"哦，还要给温嫂子叫挂黄包车哩。……唉，你真不着急！"

一直等到大少奶奶到大太太那里问了安，坐上了车子出门——他才放了心。

他还在大门口站着望了一会，显然他舍不得分手。

小侯跨着大步子跑开去了。用着包车夫常有的那种派头——直冲到了大街上，怎么也想要赶上别的车辆。上面那个踏铃不住地响着，一阵风似地在那些招牌旗子底下掠了过去。街心里那些石板给踹得空隆空隆吼起来。

温嫂子带著那包大少奶奶的衣裳，坐着雇车在后面跟着。她回头对丁寿松媚笑了一下，就挺着脖子，眼睛直钉着前面的天空。她觉得街上的人都在瞧她，于是撮起嘴来做个俏样子。

"要死喽！"她在肚子里叫。"嗳唷，尽看着人家！——有什么看头嗄！"

四

这天丁寿松到丁家去坐了一个下午，吃了晚饭还没有走。

有几个客人陪着老太太打牌。客厅里有时候哄出了叫声笑声，一下子可又沉寂得叫人觉得紧张，只有拍拍的牌响。那些看斜头的也屏住了气，眼巴巴瞧着桌子。直到有谁把牌一摊，这才又哇啦哇啦议论起来。

高升他们跟高妈她们老是忙着：才端上了点心，又赶紧沏一壶茶送过去。只要一转身，客厅里可又发出了紧迫的叫声：

“老小高！老小高！手巾把子怎干还不打来的！”

声音是压着嗓子放出来的，叫人想到塘里的鸭子：一听就知道这是老太太。

谁也不大有工夫招待他丁寿松。高升打他跟前经过的时候——还冷冷地瞅他一眼，好像嫌他站在这里碍手碍脚似的。然后才嘟哝着走过去。

“他嘀咕些什么呢？”他想，睁大了右眼看着那个的背影。

他立刻又摆出付大模大样的派头——用手掸掸衣面襟，挺了挺脖子。他想：到老太爷房里去呢，还是去看她们打牌呢？她觉得老太太的地位实在比老太爷重要些。于是他踱着稳重的步子到客厅里。不管那些下人对他怎么个看法，他总天生的是姓丁，天生的是这公馆的自家人。要跨进门的时候他还轻轻咳了一声，脸上浮起了一层微笑。

许多人向门口瞅了一眼，又把视线钉回到牌桌上面。只有斜在姑太太后面的温嫂子对他多看了一会，眉毛微微扬着：在这五十支光的电灯下面看来，她显得更加年青了些。

姑太太一打起牌来就不大开口。只是绷着脸，紧紧抿着嘴唇，她正在对手里的一张牌踌躇着。一面用大拇指摸着那片雪白的象牙，一面看看她下家的梁太太——胖得像个泥菩萨的那一位。

“不要，”温嫂子轻轻地说。

姑太太指指点点地商量着：

“这块……这块……”

“啊唷喂！留着有什么用嘎！”

丁寿松赶紧走了过去，仿佛这个当口他非得亲自出马不可的。

可是那张牌已经放出了手，并且给那位胖太太吃了进去。

“喂猪嘛，”坐在老太太旁边的小凤子尖叫起来，一面拿两个指头挡住了嘴：怕别人听着会大笑，她自己也就会忍不住笑。“好一个边张子!”

梁太太当真笑了起来。声音颤动着，全身的肉也颤动着。那付亮闪闪的长耳坠给簸得发了一阵抖。她看一眼小凤子那张瓜子脸，爱得无可奈何似地嚷：

“你们听听瞧，听听瞧！——凤姑老太这张嘴哦!”

她上手那位姑太太也轻轻浮起了笑，不过她好像要把它极力忍住，极力抿着嘴，嘴角就一扯一扯的动着。可是温嫂子笑得全身都没了一点劲，一面怪别人太缺德似地斜小凤小姐儿眼，一面呛得咳了好一会。然后伏到了姑太太的椅靠背上，九死一生地喘起气来。

牌桌上的人——只有那位五舅老太太没有反应。她皱着眉，透过那只花眼镜盯着那付牌，别人打了一张，她就好像站在远远的瞭望台上一样，眯着眼往那边望一下。这里她奇怪地把那些笑脸扫了一眼——不知道她们为什么这么乐。经了人家说明之后，她还问：

“怎干呢?”

看她脸色——简直是在研究一件什么深奥的东西。嘴巴可稍微拉开了点儿，预备一听明白了就开口笑。

于是老太太又从头至尾对她叙述一遍。嘴巴动得很有力，连两片松松的腮巴肉都给扯得不安宁，仿佛每逢吐出一个音来，就非把口形摆得十分正确不可的。那排雪白的假牙齿在闪着亮。

“哪，你听我说嗄，你听我说嗄，”她右手摸牌，左手摆呀摆的打手势。把事情交代清楚了，她又慢慢解释着：

“芳姑太打一张，梁太太吃一张，尽吃尽吃的。这倒头的小凤子！——真缺德！”这里她格格地笑了一会，好容易才忍住。“嗳唷，笑死人哩！真缺德！她说她喂她，懂啊？——她说她喂她。”

厅子里重新哄出了大笑，五舅老太太也含糊地笑了一下。

小凤小姐仍旧用手堵住嘴，打指缝里迸出了叫声：

“本来是的！本来是的嘛！”

她拼命要装出一付正经的样子，自己可又忍不住要笑。她那双有点隆起的眉床一掀一掀的。只是那两道弯弯的黑眉毛没有动：她因为眉眼长得太挤了点儿，就把原有的毛剃掉，在一个高点儿的适当地方画了两条——直往两鬓插了进去。

等到笑声平息了，她才放开嘴上的手指。她想着：现在该再说一句什么话呢？——现在整个客厅都拿她做了重心了。

丁寿松在姑太太后面站了一会儿，又移到五舅老太后面。他在应该笑的时候笑，应该住嘴的时候住嘴。随后他决计要插句把进去，就轻轻咳了一声。

“凤姑老太还是这个脾气，说起笑话来——真是的！”

有几双眼睛瞟了他一下。他感到一阵冷气，准备好的话再也说不下去。只偷偷地溜别人几眼。

可是老太太扁着嗓子叫起老小高来，丁寿松这就赶紧走到门边，用种很着急的样子帮着喊：

“老小高！小高，小高！”

老太太公事公办地校正他：

“不是要喊小高哎，要的是老小高。难为你再喊下子的，松——松——”

忽然她吃吃地笑了笑，小声儿说：

“我真不晓得要怎干称呼他法子。”

从前他的孩子赶着他叫“松大叔”。文侯老三还很喜欢他，小时候很亲热地喊过他，还叫他背着到外面去转糖抓彩。可是后来渐渐的——这名字听来有点揶揄意味了：仿佛为的要取笑他，折磨他，才加上这么个不相干的尊称。

她还记起文侯爱笑不爱地对丁寿松说过这句话——

“怎么？叫你松大叔——你当真答应啊？”

老三这孩子——说起话来一向是冒里冒失的。

大概是这些地方得罪了丁寿松，以后他到城里来的时候，竟不来看看这房自家人。

那位梁太太近来很关心丁家里的事。她问：

“他跟你们隔得远不远?”

“呃唷，我说不上来了，”老太太想了一想。“哪，是这个样子的：以前丁家在下河的时候呢——一共有五房。后来一房一房分了出来，我们老三房就在这块买了房子。他呢——”

小凤子打断了她：

“他哪里是我们这五房里头的嗄!”

那个愣了一下，要去抓牌的右手也停在半路里没有动：

“是的哎，是说不是这五房里头的哎。”

“怕还不是同宗的哩。不过他也姓丁就是了。”

“是的哎，”老太太重复着，表示她自己并没说错。“嗯，一定不是同宗的。”

梁太太很吃力地把短短的粗脖子转动一下——看看门口：那个松大叔出去找老小高还没回来。她摇摇头，摆出付看不起的脸色：这么个脚色也要姓丁，也要向丁秘书长家里攀做本家，她总觉得有点荒唐。听说他还想找个差使哩。于是她鼻孔很响地哼了一声。

“他能够做什么事呢!”她说。“总没有进过什么学堂吧，他这种人。”

正抽着纸烟的小凤子趁机会又来了俏皮话：

“唵，就只准你家梁先生进专门学堂！你望着罢：丁寿松明儿个也会到部里头去当秘书——派在秘书长室办事。”

给取笑了的那位胖太太笑得发抖，肩膀挣了几下，好像有人呵她的痒。

温嫂子刚扭一扭脖子要响应她。可是一瞧见芳姑太太绷着那张肿脸，她就挺了身子作股正经。还用手暗地里碰碰姑太太的膀子——喊她别把手里那张四条打出去。

五舅老太太瞅了梁太太一眼，视线又回到了她那付牌上。眼睛眯着，眉毛皱着，仿佛她是不得已地在尽着什么义务。等到丁老太太开了口——源源本本告诉她刚才那句笑话的来由，她这才抬起了脸，用心听的样子听着。

老太太说：

“哪，是这个样子的。以前文侃在报馆里的时候——梁先生就在他手下做事，懂啊？梁先生是专门学堂毕业。”

“学的是师范，”梁太太很快地插进了一句。

“唵，师范。那年子文侃不做报馆了，跟着如今那个史部长跑来跑去的。梁先生呢——就没得个事。去年上半年——二月初六，正是——史部长喊文侃去当秘书长，梁先生就在部里当秘书。他学的是专门，懂啊？没得专门才难找事哩。”

她报告得很认真，叫人觉得——要不仔仔细细听着她就对不起似的。眼睛可对着桌面上：她那双眉毛漆黑的，画成两把剔脚刀的样式，这么一衬起来，就更加显得有威严。脑顶上齐发根的地方涂着墨，好像带着一顶黑缎帽子。

这时候大家都紧围着牌桌，灯光给聚得集中了，亮得耀眼。四面都给她们的影子挡着，只隐隐约约看见墙上挂着的对子——成了一条条的白柱子。

门忽然开了一小半。一阵轻轻的风荡进来，叫灯罩流苏摇了一下。老小高跟丁寿松走进来了。

老太太全没在意。她虽然一个劲儿瞧着牌，可也觉到身边幌了幌亮，就对那个老妈子瞅了一眼，似乎怪她怎么无缘无故闯了进来。她说：

“你们望望梁太太瞧：三付下了地!”

“真的，”芳姑太太哼了一句。于是每逢摸到一张什么，总得踌躇好一会。一面用大拇指摩着牌面，一面瞧着她下家那张胖脸，末了她就用着打商量的眼色瞅瞅温嫂子。

谁也没开口。在这静默的当口——她们才听见老太爷书房有人在那里哼什么诗。声音颤颤的，一会儿细得像蚊子叫，一会儿又放得很大。这当然是那位五舅老太爷的玩意：他念起书来总是两腿叠着，用脚尖颠着抖呀抖的。

在走廊上，在院子里，时时响着那些下人的脚步。那里面还辨得出高升的嗓子——他在嘟哝着什么。接着丁寿松咳了一声。

老太太好像嫌这些吵得她分了心，自言自语地说：

"唉，家里人多了也着实麻烦。……"

没有人答腔。大家都在提心吊胆地对付着梁太太。连空气都凝固起来了。芳姑太太连放牌也轻轻地放，仿佛要叫人家不注意——即使听的是这一张也会错过的。

后面一进的屋子里——三太太在哄着三个月的小毛娃睡觉，不成调地哼着。声音像一根细丝，一下子高一下子低地飘着，打门缝里挤进了这客厅。

只有在这个时候，大家才记起这公馆里还有这么一个人，才记起文侯还有这么一个老婆。可是想起她的面貌来——总有点模糊。她从来不出来陪客，也不多说话。在人面前老是低着脑袋，跟她做新娘的时候一样。

"你们听听三嫂，"小凤子用兰花手弄熄了那纸烟，轻轻地说。"不是念经就是哄孩子，孩子又带不好：养一个坏一个。三哥哥一天到晚在外头瞎跑瞎跑的，她也不管下子。"

"怎干呢？"五舅老太太问。"你打的南风啊？和了！"

于是大家都轻松起来。梁太太可红着脸，立刻把没有做成的那付牌洗掉，小声儿嘘了一口气。等到别人发议论的时候，她又满不在乎地堆着笑。

丁寿松一直站在黑地里，夹进这里看看，夹进那里看看。脖子伸得发酸。有人一和了局，他这面松了一口气，仿佛卸下了什么重担似的。

可是她们这些谈话——他还是插不进去。她们正拿三太太做题目，他就不知道他到底应该表示同情她，还是应该派她的不是。他嗓子似乎干得难受，时时咳几声。右眼不舒服地霎着，显然这强烈的灯光刺着他很不好过。

“她那种日子我就过不来，”小凤子又拿起了一支烟。“她一年到头不动，什么事都不管。”这里她把两个指头放到嘴上去，告诉别人她现在又得来一句俏皮话了。“唵，你们望着吧，打起仗来她都不肯跑的。”

谁也没有笑。倒引来了五舅老太一句问话：

“怎干要打仗呢？”

小凤子极力忍住笑，眉床肉抽动着。她故意对那位老人家装付惊慌样子，一面瞟着梁太太的脸。

“糟了！五舅妈真的不晓得啊？”她压着嗓子叫。“洋鬼子就要打到这块来了哩：有一百架飞机。”

那位梁太太没命地笑起来，全身颤得像一块肉冻。

老太太也笑了笑：

“这倒头的小凤子！——瞎说瞎说的，五舅妈要当你是真的哩。”

停了停又正经着脸色——向五舅老太那边凑过去

一点：

“不要听她嚼的舌根子。昨儿个我还看了报的：不要紧。打仗的那块还远得很哩，懂啊？——远得很哩。真的，中国地方这么大，人家要打来——哼，这样容易法子啊？”

她对面那位芳姑太可转开了念头：想像到跑兵荒——搀着她的祝寿子挤上了小火轮，把他送到乡下去。她不管到哪里总带着这孩子走，就是回娘家——也叫小侯在他下课的时候去接他来。现在他给安排在他外公书房里：她怕这里太嘈杂了，叫他温习不了功课。

越想越不放心，她很快地向温嫂子转过脸来：

“你去望下子他吧。”

那个一听就知道她说的是谁——“哦，祝寿子啊？”快走到门口的时候芳姑太又加了一句：

“他要是打盹——就给他上床。”

丁寿松看着温嫂子走出去，咽了一口唾涎。他有点不安：怎么不叫他丁寿松呢？他觉得使唤一个女人到老太爷房里去，那里还有男客坐着，这件事总有点那个。并且他实在应该再到老太爷那里去坐一会。可是他把那位老人家冷落了这么久，这回要去——他认为总得有个借口才好。

“五舅老太爷真是书呆子。”他对自己说，笑了一笑。

嗯，那个老头尽拿本书在那里念，就是看见他进去了也不跟他搭嘴。老太爷一个劲儿在那里写着什么，连外孙扑在茶几上打盹——也没有管。丁寿松坐在那屋子里的时候就老是忸怩着，想不出一句话来说。于是他打定主意——非得有件正经事他才到那边去。

这客厅里的女太太们虽然没工夫理会他，他到底还有时候插得进嘴去的。

就这么着，他一听见小凤子第二次跟五舅老太说顽皮话——他就打起哈哈来，声音放得很大。

“唉唉！笑死人哩！”——他拿手擦着干巴巴的眼睛，缩短了呼吸，好像喘不过气来的样子。

香儿上那架座钟叮的敲一下：十二点半了。

高升端着个茶盘走进来，整整齐齐摆着消夜的稀饭。一走过两个人影中间的亮处，就有一碟火腿闪现了一下：切得薄薄的，红的白的都非常鲜明。

背着灯光站着的丁寿松看高升拿出那些饭碗来。他数着：一，二，三……

“七！”他挺了挺脖子。到底是自家人：即使他没打牌，他不过在这里随便谈谈玩玩的，这一餐精致的消夜可也有他的份。不比在唐家里——只叫他到厨房里去吃饭。

他这就摆出付得意的脸色瞧着别人吃东西，好像这些好味道都是他亲手做出来的。看见五舅老太太已经用完了，他还拿出一付主人的身份来劝她多吃一点。

“怎么不添一碗呢。怎么不添一碗呢？”

可是他自己没端起碗来。直等到温嫂子回了这客厅里——他才动手。

“祝寿子上了床了？”他把那最后一片火腿浸到了稀饭里，很关切地问她。“你今儿个不家去了吧？”

“家去做什么？”

他低声说：

“呃，真的，你替我在姑太太跟前说一声：请她那个点个——侃大爷回来了的话。顶好呢请她在侃大爷面前先说一声，回头我再自己找他。你看呢？”

“啊喂，看你唷！——你还是不放心姑太太，还是不放心我嗄，重三倒四的？”

丁寿松就耸着肩膀笑起来。不过一想到他要一个人回唐家去，心头又一阵冷。他觉得自己似乎已经呆在那冷清清的公馆里，瞧见了老陈那张看不起人的脸。

“我凭哪一门要住在唐家？”他想。“明儿个我要跟他们说一声——搬到这块来住：出门一里，不如屋里。”

今晚他可非回去不可。他声言他得少陪，跟在座的人一个个招呼着。一发见老太太动了动身子，他赶紧用付哀求的脸色叫起来：

“莫送莫送！自家人。呃，真的，莫送！”

在他这方面，礼节可得尽到。他不断地弯着腰点头，到门口还鞠了一个躬——让门扉撞到了他腰上。在廊子上遇着老小高，他竟也拿微笑招呼她一下。然后踏着方正的步子，恭恭敬敬走到老太爷那里去告辞。

五舅老太爷还是坐在那把摇椅上，这条腿搁上那条腿，抖得连地板都震动起来。他眼睛有点不大平正，把那本书靠右边拿着：一眼瞧去，就简直断不准他倒是在看书，还是在瞟着进门的丁寿松。

靠窗那张桌子上放着好几只大小不同的表，旁边还有一块灰布。丁寿松知道这是老太爷的玩意：他每天晚上要把那些小钟小表擦一遍的。

可是老太爷自己正在那里找着什么：这里摸摸，那里摸摸，一会儿又翻抽屉。这里他猛地抬起脸来，很着急地问：

"呃寿松，你看见我的眼镜盒子没有?"

那个给愣住了。

"真要命!"老太爷显得很烦躁，说起话来也很快。"到哪块去了呢?——刚才还在这块的。真要命！真要命！家里这么多用人——一点个用没得！东西一下子就找不到!"

五舅老太爷还保持着原来的姿势，两腿仍旧抖呀抖的。他慢吞吞地说：

"在不在你的马褂口袋里呢?"

丁寿松帮着找着，等到他在新打的书柜上发现了那个东西之后，他才走出了这里，自鸣钟正敲了一下。

这时候客厅里又哄出了尖锐的笑声。

五

到两点多钟——丁公馆那些客人才散。客厅里的地上给留下许多瓜子壳，烟屁股，吃宵夜吐下的鸡皮。只有痰盂跟烟缸很干净，在灯光下面发着亮。

温嫂子要喊高妈来扫地，可是那位刚送了客打回头的老太太止住了她——“等下子，等下子，难为你。”于是她想起她照拂祝寿子睡觉的时候只吩咐小小高陪着他的，就不放心地往里面走去了。

她们娘儿三个又回到了客厅里。老太太靠牌桌坐下，把旁边茶儿上那只盒子拿过来，倒出里面的头钱来数着。她动作得很慢，叫人疑心她手指生了什么毛病。把麻将牌推开，她拿一张钞票摊在桌上，最后才钉着一个疙瘩似的——放上一块光闪闪的现洋。接着再把毛钱排列成一道线，有一个摆歪了些还拿来移正一下。她嘴唇轻轻掀着，那排假牙就星星那么闪动起来。

芳姑太太两手筒在袖子里，肚子贴着桌沿，看来她似乎老远地在想着什么，同时又像是在心里帮母亲数那些钱。

“啊呀，”小凤子叫。“我忘记买烟了！”

她抓起款客的那罐头白金龙来顿了一下，把里面的东西全数装进了她自己的烟盒子里。这才转向了老太太，埋怨地嚷着：

“看你唷！——算了半天还没有算好！”

那位老年人给搅糊涂了。照规矩——头钱里面要摊出四成来给高升高妈他们分，可是她似乎给那些毛钱耀得眼睛发花，觉得怎么样也分配不过来。

等小凤子抢上来替她算的时候，她格格格地发了笑，把脊背往后面一靠。

“嗳唷我真搅昏了！——又是票子，又是洋钱，又是毛票，又是角子……”

然而小凤子正经着脸色，挺热心地搬动着那些钱，嘴里计算着。显然她不单是在帮母亲的忙，而且还有教育别人的义务的。她那片大红嘴唇老是往上面翘着点儿，一看就知道她对老太太的数学程度多少有点生气。她时不时反复着这句话：

“一点个不难。你望着嘎！你望着嘎！”

一会儿她就理得清清楚楚：

“一共十六块七毛。一成算它一块六罢：四六二十四。……六块四——给他们六块好了。”她转向着芳姑太太。“不错吧？……姆妈你问问姐姐——错不错，容易算得很嘛。”

随后她叠起那些钞票，轻描淡写地抽出了一张放进衣袋里，她跟自己商量似地：

“我拿五块：我要买袜子。”

做母亲的就像平素那样——笑着嚷起来：句法从来没有改换过。

“要死啊！——这倒头的丫头！”

那个丫头在这时候总是嘟起了嘴，埋怨她哥哥太小器：

“你想想瞧，我十块钱月钱可够用？”

她脸子一会儿冲着母亲，一会儿冲姐姐，嘴里对她们背着她的日用账。算算瞧，她用得苦不苦！朋友得应酬，香烟也得抽。可是为了钱少，简直成了个啬巴子。她说得很快，好像在背着一课熟书，一直跟着她们走到老太太房里还没谈完。

“我就不懂，”她仿佛受了什么惊吓的样子——脖子掣动了两下。“我就不懂——怎干连买鞋子买袜子都要包在月钱里头！”

老太太坐在她那张又高又大的宁波床上，两只脚落不到地，就把腿子盘在床上。她摆出一付很适意的样子，好像一桩大事业好容易才做成功，可以舒舒服服休息一会似的。她扁着个嗓子叫小小高替她装水烟，一面撮起了嘴唇等着。这里她张一张嘴要说话，小凤子可走到隔壁她自己房里去了。

“还有手绢呢，”那位小姐隔着板壁叫。“他恨不得吃呀住的都包在里头才称心哩！”

芳姑太太每逢到了她母亲的屋子里，总是拣那张崭新的皮垫椅子来坐。还把它拖出点儿——不让它靠着墙。她时不时捻捻手指，似乎那上面沾着什么脏东西。她很注意地听完了小凤子的话，叹了一口气。

“唉，也难怪，侃大爷住在京里开销总不小，还有应酬什么的。”

一提到文侃，他那张很有心事似的脸子就浮到了她眼面前。她总是似乎看见他弯着个腰，低着个头，忙着跑来跑去——一会儿到母亲这里，一会儿到嫂嫂那里，用着很性急的手势掏出几块钱来。

好多年以来——一想到哥哥就有这么个印象，连她自己也不知道这是怎么来的。

“嫂嫂呢？”她想。“唉，她脖子上那块癣总是不得好。”

于是她说：

“怎干不搽点个阿墨林的嗄？”

“你说哪个？”老太太茫然地问，声音可轻轻的，仿佛怕惊动了谁。

然后娘儿谈了几句哥哥嫂嫂的事，老太太十分详细地告诉她大女儿——文侃这回信上说了些什么。芳姑太专心听着：虽然这封信寄到的时候还是她读给母亲听的，现在她可像听一个新消息一样。末了她还问了一句：

“要打仗的话——有得说起没有？”

她那张脸子显得更肿了些，给电灯照着——发着青灰色的光。眼睛睁得大大的对着老太太——等着她的回答。

这问题现在变成了一个硬东西塞在她胸腔里了。可是以前她竟那么不在意，那么忽略，连哥哥信上有没有提起这件事——都记不起来。

老太太对她摇了摇头，她就把身子挺直了点儿。她话说得很快，很流利，显然是她说熟了的。不过嘴唇撮得紧紧的，看来她不愿意把声音放出去。

“反正是这个样子，反正是。世界一乱，我们娘儿两个——嗯，才不得了哩。我不能望着唐老二把田卖光，骨董字画也不能让他一个人偷着卖！我不管！——我该派有的一份我就要他交出来！”

“当然啰。这个……”

做母亲的把嘴斗到水烟嘴上去了。

屋子里响起呼啦呼啦的声音。那幅画着牡丹的帐帘子就给埋到烟雾里面。水烟屁股那股冲鼻子的气味跟油漆气味混到了一块儿，逼得芳姑太太拿手绢在鼻子跟前扇着，一面呛得咳了起来。

三太太的孩子哇哇地哭。声音直发闷，好像她给什么堵住了嘴。于是又飘起了那个不成调的催眠歌，并且听得出做娘的在拍着那个小孩子——哭声就一抖一抖的。那位三太太的嗓子老是这样细，这么尖，在这夜色里飘得毫不费力。她仿佛特为要弄上点声音来叫人注意到她的存在，可是听去倒反觉得寂寞，觉得凄凉，简直不像是从一个有血有肉的生物身上发出来的——还叫人疑心到这世界上压根儿没有一个生物。

忽然——芳姑太感到心头一阵酸。那种一高一低的哼声像是一条长丝，而她攀着这条长丝在这里荡着。连她自己也不知道什么来由，她总隐隐觉得这歌声跟她的身世有种说不出的联系。

她想到祝寿子吃奶的时候那些光景，又想到大少爷临死时候的样子，那年她头胎生的那个女孩子还没有坏。于是以后她一直跟祝寿子孤零零过着日子，还让小叔子他们簸弄着欺侮着。

“这个砍头的！”她用力撮着嘴唇骂，眼睛里沁出了泪水。“一天到晚跟那个老太婆鬼鬼祟祟。……还有那个五二子！他们巴不得饿死我们孤儿寡妇！——还当人家不晓得哩。”

老太太想了一会儿。一口的烟衔住了不叫吐出来，不然好像就会把念头漏掉了似的。随后她发表了她的主意，使劲动着嘴巴——有头有脑地说着。她从文侃两个月以前的一封信报告起，叫别人知道这位哥哥不久要回家一趟。

最后她才郑重地提出了她的办法：

“就这样子罢：等哥哥家来好了，看他怎干说法子。”

可是隔壁小凤子的声音像钉子那么插了进来，一听就知道她又在那里生气，可以想像得到她那张瓜子脸发了红，或者竟连腮巴子都鼓起了：

“哼，哥哥哩！他自己的事都管不着——还管姐姐的哩！”

这边老太太微笑着听着。等了会儿没下文了，这才答道：

“我当你睡着了哩。……你还在那块看《红楼梦》啊？”

老太爷似乎已经回到了他卧室里：她们听见堂屋东厢发出沉重的踱步声，还埋怨地嘟哝了几句什么。

姑太太很不灵便地把脖子转动了一下，她踌躇着。这件事要不要跟爹爹商量呢？可是她在临睡之前——到他房里去请安的时候，她竟什么都没想到要跟他说。

“跟他谈什么嘎！”她对自己解释着，悄悄地穿过小凤子的屋子，到了一间里面专门空着替姑太太安顿的房里。

温嫂子守在睡着了的祝寿子旁边打盹。这里她像有种天生的特别敏感似的，猛地张开了眼睛，就用精神饱满的派头去给她大少奶奶打洗脸水去了。

那个可对着镜子自言自语地说：

“真奇怪。怎干的呢，到底？——大家都看不得哥哥！”

她相信只有她懂得哥哥。哥哥也懂得她。唉，她这位姑太太在家里的各种关系上——倒是应该属于伯父那一支的。那位老人家生前很喜欢她，很关切她，还常常在客人面前夸她：

“不要看小芳子这么小，才懂事哩：看见一桩事情总要想下子……又爱干净……”

接着拍拍她脑袋：

“小芳子，你像哥哥一样——过继给我罢：叫我爹爹。我替你看个好人家。”

那时候她才九岁，她记得很清楚。那时候她跟一般听话的小女孩一样——姆妈给她的那种羞耻教育竟起了作用。于是把脸一撇：

“唵！”

现在记起这些来，还仿佛听得见伯父那个洪亮的嗓子，还觉得自己的脑袋转动了一下似的。

她叹着气。跟手对准了镜子，把微微皱着的眉心抹了几抹。一看见温嫂子提着铅桶走了进来，她感慨地说：

“要是他看见了这个样子——不晓得会怎干气

法哩。”

那个吓了一跳。一经芳姑太太说明之后，她马上跟着也叹起气来。

“啊唷喂，不要谈了罢！”她说。“他老人家要是望着唐二少爷待你——东也卖田，西也卖田，卖完了叫你明儿个分不到一点个东西……”

“原是嗄。我到唐家——还是他老人家做媒的。”

温嫂子可替那位老人家辩护似地苦着脸，嗓子稍为提高了些：

“唉，他老人家怎干想得到大少爷——大少爷——”她霎霎那双红眼睛，擤了一把鼻涕，“大少爷一过世……他过世……唐老二就简直的——嗯，剥了皮还要下油锅哩！他待嫂嫂这个样子！可作兴嗄！畜牲嘛！”

停了会儿又轻轻地说：

“我们真的要提防他这一着哩。”——“我们”这两个字咬得特别重。“我们总要打听打听：叶公荡那块田说不定要卖。”

“嗯，真的要打听。……找哪个呢？”

“嗳唷我的奶奶！”温嫂子压着嗓子叫。“还怕没得人么！比如——比如——丁那个，丁——”她故意摆出付记不住的样子，想了这么几秒钟，“丁什么的……啊喂，看看我的记性！”

芳姑太可还不明白。温嫂子对她瞧了一会，只好干脆说了出来：

“哦，丁寿松。……这个事情叫丁寿松去做就是了。”

那个的视线慢慢移了开去，抹着西蒙蜜的右手也动作得迟钝了些。哥哥一回了家——马上就跟他商量么？不过她一下子决不定：那些打听得来的消息还是由她告诉他好，还是叫丁寿松一径对他报告的好。

这时候隔壁房里——小凤子那张床烦躁地响了一声，大概是这边叽叽咕咕的吵得睡不着。不过也说不定是为了姐姐太相信哥哥，她生了气。

于是芳姑太太立刻打住了她的思路。把湿手巾抹了脸，重新擦起西蒙蜜来。

六

十一点才敲过，那位丁寿松就到他自家人家里来了。温嫂子一瞧见他，老远地对他招手。她娇弱地斜靠着门框，把新贴上两片头痛膏药的脑袋往右边歪着，脸上堆着笑，上唇翘呀翘的，仿佛她拼命要包住那排发亮的乌光牙齿——可又包不住。

“啊唷嗳我的大爷！”她埋怨地斜了他一眼。“怎干到这时候才来的嗄！”

于是她把他拖到没有人的客厅里，贴着他耳朵谈了好一会。

丁寿松拍拍他那凹进去的胸脯：

“好，包在我身上！”

他似乎怕别人看他太慷慨——反倒叫人疑心他靠不住，他就详详细细说了一番理由。

“我看不过，我！”他奋激得连左眼都瞪了起来。“我不能望着我家姑奶奶吃人家的亏！嗯，真是的！家里人不帮哪个帮！——家人一条心，黄土变成金。……唐老二这个混蛋！说起来：哦，孝子哩，又是待嫂嫂像娘一个样子哩。其实啊——混蛋嘛！”

这里他第二次拍胸脯。

他全身有泡在温水里的感觉。这件事叫他来干，那可真——嗯，奇怪，她们好像老早就知道他有这一手本领似的。

“这个真是！这么点个小事，”他摆了摆脑袋对自己说。他觉得温嫂子实在不必小题大做，谈得那么——又认真，又小心，竟仿佛在计议打天下坐江山的大计策。

右手摸摸扁平的后脑，又拿来抹了抹嘴。他决计把自己那套看家本事拿出一点儿来——只要一点儿。他在家乡什么事都打听得很明白。他动不动就小声儿对别人说：

“呃，你可晓得雷八嫂家那个阉鸡是哪个偷的？”

看见别人张大嘴巴等他往下说，他可又卖起关子来，只微笑着霎霎眼睛，肩膀耸了一下。

乡下有什么蹩扭他总头一个知道：连胡子在罗汉谷遭到了拦路神，收来的二十来块钱给抢光了。还有赵家跟他们亲家打了一架，赵瘤子竟气得要把新定的媳妇退聘。至于那几位区董呢——

“这点个小事他们管不着：他们晓都不晓得。”

于是那些闹纠纷的人家请他松大叔去评评理：这位

姓丁的在安徽一个县衙门做过官，跟老爷们向来有来往的。丁寿松这就挟着把雨伞走到他们家里去，费点儿唇舌，拿别人八百文折轿钱。

“唵，就这个样子好了，”他对他的当事人庄严着脸色。“我晓得，我晓得。明儿个我去找莫九爷——把这个话告诉他。我的话他倒肯听的。”

那些人放心地透过一口气来。松大叔跟莫九爷原是老交情：他在衙门里当承发吏的时候——莫九爷正在那里当科长。他常常谈谈莫九爷的做人：他认为有钱有势，又那么有好心的，世界上只有这么一个。

可是他好像还嫌不够，还老是打莫家的长工那里打听那位大脚色的日常生活。随后又到靠河那些店家里坐一会，跟别人小声儿计议一些什么交换一些什么。

他认为一个人只要把情形弄明白了——什么事就都不难对付。

“这回只要把唐家的打听好了……”他嘴角抽动了两下，很舒服的样子闭着左眼——给他将来的日子描下一个模糊轮廓。他感到他会呆在一所大屋子里办公事，比县衙门讲究到不能比的大屋子。可是他想像不起他怎样拿着笔杆去弄那些公文：那简直是另外一个世界里的玩意，可是他一走进了那里——就有鬼神差使那么让他干得停停当当的。

这天他在丁家显得更加自然，更加活泼。他跑到这里跑到那里，看见人就扯谈几句，对什么小东西也都表示很惊奇的样子。

“怎么，煎鲫鱼也要放姜米啊？……咦，这个是怎么搅的——这棵槐树还不开花！……”

什么事都引得起他的兴味，连高升的自解自语——他都觉得好玩。他知道别人嘟哝着的跟他不相干：这公馆里谁都不敢看不起他这个姓丁的，并且——姑奶奶有大事托付他他才来的。

接着一连三天，他不断地来这公馆里跟他们亲近亲近。温嫂子一问起他打听得怎样，他就满不在乎笑着：

“唉，你这位嫂子！——茅厕还没造好就要挑大粪肥田！”

他看见温嫂子盯定了他，有种信他不过的神色，他脸上画成弧线的皱纹就渐渐拉直起来。他咽下一口唾涎，看看四面，于是小声儿告诉她：他要等唐老二回来了再着手。

“那天子唐老二就跟我谈过。他啊——哼，如今对我们丁家的人才客气哩。他倒相信我，他说他钱不够用。他说——他说‘我有好多少事情要拜托你帮忙’。拜托我帮忙，嗯，好极了！——找鬼看病。”

然而两天之后——他一听说唐老二就要回来了，他忽然感到有个冰冷的重东西压到了他身上。

他知道他那位亲戚在省城里呆不久，起先他一直望着别人早点到家，让他早点把这件事办好。到底还要多少日子呢，十天还是一个礼拜？……可是他莫明其妙的感到心头一阵紧，好像想到了什么祸事似的。他只是去模里模糊想像一些好情形，似乎他只要在唐老二书房里坐那么一两分钟，大老爷审案子那样问几句，他马上就可以赶到丁家去报告的。这里他还打了个切实点的主意：这回要到丁家去，那他得叫一辆黄包车——快得多。

没有一个唐老二在他面前，他只是转些不落边际的念头叫自己这么快活，这么轻松，于是他说的唐老二那些拜托他帮忙的话——他自己就也仿佛觉得真有这么回事了。

现在——他可不得不想得实际些。他两手叉着托着后脑，横躺在老陈床上。眼睛对着天花板，那上面有几个小黑点——似乎在那里爬着，又似乎一点也没移动。

"怎么搅的呢？"他皱了皱眉。连自己都不知道问这句话是什么意思。

唐老二那张脸子浮到了他眼面前：看不起人似地挂下了下巴，面部就显得更加长，简直像一匹马。两只小眼睛隔得远远的，各自在它的位子上闪着亮——要瞧穿他的心事那么盯着他。

怎么，这么一位脚色——叫他丁寿松直接去跟他打交道么？

他困难地爬起来，好像他的脑袋很重。他走到厨房里：虽然他明白从桂九那里听不到什么，可是他还是跟那个厨子谈到二少爷。有个人跟他有问有答地说几句话——他总觉得放心些，不管对手是谁，也不管说些什么。他用种很不在乎的神气开了口，表示他只是来谈着散散心的：

“二少爷要家来了哩。”

桂九两手使劲在围身布上擦着，擦得发了红：

“唔，怕是十老爷找他有什么事。”

“怎么呢？”丁寿松眼睛里闪起光来。

“我不晓得。我只看见十老爷来过两趟，跟大太太谈了一阵子。昨儿个发了封快信给二少爷——寄到黄包车公司里的。”

一提到十老爷，丁寿松就失悔地想到——他这回竟没去看看唐家这位叔太爷。唉，真是的。有许多熟人他都没去拜访他们：他这几天着实过得太忙，太没有工夫了。

仿佛为了要补过，他带着十分牵挂的样子问起十老爷。据他猜来——他老人家恐怕已经老了许多，唉。他还记得他三四年前到十老爷公馆里去的时候，他老人家正在跟十太太吵嘴，发着脾气。要不是二少爷在旁边劝住了他，他怕会暴躁得吐血。于是说话的人又叹了一口气，摇了摇头。一下子他又把声音放得很低——换了一个题目，摆着一付很热心的脸嘴：

“呃，这回二少爷到省城里去——一定是为他那个黄包车公司的事。”

“我不晓得，”那个不在意地答。

丁寿松把对方瞧了会儿。忽然他心里钉上了一个什么东西，叫他着急起来。他给搅得有点烦躁，就拿一肚子脾气发到了桂九身上：

“哼，他不过是厨子呀！——什么东西！”

晚上他静静想着各种门路。他觉得他一辈子没碰到过这么烦难的事，可是这个对他又这么重要，这么吃紧，他将来的日子就在这里卜着卦——好呀歹的就在这一下子决定。

结果倒是满意的。嗨，二少爷大少奶奶都不在家，小侯就成天在小营喝茶听说书，因为见不着面，他丁寿松就竟没想到打这车夫身上找线眼了。

自从唐启昆一到了家，小侯可更加见不着：一天到晚拉着二少爷在外面奔。丁寿松这就成了一艘陷在沙泥里的破船：谁也不理会它，让它呆在那里烂掉。他老实想到他自家人那里去走动走动。不过——唉，那位温嫂子真是！她总是性急巴巴的要催他！另外一些熟人家里呢——慢着罢。他觉得有些要紧事情巴在身上，这几天他简直跑不开。

那位十老爷又来过两趟。他老人家脸上那些皱纹深了些，就是心平气和的时候，也看见他眉心中间的几根条纹。虽然他年纪比他的二侄少爷还小两岁，可是他显得老些。一到了二少爷书房里——照例一来一回地踱着，反着两只手，肩膀耸起点儿，仿佛他使着全身的力气在跨着步子。

随后房门就訇的一声关上，叔侄俩在里面谈起话来。

丁寿松想：嗯，有了苗头。

他轻轻地往书房里走去，可是在院子里打了顿：五二子正在厅子上——拿耳朵贴着板壁在偷听着。她一瞧见有人，于是装着没那回事似的用手指在板壁上画呀画的，一面把雪亮的眼睛瞥了他几下。

“孙小姐一个人在这块玩啊？”

他吃力地笑了笑，用很忙的步法穿过这厅子到厨房里去。他感得到后面那双圆溜溜的黑眼珠子还钉着他，脊背上仿佛流着一道异样温度的水——说不清到底是热的还是冷的。

一直到礼拜六，小侯打车子把大孙少爷接回来的时候，丁寿松才从小候那里听到了一点儿东西。

原来唐老二常常跟他十叔商量着什么。两个人天天跑出去找什么卜老爷，王老爷，还有华老爷家里的何老爷。看来那位何老爷身份特别高些：那两叔侄请他上过两回茶店，十老爷还请他吃过一回酒席。小侯还告诉他，二少爷会要请何老爷来吃饭哩。

“哪个何老爷？”他问。

“何云荪何老爷。”

丁寿松摊开了左手手心，拿右手食指在那上面画几画——准备写字：

“何云荪？——哪两个字？”

“我怎么晓得呢，”那个抱歉地笑一下。

“那么——”他像不放心的样子，仿佛二少爷没跟他计议过这件事，就怕二少爷会上别人的当，会莽莽撞撞做出坏事来的，“那么——找那个何云荪有什么事呢——你可晓得？”

这时候大孙少爷戴着鸭舌头帽子走出来，叫小侯陪他到小营去听说书。他在旁边等了会儿，好奇的样子看着丁寿松。一面把右手插进长衫袋子，弄得铜板叮郎叮郎地响。

小侯对丁寿松摇摇头就跟大孙少爷出门了，他们的话声还飘过墙来：

“我只能玩一下子工夫：二少爷要我……”

大孙少爷答：

“不管！不管！”

“哼，孙少爷哩！”留在院子里的人嘟哝着，突出了下唇。“说起来倒是大户人家的，他倒——他倒——哼！”

这天启昆二少爷回来得早些。在大太太屋子里谈了一会什么，然后到书房里玩起骨牌来，看去他准有一件什么称心的事：眉眼都很展得开，脸子也不跟平日那么拉得长长的。他带种又悠闲又熟练的手势洗着牌，接着很耐心地把它整整齐齐砌成一排。

房门没带关。灯光斜出一方来到厅子上，那几块大砖给洗成苍白色。那影子似乎是拿得动的东西：只要轻轻飘来一阵风，它就滞顿顿地摇几下。

丁寿松在外面张望了十来分钟，二少爷才把视线扔过来：灯光耀着他的眼睛，他皱着眉毛。

“哪个？”

“我哦，”丁寿松蹑脚蹑手跨进了房门。

那个用种惊奇的眼色瞧着他，好像不认识他的样子：显然这位二少爷没把他姓丁的放在心上，简直忘记了有这么个客人住在他公馆里。他一经看明白了丁寿松那张瘦脸，就把自己的脸绷长了些，身子也挺得直直的。

丁寿松结里结巴地说：

“这几天——二少爷忙吧？……我——我——二少爷我看你瘦了点个。唉，身体也要保养哩。”

仿佛那付骨牌的数目一下加多了几倍——二少爷洗起来拼命撑开了两条膀子，一双手抹上了大半个桌面，连掉下了一张牌都没发见。

“省城里——还好吧？”客人捡起地下那张牌来，他那张笑脸离主人的很近。

唐启昆给牌声吵得听不清楚，皱起了眉毛：

“啊？”

“我说……唉，难哩！……二少爷你那个黄包车公司……”

他背驼着，似乎恨不得要把脑袋缩进去。

二少爷用鼻孔哼了一声，生气地说：

“什么，什么？有话——说就是了，吞吞吐吐的做什么！看看你这付猥琐样子！”

唐启昆对客人那张瘦小的脸子盯了会儿，这才很重地把牌一抹，慢慢地排起来。

“真的替他找个事罢，”他想。

他看着对方那一大一小的眼睛里——流着乞怜的光，那条脊背仿佛给他二少爷这种身份地位镇住了，怎么也伸不起来。于是凭着他平日看人的经验，他觉得这个姓丁的虽然姓了丁，人倒还靠得住。丁寿松也许会彻头彻尾听他的话，也许会替他跑跑腿，做做事，只要他驾驭得住他。

可是他脸色反倒严厉了些：似乎他既然成了别人的身主，他就得尽量拿出点儿威严来。他说话的声音——也像是打肺里敲出来的：

“你这几天没到外面去吧？”

对方不知道要怎样回答才好：

“我是——只有丁家……”

“不要乱跑，晓得吧！城里不比乡下，瞎跑瞎跑的就会出毛病。在这块做人——处处都要小心！……你怎么样呢?”

丁寿松一下子摸不准别人的意思，只干唉了一声。

“嗯?”主人皱着眉。“你怎样呢，你想找什么事呢?”

这一着可叫丁寿松想不到。在他看来——唐家这位二少爷已经完了的。他只是为了不得已的事才来跟他敷衍，虽然他一走进这书房——就感到有种特别空气，叫他这个丁家的人应该有的傲气全结成冰了。

“他自己差使都没有了，还替我找事?”

他隐隐觉得唐老二应当懂得他丁寿松的地位：谁都知道他有个更好的路子，他有他的自家人帮衬他。他这几天满肚子看不起这个姓唐的，他现在就感到受了侮辱：怎么，叫他去给这么个败家子提拔?

不过——要是有什么实惠，他总不能放过它。他这就把脸子皱得结里结巴，小心在意地报告了他自己的希望。

“唉，我只要有一口饭吃，四五十……呃，六七十块钱一个月的。……弄弄公文，我倒还——唵，我弄过的。”

这些引起唐二少爷的兴味。他拿起那个镶金边的像牙烟嘴来，用很精细的手势把一支老炮台塞上去。让丁寿松替他点着了之后，于是提高嗓子谈起做人的方法来。

“你这样子——还可以。不过你的希望不能太大，晓得吧。慢慢地来，一个人只要立定脚跟，什么事都不怕。”

他停了停，眼对着手里的烟嘴子，好像在搜索字句。

“吃公事饭不比在乡下，”他抽了一口烟，可是并不吸进去，只在嘴里滚一下就吹了出来。“说话要小心点个：不要瞎吹。要是没得本事——吹死了也没得用。吹牛的人顶犯嫌，顶讨厌。我真不懂——好好的一个人做什么要吹牛！混蛋，真是！简直该死！这块也吹，那块也吹！该死的东西！这简直！”

这里他用拳头在桌上一捶，那些骨牌吃惊地跳了一下。

“呃，我倒要问问看——吹牛有什么用嗄！吹牛有什么用嗄！”

瞪着眼对丁寿松瞧了会儿了又说：

“你记住！——做人就要这个样子！懂不懂？”

“是，是。”

“好，”他摆了摆手。“就这样子。好好的，嗯？”

于是二少爷累了似地把脊背往后一靠。咬着烟嘴子，闭上了眼睛。

“他发什么脾气呢？”丁寿松走出来的时候问着自己，透了一口长气。

七

一连下了几天雨，太阳给泡得丧了元气，照出来的光也不大有劲。云堆在天上慢慢流动，街上的影子就一会儿模糊一会儿分明。

丁寿松很快地走着，鼻子上冒着汗。他那双脚似乎不是自己的，像机器那么动得飞快——带着他身子一步一步前进。他怕自己一个不留神会摔跤。他把上身往前面倾斜着，头低着，看来叫人疑心他是要找个地方钻进去。

地上还有点潮湿。有时候踏到一块石板上面——还吱的一声打缝里挤出泥浆来。到处都懒懒地冒着热气，蒸出一股土味儿。

他忽然想起他的家乡来了。

事情弄好了——他得回去一趟。……

虽然街上有这么多人，有这么多车子，把这五尺来宽的大路挤得满满的，他可总觉得他有点寂寞。那种说不出的感伤似的劲儿——一闪一隐地在他心里出现，正像今天的太阳一样。

“快要到端午节了，”他着急地咕噜着。脚步子可又加快了些。“嗨，他妈妈的！”

后面一阵吆喝，有几辆车子冲了过来。他赶紧避到一个店里，对那些坐车子的横了一眼，接着他觉得自己有点冒失。他小心地看看柜台里坐着的伙计，他们谁也没理会他。只有玻璃橱里那些鸭蛋粉对他温柔地笑着，显得又白又细，恨不得要伸手去捏一把。一种淡淡的香味还隔着玻璃透了出来。

一到城里——一个人就渺小得多了。他丁寿松在这里，好像谁都没看见他。他在别人跟前得赔着小心，看着别人发脾气，今天甚至于——唐老二叫他去送请客帖子！

“他是什么家伙！”他忿忿不平地说。“差使没有了——架子倒摆得像个样子！”

在自家人那里呢——他跟他姑奶奶说话可要通过温嫂子：

这天他到丁家去时候，拼命把自己放得庄重些。对温嫂子说话也正经着脸子：不管他受了什么委屈，正经事总得规规矩矩办。

“呃，有个何云荪——你可晓得这个人？”他轻轻皱着眉，带了五成鼻音。

“何云荪?”温嫂子想了会儿，眼珠子斜瞟了一下。“怎干?”

“唔，唐老二请他吃饭，后儿个。”

见着芳姑太太，丁寿松还是用着这张正经面孔。不过右手食指在左手心里写着字，嗓子放低了些——

“何云荪。”

瞧见她在迟疑着，他于是拿食指蘸了蘸唾涎，慢慢地又写了一遍。

小凤子插嘴：

“姐姐你真是！何云荪——你记不得？就是那个呀，那个那个——何六先生。”

“哦，”芳姑太太笑了起来。“平常说起来总是‘何六先生’——一说‘何云荪’就想不起来了。……这是怎么的呢？唐老二跟他不大熟的嘛。”

于是大家对这件事猜测着，凭各人想像得到的圈子里发表着自己的见解。老太太认为唐老二跟何六先生搭上了交情，准是有用意的。她要征求同意似地扫了大家一眼：

“我看啊，唐老二是想叫何六先生在文侃跟前说句好话，替他找个事。真的，唐老二要再不找个事——那真不得过。”

温嫂子觉得这跟唐家的田有点关系：何六先生有那么多钱——大概总要买点田产。

“他钱多啊?”丁寿松小声儿问，好像要表示连他也有点知道那个姓何的。他并不等着要别人回答，一听见小凤子开了口，他就把视线移到她那张瓜子脸上去了。

小凤子说得很有把握：

“那个唐老二跟何云荪搭上交情啊，你你望罢，一定是唐十太爷介绍的。”

“唐十太爷？”丁寿松轻轻插了一句。

那个连看都不看他一下：

“唐十太爷这个人真老实，唉。他也是上了唐老二的当，他还不晓得哩。”

她姐姐绷着脸瞧着她，叫人疑心她在怪小凤子不该说这些话。可是她嘴里倒是随和的：

“是嗄。唐家里怕只有十爷是个好人。”

小凤子把脸抬起点儿对着窗子。亮光耀着她的眼睛，把眉毛轻轻地皱了起来。她脸上有点发热。她想到唐十老爷的大儿子——那张国字脸白白的，一股老实样子，像他父亲一样。可是算八字的都说他将来有“官带桃花”这么一部命。

她心一跳，连她自己也不知道是怎么回事。她什么也不说。眼偶然睛瞟到那面镜子上，她把眉床肉扬了一下：她怕老这么皱着眉——会添出皱纹来。

那位客人看看她，又看看芳姑太。他觉得他实在该说几句什么，可又打不定主意。

看样子——她们似乎不打算再商量那件正经事了。

真要命！叫他怎么去打发那个什么何云荪呢？

“办事情——哪里作兴这个样子的！”他在肚子里埋怨着。脸上可还是堆着笑，耐心地等着别人说完。一面模里模糊计算着——要到几点钟他才能够回到唐二少爷那里去交差。

太阳打云块里挤了出来，把强烈的光线透过窗幌子——射到了屋子里。亮处有什么在轻轻闪动着，好像什么东西在冒着热气。

芳姑太移开了一步，让自己站在暗点儿的地方。她用大拇指摸着其余四指的指甲，一面很严肃地谈着。

“十爷也是奇怪：对旁的人一点个脾气没得，一到家就不得了：十娘给他吵死了。十爷总是说她待孩子不好，没得良心。其实——唉，十娘真也是个好人。那天子到他家去，她跟我谈了好一阵子。她恨唐老二恨得要命。唐家里他们这一房倒是——倒是——譬如启良——嗯，他家孩子倒还像个人。”

她俯着脸瞧着自己的手。不管别人有没有注意她，她只是背书那么说得很快，好像她知道有个丁寿松在那里着急，就要赶快把它报告完似的。

随后大家都叹起气来。

老太太认为这件事已经可以告一个结束了，她已经对芳姑太太尽了一些义务了，就主张邀梁太太她们来玩八圈。她热心地冲着芳姑太太问：

“好啊?”

小凤子脸上那一丝肌肉都灵活起来，似乎要打面部飞开去。她尖声嚷着一些文明字眼：

“我赞成！我赞成!”

接着乱叫着一些下人们的名字，一看就知道她忙得连脑筋都给搅昏了：

“高升！高升！……小高！……高妈！……小小高！……”

芳姑太太坐了下来。嘴角上闪着微笑，显然她如今是在等着一件什么好事。

刚才谈起的何云荪那方面——大家竟一句也不再提！

丁寿松两脚移动了一下，霎着眼睛。他也不知道这时候该不该告辞，他求救似地望望温嫂子。

那个可忙着走了出去。仿佛——这家公馆里要是少了一个她，那什么也都做不通。幸亏她去吩咐车夫接五舅老太太，还叫高大去打电话给梁太太。

可是——正在这个时候——忽然有个愤怒的嗓子猛地叫了起来：“打死你这个混蛋！打死你这个混蛋!”

劈！劈！——有谁挨了嘴巴子。

芳姑太太睁大眼睛瞧她娘，瞧瞧妹妹，似乎是在提醒她们——

“又来了!”

她妹妹暂时把面部的活动停了会儿，静静地听着。

然后她莫明其妙地笑了一下。

只有老太太预感到了什么——马上起了身，好像她跟人约定好了的：现在可听见了那个人的脚步声，她毫不迟疑地就走了出去。

发了慌的丁寿松跟在她后面，结里结巴的：

“这个——这个这个——”

前面院子里——文侯老三揪着高大的领子，右手作着势正往那个听差脸上劈过去——落个空。于是更加激起了他的怒气，索性抓着拳在别人脑顶上捶着。

“你这混蛋！——揍死你！揍死你！”

“呃呃！”老太太靠着门边叫。“老三！老三！”

末了丁文侯给了高大一个嘴巴子，很响地一声——劈！这才把对手一推。

高大腮巴子发了红，坐在墙脚跟前哼起来了。

“这个混蛋！”文侯老三两手叉着腰，打嘴里喘出一股酒味儿。“给你点个颜色看看！……这个混账东西！嗯——”

他冲到了墙脚根，拿皮鞋踢了高大几下。那个可把膀子护着脑袋。

老太太移动一下位置，扁着嗓子反复着：

“什么事嗄！什么事嗄！”

丁文侯大概才从外面回来，连帽子也没取下，额头上冒着油汗。他用手抹了抹，让帽子往后移到了后脑勺上。

“什么事啊？——问他！”他用力对高大一指。“这个混账透顶了的东西！——简直的不把我看在眼睛里！我叫他做事就叫不动！看我揍死这个家伙！”

那边高大爬了起来，哭丧着脸声辩：

“温嫂子叫我去打电话，三老爷又喊我去把……”

“又是三老爷！又是三老爷！”

三老爷的手掌劈到了那个的腮巴上。

“老三！老三！”老太太嚷。“咳，怎干要打人呢！有什么话——说就是了。……老三！”

丁寿松一直站在老太太后面，好像这个门口规定了给长辈们站站的。他那张苦巴巴的脸——一会儿伸出她右边来望望，一会儿伸出她左边来望望。他觉得他自己的地位很为难：他决不定要不要帮着这位嫂子喊他侄儿几句。

有几个下人们站在远远的往这边望着。只要丁文侯一瞥过视线去——他们就悄悄地溜开。高升走过这院子的时候，竟连看都不看，只低着头数着自己那很快的步子。

老三的脾气不是好惹的：那蛮劲儿——唉，真是！于是丁寿松把那个伸出老太太右边的脑袋也缩了进来。

“都是老太太惯的！”他偷偷在肚子里说。下唇忍不住外窝了一下。

可是芳姑太走出来了。她绷着脸劝开她弟弟，轻轻动着嘴唇，好像怕使自己太费劲：

“何必呢，何必呢？跟他们吵什么嗄？”

那位松大叔觉得自己应该帮着劝一下子的——现在可给别人立了功去。他要表示表示他也有这个资格，就不安地嘟哝着：

“唉，真是的，真是的！”

芳姑太太仍旧反复着她那些话。右手向前面伸出点儿，看来她想要拖开老三——可又怕弄脏了手指。

丁文侯给劝开了之后，一路忿不平地说着，声音发了嗄：

“我晓得的！——大家看不得我！家里只有哥哥是个菩萨！嗯，我偏不管！他这回回家了——你看我，哼！”

“做什么嗄！”老太太把嗓子放低了些。“给人家听见成什么话！”她瞅了丁寿松一眼。

“看罢！”老三坐了下来，把帽子一摔。“哼，叫哥哥就叫老爷。我只配称三老爷——总是三老爷！要叫排行就大家都叫行房，怎么我倒——我倒——噢，这一家只有哥哥是主人啊？”

他眼睛发着红，很可怕地瞪着门外面：

“哥哥还是过继的，不是算我们这房的，高大他们——这些混蛋！——倒叫人家家里的叫老爷！”

“唉，不要说了罢，”老太太显得没办法的样子，似乎那些称呼是另外一个什么有权力的人安排下来的——她也实在感到了一种委屈。“这个是小事情，要是让人家晓得了——啧，唉！一家人总要和和气气。”

丁寿松也和了一句：

“真是的。小事情……”

“要你插嘴！”文侯老三跳了起来。“你是什么家伙，你是！”

丁寿松鼻孔发出零碎的响声，全身都紧缩了。他不知不觉地退了一步，就觉得跨到了一块烧红了的铁片上似的——从脚底升上一股耐不住的热气。脸上烫辣辣的，还有给什么小虫子爬在上面一样的感觉。

这算是什么呢——这个老三？看来——他竟要拿打下人的手掌劈到他叔叔脸上来！

芳姑太没开口，只傻瞧着她弟弟。她在怜惜着这位老三——为了这不相干的事情在发脾气伤身体。

房门口倚着小凤子，安闲地抽着烟。脸上爱笑不笑的，眉床肉不住地揎动着：似乎巴不得这件事再闹得热烘些。有时候她瞟老太太一眼，然后视线又停到她三哥哥脸上，显见得她有一肚子话——可是她要卖卖关子。

只有老太太在搭着丁文侯的胳膊：

“啧，老三！呃，呃！”

丁寿松抽了一口气，脚底下又悄悄地移开了两步。

他脸上还打算维持着那付满不在乎的微笑，腮巴肉可紧得发酸。为了要避开文侯老三的视线，他眼睛老在老太太跟芳姑太脸上打来回——于是在移动的时候，他趁机会瞟丁文侯一下。

“我不管！我不管！”那个发脾气的人嚷。“我要拼！”他指指丁寿松，“这个丁——丁——哼，畜生！——连他也配教训我！”

老太太在忙乱的当中回头看看丁寿松：

“你快走你快走！唉，还站在这里惹他的气！”

那个给搅得头昏昏的，连步子都不大踏得稳。到了门口还掉转脸去往四面扫一眼：他总觉得有件东西丢在里面似的。

回到了唐家很久——他心还狂跳着。他老是感到后面有谁追着他，监守着他。他提心吊胆地问着自己：

“老三怕是喝醉了吧？……”

不过老三还是有点分寸的：他对老太太没顶嘴，也没拿那付蛮劲儿来对付芳姑太。只有对他丁寿松……

胸头老是闷着。不论什么时候，念头一触到那上面——他皮肉就发一阵紧，仿佛提到了一桩快要来到的祸事。他认为一个人到了城里就使渺小了许多，身份可还是存在的。于是他好几天不打算到丁家去，只自暴自弃地躺在老陈房里。

“上代传下代：一家子总有个大小呀。”

要是文侯老三单只对他松大叔一个人使性子，那还受得了。可是那天——别人发了高大的脾气，又跟丁寿松发作。真是的！把人家跟听差一样看法么！

“小芳子拜托我的——我不干了！”他伤心地嘟哝着。“太没有意思！人家好意去商量——他倒他倒——哼！没有出息，这孩子！”

他抹了抹嘴。嗯，她们要不把老三管教一下，他就不帮她们的忙。什么何云荪——也不干他的事。

“我偏不打听！”他想。“唐老二明儿个请客，我偏要跑出去！”

第二天他起得很迟。他正拿灰黄色的洗脸手巾塞到嘴里去揩牙齿的时候，韩升跑来招呼他了。

“丁大爷，丁大爷，”韩升压着嗓子叫，似乎有件机密要告诉他。“二少爷叫你今儿个不要出去。”

这个懒洋洋地问：

“做什么呢！”

“客人要来。叫你照应点个。”

这局面竟翻过来了：如今倒是唐二少爷看得他起。他极力不把得意的颜色放在脸上，只用鼻孔“唔”了一声。

十老爷到了半点钟之后，二少爷就打发小侯放车子把何云荪接来了。那是位圆脸的老年人，顶着一个酒糟鼻子。一取了那顶帽子——就露出一个秃顶来。

忽然——丁寿松感到一个千把斤重的东西往他身上一压，差点儿没跌倒。

“怎么搅的！怎么搅的！”

那位何云荪何老爷——竟就是小火轮里的那位仁兄！

何老爷一经二少爷作着揖迎着，就用种匆匆忙忙的步子走进里面去，看都没有看丁寿松一眼。让这个愣在这里不动，叫他仔细去回想一下——他在小火轮里说错了什么话没有。

“唉，真是的！”

八

这天唐十老爷的脸色发黄，眼眶下面还带点儿青。看来他整晚没睡好觉。踱着步子的时候就把脊背耸得更加高了些，好像他那虚弱身子在勉强撑着什么重东西。

“做人真是毫无意想，毫无意思！”

他老是很快地嚷着这句话。一开口——他就停一停步子，焦躁地看看大家的脸。他的到他二侄少爷家里来，竟是专门为了发牢骚来的。

大太太的眼珠跟着他转动，显然是在注意着他的话：用力地皱着眉。等了会儿没有了下文：那位客人已经想到了别的事上去了，重新跨起了步子。她这才深深地叹口气。

二少爷紧咬着那个象牙烟嘴，心不在焉地抽着，一看就知道他在分担着十叔的心事。不过嘴角上勾起两条浅浅的纹路，表示他有相当的沉着。

终于他抬了脸来：

“不过——不过——我说，十爷你也不用这个样子急法子。据我看，我看——”

他等到别人把视线钉到了他脸上，他才打打手势，挺用力地——

“据我看——十爷你也不必太消极。消极有什么用呢，消极!”

“怎么叫人不着急呢?”那位猛地站住，要打架的样子冲着他叫。

两双眼睛互相对了会儿。唐启昆给威胁住了一样——垂下了视线。他嘴里那支烟亮一下又亮一下。在这屋子灰黯黯的光线里，看得出他脸上给映得一红一红的。

十老爷摇摇头——“啧，唉!”又踱了起来。步子跨得很快很重，好像他要由两只脚把他的烦躁踏陷到地里去。

大太太手心摩着茶几沿，声音放得很低:

“怎干的呢?我真想来想去想不通:嗨，奇怪。真的!难道榔头身体这个样子坏法子啊?——我不相信!”

十老爷忽然转过身子来站住:

“所以嗄!”

停停。他往前突进一步:

“大嫂子你望望瞧!你看榔头——上个月伤风闹了好一阵子，总算没事了。这回——这回——昨儿又淌清水鼻涕。你想嗄：家里有人害病，怎么不叫你着急呢？……真是毫无意思！做人毫无意思！我真我真——啧，唉！”

右手拳头在左手心里一阵敲。身子颓然落在椅子上。

“不过着急有什么用呢，”启昆二少爷很郑重地拿出一支烟来给他，“不过——唉！我是要说老实话的：这个也难怪你要着急。孩子玩也玩得好好的，吃也吃得好好的，像榔头这个身体——真是！老虎都打得死！……真难怪人要着急：硬是瞎来瞎来的，就是个金刚也不行噢！”

“本来是嘛！”

大太太可在静静地叹着气。话也来得慢条斯理，好像她谈着的是一件命里注定的不幸事情，一件人力没法救的事情。

“有什么法子嗄，”她皮肤下面有什么虫子在爬着似的，脸皮肉很古怪地动着。“什么事情妈糊点个不要紧，带孩子可是大意不得。榔头这个样子玩下去——唉，真是！要玩出个痨病来才不得了哩。十爷我说你也是！这些个事你着实要小心哩：十娘是全不管的。”

她儿子轻轻地修正她的话：

“不是不管。是粗心。”

“粗心？”十老爷咬着牙。“光是粗心倒好了！她是混账！——我说的！——混账！”

"呃呃呃！……"

"混账！混账！简直是混账！"

十老爷一经对方摇手劝着，那些闷在心底里的怒气反倒给勾了出来。好像别人的慰藉，别人对他表示这么关心，要是他不加紧发泄一下——就辜负了别人的好意似的。

侄儿一直打着手势请他别动火：

"十爷，十爷！……何必呢，真是！"

"不是我骂她！实在是！——无论哪个也看不过去！我一辈子就糟在她手里！我——我——"他眼睛发了红。"唉！不谈了罢！"

二少爷掏出表来瞧瞧，右手捻着银练子：

"有些个人是不欢喜孩子的。的确的，我看见过几个这个样子的人。不过这个样子的女人——呃，我不是爱说闲话，十爷。我看——你还是说说十娘罢，说说她。"他起了身。"真的，说说她怕会好点个。喂，来人！韩升！韩升！……混蛋！"

等了这么五六秒钟点，带着儿外乡口音骂了一声。他脚一顿，瞪着对面那个吓傻了的韩升直吼：

"还站在这块！……去呀！去告诉老陈呀！这个混蛋！……客人来了快来告诉！走！"

可是老太太在结结实实劝着十老爷，因为——

"生气会败脾哎，唉！"

她拿她自己做了个实例：从前在柳镇没分家的时候——她为了全家的面子来忍受着五房里的气，她就得了这个膀子的疼的毛病。

一面说，一面她那件穿了几十年的木机缎夹袄——不住地幌动着，有时候竟叫人想到这衣裳里面给鼓起了一阵风。它当年那种硬挺挺的派头，那种动一下就繂繂綷綷的响声——现在全给磨得干干净净的了。

儿子从前劝过她：

“怎么穿起衣裳来——总是要穿这么旧破的嗄。人家还当是我不给你穿哩。”

然而做娘的总是保持那个老习惯：把值钱点儿的衣裳全锁到了箱子里。这不算，她还深深地塞到床底下，好像那些东西是见不得人的。她还动不动就教训她孙女儿：

“要死！你怎干把这件旗袍放在茶几上！你是女孩子哎！”

大户人家总有大户人家的规矩。她常常跟人说起她娘家的那些派头，叫人相信这种教训里面会养出道地的正派人来。可是一提以前柳镇唐家里过的日子，她就不住地叹着气，霎著眼睛，叫对方知她是实在想忍住那双干巴巴的眼睛里的泪水。

她有一肚子委屈。可是她又怀想着那种生活。

“十爷你是晓得的，像五房里那个样子。……”

于是她用着些零碎的句子把十老爷亲眼看见过的一些旧事——小声儿叙述起来。她认为老太太死得怪可怜，她一直到现在还常常替那位死者念经。

二少爷生怕他老母亲伤心，软着个嗓子劝了她一下：

“唉，这些个事何必提它呢。伤了身体可不是玩意账。”

这下子可提醒了大太太，她拿手绢在眼睛上擦了起来。

后来她又想起那个老故事来了：

“十爷你可记得啊，你四岁的时候？——在院子里走呀走的摔了一交，五嫂光翻翻眼睛望了下子，扶都不扶你，我把你抱起来，带你到房里逗你，哄你。”

她那双小眼睛钉着前面出神。

“我做人总是处处小心。从前带孩子——唉，没有一晚好好睡过觉。真不像如今那些太太——孩子不当孩子待。真的，榔头吃哪个郎中的药？”

“吃钱祝三的，不过……”

“唉，我想起你家老二小时候，”她瞅了二少爷一眼。“真是烦神。你家老二小时候脾气像他爹，动不动就哭呀闹的。”

那位老二抱歉地嘘了一口长气，微微仰起了那张求恕的脸。右手轻轻地去掏烟，怕一个不留神就会增加他的罪孽似的。

可是一阵急促的短步子往这边响了过来，五二子在房门露了一下脸又一缩。屋子里的人就只瞥见她那双灵活的眼睛——黑得发光，叫他们吃了一惊。

一会儿她才正式走了进来，仿佛受了什么惊吓一样溜到祖母身边：

“那锅鸡汤！那锅鸡汤！”

“怎干？”

“没得油。那么肥一只鸡——烧出来没得油。”

看看这个，看看那个，她眼睛就停到大太太的脸上闪动着。

“怎干的呢？”祖母不安地问。

“不晓得。”

五二子很快地瞟了爹爹一眼，很快地说：

“雷妈端了一碗汤。我看见她吃的，她还望望我哩。”

这些话——十老爷似乎全没听见。他只盯着香儿上那盘磁桃子，渐渐转开了念头。他脸色已经平静了点儿，只是用小指在那里使劲掏鼻孔。接着用手绢使劲擦着，鼻子附近的肥肉都给搅得扯动起来。

二少爷可老是侧着脑袋听着。外面有脚步响，还分辨得出橡皮轮子滚在石板上的声音。有时候他似乎觉得耳朵里在叫着，可又像是厨房里炖菜的滚汤声。他一面隐隐地耽心着——怕他要请的这位客人忽然有什么变卦。

他听着自己的心跳。连天上的云怎样在流动，太阳怎样挤出身子来，他仿佛都听得见。

这种听觉上的特别聪感，竟逗得他自己不舒服了。于是他瞪了五二子一眼：

“什么？你说什么？”

太太摆着付说不清的脸色：

“啧，这样凶法子做什么嘎，她倒是好意。”

那位孙小姐堵起了嘴，淌下了眼泪。

“我不管，”他嘟哝着。“油汤舀光了——活该！”

祖母一把把她拖了过去，她干脆伏在她胸脯上哭了起来。

可是正在这时候——丁寿松用种慌忙的神色来报告了：

“车子家来了！何老爷到了！”

等到屋子两位爷们往外走，他这才紧跟着回了出去。

那祖孙俩也起了点小小的骚动，大太太拉了拉自己的夹袄，把孙小姐的脑袋扶了起来。

“洗个脸罢，洗个脸罢，”她用手掌抹抹五二子的眼睛。“客人来了，你把那个——那个——”下巴很快地翘了一翘。

孙女儿还堵着嘴嘟哝。老年人的手触到她脸上的时候——她还把身子扭了一下。不过她到底还是听话的：不管她怎么生气法，在祖母跟前可十分伏贴，十分顺从，似乎大太太的那种善德，从血里面遗传给了这个五二子的。

为得怕擦去了脸上的粉，这位小姐只用左手拿手巾在腮巴上贴了两贴。右手可在抹桌子，还带着很精细很快当的手势——把那只一函书的样式的梳妆盒子盖起来。随后照了照镜子：唵，行，不必再洗脸来麻嫌自己了。

这就拣着角落里那张椅子坐下，学着摆出一付又文静又细巧的那种太太派头来。

桌上那只褪了金漆的大座钟——用那个重甸甸的锤子循规蹈矩地摆着，两分钟给摆了过去。接着三分钟，四分钟。

然而客人没有到这屋子里来。

两个互相瞧瞧。怎么的呢，这是？

只要是一个熟人，只要是知道老二的声名的——都知道他一辈子顶要紧的是个母亲。他们一到唐公馆，头一个就得走进这最后进的屋子里，用种又恭敬又关切的口气向她这做母亲的请安。他们称她“伯母”，或者照普通的习惯叫“老太太。”

“老太太福体——？膀子近来——？”

这位老太太就得淌水似地报告着膀子疼到一个什么程度。她脸色简直很高兴，越说越起劲：好像她害着这个毛病是值得骄傲的，好像这是她的一种功绩。

“今儿个那个何——何什么的呀？”她不放心地听听

外面。“以前来过没有?”

五二子可起了身。她颠着脚尖穿过院子，拿出玩“躲毪毪”的姿势溜到了厅子上。她倚着门框，拿手绢的一只角在嘴里咬着，一面抡着眼珠子看着递烟递茶走来走去的听差们。

书房里传出了十公公的叹声，说起话来也哼呀哼的，叫人想到一个病人。不过那个姓何的老是痛快地大笑着：跟手就——“唉唉，唉唉!”就是没看见他，也想像得到他那付笑得喘不过气来的样子，说不定还淌着眼泪哩。

他们在说些个什么嗄，他们?

因为她有点伤风，鼻孔里呼呶呼呶的，她就把嘴张了点儿——免得出气的时候有声音。她脸子歪着，眼珠子斜着。

爹爹也许在谈着太太，像太太跟她谈起爹爹一样。他会这么嘟哝的：“她老人家把五二子惯坏了。这孩子聪明倒还聪明，就是这个——脾气!”

一想到爸爸，她总觉得不服气。他一个人要用那么多钱!他尽跑到省城里去做什么：他就只想玩!

这些她都知道，太太全都告诉过她。她这就偷偷地把肩膀耸了一下。

“爹爹比大妈妈好，”她对自己说。“不过爹爹——怎么要叫太太不舒服呢?”

五二子从小就给太太爱上了，差不多是在她屋子里长大的。连那个死去了的娘都跟她有点疏远，仿佛她挨到了太太身边——就是做错了事。可是她只听祖母的话：从八岁起——她就知道这家里哪个是坏人，哪个好些。

“这个孩子啊——”太太跟十爷说过，“肚子里才明白哩：大人还不晓得的，她倒晓得，唔。不晓得怎干的……我怕她太聪明了，唉！”

于是她臊得吃吃地笑着，跑了开去。等到别人听见她的步声已经远得听不见了，她又悄悄地打回头，蹑脚蹑手挨到太太房外面，耳朵贴近了板壁。

这也是太太教给她的，太太推推她，压着个嗓子——

“去听听！去听听！——看大妈妈跟祝寿哥哥说些什么东西。”

五二子回来用断断续续的句子报告着，可一个字也没遗漏。渐渐的——她自己也会运用这一手本领。并且谁说了些什么，谁说了些什么，她都记得清清楚楚：复述起来也不像小时候那么结结巴巴的。

这个世界——好像只有她们两个人，只有她祖孙俩。早几年二少爷要把这孙小姐送去进学堂的时候，大太太竟又哭又嚷地吵了起来：

“我舍不得，我舍不得！……做做好事嗄，修修福嗄！我老了，眼望着没得多少日子了——一个孙女儿也要抢走了！……我代你磕个头，我代你磕个头！……”

一经儿子安慰了一会，她安静了点儿。坐下来还尽淌着眼泪。本来是的！一个女孩子，一个好好人家的小姐——嗨，进学堂！怎么那么性急呢：等她死了看不见，那就随他怎么玩法就是了。

那个五二子可在提心吊胆地想着：爹爹这是什么意思呢？

虽然二少爷表示了他那份孝心，表示他的顺从，那一老一小可还搂着哭了好一会。谁都容不得她，谁都想要拆开她们，她们就结得更加紧了些。五二子一点也不去跟两个哥哥玩：他们不懂事。她一举一动都摹仿着太太，注意着太太的教训。要是没什么正经事——她差不多不离开房门一步。只拆着燕窝，剥着莲心，认几个字。

她老是拿那双光闪闪的眼睛来打量着别人，眼珠子转动着——竟叫人觉得听见骨碌碌的声音，就是对二少爷她也疑神疑鬼地瞟着他。

爹爹只有在小声儿说起大妈妈的时候，他才是一个明白道理的人。除开这个——呃，那就不大靠得住。譬如今天刚才——望望瞧！他对她那个凶法子！

五二子刚才只不过要吃炒米就是了。太太小声儿叫她到厨房舀鸡汤来泡，一面再三嘱咐着——

“不要让人家看见，舀了马上就来。”

怎么，爹爹已经知道了这回事么？

现在她身子靠门框靠紧了些，她巴不得爹爹漏出一句什么话来。她舌尖小心地抵着下唇，两只手临空着像要抓什么似的。

可是二少爷很少说话。一开口——不到一两句，就给何老爷的笑声打断了。

可是前面那个厅门那边——忽然有个人影一幌。显然那个人也在这里听什么：步子移来移去的也不叫放出点儿声音来。

五二子很快地往前面溜过去。她歪着身子走，仿佛怕有什么水点洒到她身上。

那个偷听说话的人是个瘦子。给亮光照着——脸上凸出的地方显得格外白，凹进的显得格外黑，看来就更加骨棱棱的。

现在他有点忸怩。咳了一声，脸上对她堆着笑。

这又是那个丁寿松。

孙小姐奇怪起来。怎么，他怎么也会这一套呢？——他并不是她们家里的人呀。

九

丁寿松拖踏着走开的时候，二少爷在书房里喊起人来：

“韩升！韩升!”

可是走到门边听伺候的是丁寿松。他的脸在门框边躲躲闪闪的，生怕那个什么何云荪认出了他。他似乎觉得——只要他不去看别人，别人就不会瞧见他：他不敢把视线打二少爷的脸上移开。

一等到知道二少爷是想重新要泡一碗茶，他马上就走了开去。一面又觉得有点不高兴。那位姓何的仁兄摆的什么架子！——竟一直没理会他，连房门口有一个人都不知道。

何六老爷一点也没有那天船上的疲倦样子。只是很豪爽地谈着，告诉别人——他近年来穷到了个什么地步。嘴巴可张得大大的在那里笑，鼻子红得发油，好像把谁的窘状当做笑话来讲的。

“季樵，季樵，你无论如何想不到，”他用手背敲敲十老爷的膀子。“我在竹陵的那丘田——吓，一个圩子一修，修了我七千多。你看!”

他搔搔头皮，摇了摇脑袋，吡的笑了起来。

二少爷可在忙着照应客人。他亲手替何云荪拿烟，还时不时把荔枝桂圆什么的送到对方去。眼睛生了根地钉着那张圆脸，自己脸上可一下子皱着，一下子笑着。他这些表情总是来得特别早，别人的话还没交代出一个道理的时候，他就有了反应，似乎他早就已经看穿了对方的心思。

为得要表示一种礼貌，他插着嘴：

“哦？花了这许多钱啊？”

十老爷格勒格勒地剥着桂圆壳。然后很用力地往嘴里一送，老是连核都嚼得稀烂。不管别人谈到什么题目，他总是带付受了苦难的脸嘴，怨天恨地说：

“有什么意思呢？做人？做人毫无意思，毫无意思。”

他喝了一口茶把嘴里的桂圆送下去，拿盖碗在桌上一顿——那个磁器给震得颤一下。

“世界上的事总是一代不如一代!”他食指使劲点著自己椅子上的靠手，嗓子略为提高了些。“很多很多的老世家都这个样子：大家往下倒，往下倒——倒光，好，大家都精光。你呢——”他忽然转过身子来冲着何云荪，“不是我爱说不吉利的话，你呀——现在固然还安安稳稳有吃有穿，但是到你世兄那一代……”

那一位摇了摇头刚要说话，季樵十爷可又摆摆手：

“你世兄那一代说不定还可以过得去。再过一代呢？”

唐启昆看了何云荪一眼，带一种代替别人伸冤的派头辩解着：

“不过倒——倒也看什么人。我说何六先生府上倒不至于这个样子。”

“不然也，不然也！”何六先生两手摇了几下，然后提着拳头，跷起大拇指来，大袖子幌动得显出一股潇洒的样子。“不要说我的后辈，我这一辈都已经不得了。呃，是真的。我倒也不愁：自乐其乐。哈哈哈！……怎么呢，怎么呢？你看呢？——这个态度——”他脑袋画着圈，“呃，如何？”

他打起哈哈来。

二少爷看见那位客人端起了盖碗，嘴唇在杯子边啜出一种干巴巴的响声，他这就很生气地叫：

“喂！来人！茶呢，茶呢？”

他发见何云荪瞟了他一眼，他感到有一把沙子摔在他脸上似的。忽然他思想在他近来顶不愿意提起的一方面触了一下，像触到痛处那么叫人一阵难受：那个人也许是看不起，也许是在肚子里轻蔑地想着他——

“摆什么架子嗄！——空壳子！”

于是一等韩升进了门，他发起大脾气来：

“这个混蛋！……混蛋！”

那边那个客人还在滔滔地说着，冲着十老爷打着一定的手势——翘着两个大拇指晃动着。他放小声音告诉别人：前年以来他亏空了一万多。他不知道这个端午节要怎么渡过去，据他看来——怕连粽子都包不成。这里他满脸笑着，看看唐季樵，又看看唐启昆。

“讲起来真是急死人！”他兴高彩烈地叫。“去年我们家里那位少奶奶一死，全家一个钱没得。连棺材都是赊账的。你看！”

唐二少爷似乎嫌他说得过了火：

“你西湖的庄子呢？”

“当掉了！”

“怎么？”

他没命地抽了一口烟：

“摆在那块做什么呢？市政府要造马路，拆房子，刚刚好——要在我那个庄子中间挖一条心。我不如趁早当掉。可惜的是——没得一个人肯来当：个个都晓得这个房子靠不住。”

这还不算。顶糟的是他等钱用：他算好拿这笔当来的款子来缴钱粮，可是……

可是那位主人还不服气。他照着原来那种有礼貌的口气又问：

“那么你在北平的房子呢？”

那个用手在空中一拍：那谈都不要谈起！他站了起来，弯着个腰——让自己上身往主人那边倾了过去。

“你晓得——北平糟到了什么样子！”何云荪摆着一付从来没有过的严重脸色。“连管房子的那个老叶都害怕，写信说要回到南方来，要请太太老爷准他。……好久好久我就想到北平去——不能去嘛，有什么法子！好了好了，这份房产算是白花的。嗯，拉倒！”

唐季樵一直在沉思着。用迟钝的手势拈起糖莲子，慢慢地嚼。好像他是怕剥起壳子来会打断他的思路，就尽拣上这种不费手脚的吃食的。

“这个世界倒过来走了，”他说得很轻：他忍受着的痛苦，他耽心着的祸害，似乎都怕给别人听了去——怕叫人分担了他的忧患。一面他的手动得挺小心，仿佛怕惊动了谁。“这是反常。唉，这简直是反常。……到哪一天才会好嗄，到底？我们只指望儿孙好起来，哪个晓得一年不如一年，这个世道。”

做侄儿的劝了他一句：一个人这么消极总不行——消极！然而何六先生用种客气的样子轻轻校正了他一下：

“这个不是消极。是悲观。”

至于他何云荪自己呢——他看得很开。不管怎么穷，不管债主坐在他对面，他可还照样喝酒。并且他还喜欢弄几样精致的菜：譬如——炖得稀烂的鸭子，加两片陈皮。

“酒呢，”他带着自信的样子往下说着，“我爱吃老花雕。坛子一开——吓，那股糟香五里路都闻得见。在杭州——我们设法在个寺院里弄来了一坛。……不管天高地厚吃了酒再说。我是达观的。十先生你看呢，我这个主义——呃？可对？”

上桌之后他一直还是谈着酒经。他吃得很豪爽，喝得很多：等不及主人替他斟酒，他就笑嘻嘻把那把银壶拿过来。他问着二少爷：

“你这酒到底是哪一家的？”

谈着谈着他似乎忘记了主人告诉他的话，又提起就问一遍，接着喝了一大口，点点头。这味道好不好——他可以一句也没有说。

唐季樵喝得过量了些，颧骨上不自然地红着。他用种很精密的统计来报告——哪些盐商败了家，哪些官家子弟守不住家产。他们唐家是一样的情形：他虑到了他的儿女们那一代。

“真是没有意思，”他朦着眼睛好像要打瞌睡。“明明晓得他们将来处境要更加困难，你没一点办法。我自己是完了。我只要启良他们好好学点东西，往后能够赚碗饭吃。”

二少爷正舀了一个狮子头到自己酱油碟子里，这里赶紧停止了动作，插进来说：

“所以——像我们这种人真没得法子。有钱的还是买几亩田好。”他看看何云荪的脸色。

“田是呆的，”他点了点脑袋。“摆在那块不会动，稳稳当当。”

那位何六先生很快地摇摇头：不知道他到底是不同意，还是衔了一嘴的东西说不出话。

主人觉得现在应当提到正题上来了：

“咦，你不是要在宝应买田么？”

“没有买成。”

“怎么呢？”这个把呼吸都屏住，死钉着对方，好像要用眼睛把那张圆脸吸过来。

客人疑迟了会儿。然后扬扬眉毛哈一口气，忍不住地爆出了笑声。

“荒唐哩，荒唐哩！”他叫。他又疑迟了三四秒钟，这才装付滑稽脸色交代下文。他叫人知道他的主张跟启昆一样：的确的，田产比什么都靠得住。他翘着大拇指的右手在桌上轻轻一敲：嗨，坏的就是他手上匀不出现钱！他庄重着脸色加了一句：

“还有呢——价钱也谈不好。……季樵！喝一口！”

季樵仿佛在尽着义务，苦着脸万分勉强地举起杯子来。放下的时候叹了一声。

“他怎么总是不谈到那个上面去呢？”二少爷想。

那些熟人都已经透风给何云荪过：唐启昆为了要叫他母亲过得更舒服点儿，他宁愿把叶公荡那丘好田卖掉。十爷跟他隐隐约约谈起的时候，他说过这句话：

“嗯，叶公荡的田的确是好田。”

可是怎么，今天他老避着这个问题，哼儿哈的！

唐启昆极力要把题目扯到正面去。于是谈到许多很有见地的人：他们做事情很有打算，他们都替他们的子孙置办了一些靠得住的产业。这些产业不怕打仗，也不怕什么乱子，总是呆在那里不会蚀去一块的。这里他忍不住瞟了他十叔一眼。

可是又有一碗菜端上来了：一碗冰糖肘子。碗面只看得见那层古铜色的皮——油油发着光。一放到桌上，它还颤巍巍地抖动了一下。

那位客人叫：

“哈哈看，看样子就晓得了不起！”

他喝干了酒，冲着十老爷照了照杯，拿起筷子来。

一直到吃完饭，唐启昆总没机会谈到田上去。

连十爷都都也忘记了他侄儿干么要去跟姓何的搭交情似的，只是管自己发着议论。他老记得他女儿这一代的命运。他又想到了他的榔头：

“唉！”

他把舌尖抵在臼齿的缝里，猛地一抽，发出“撮！”的一声响，让嵌在牙缝里的东西吸出来。

“你那位大世兄呢?”他问何云荪。“大学快毕业了吧?”

“早哩早哩。要明年。”

随后他们的话锋就转到一般朋友的儿女身上了。

“仲骝家的几个孩子倒搅好了,”何六先生闭了会眼睛,又一下子张开。“他家那位小姐——怎么,她的婚事到底从新派还是从旧派嗄?”

不知道为什么——唐启昆竟微微地吃了一惊。他问:

“那个小凤子啊!”

“小凤子?”那一个抡了抡眼珠。“这名字倒不错。呃,她年纪也到了吧?再迟下去的话——唔,找人家怕难哩。”

他又不相干地笑了起来:

“好在他们如今有钱:送倒也未必送不出去。”

主人很疑心地瞅了他一眼,想着他这句话是什么意思。

今天这回请客——简直一点道理也没有。要想法子结识这个何老六,再联络联络感情,并且认认真真请别人赏脸来喝酒:这些难道全落了空么?那位客人的谈笑吵得他有点烦躁。他觉得那个人的笑是假的:嗓子本来不怎么好,可拼命要装做很宏亮的样子。说的那些话呢——哼,恐怕只有十爷这么个老实人才相信。

可是他自己实在找不出一句适当的话来引动对方。

他舌子涨大了许多，摆在嘴里好像嫌多了一件东西。眼睛不安地看看这个，看看那个：瞧着十爷那付又自然，又大方的派头，那付跟老朋友发牢骚样的口气，他有点嫉妒起来。

唉，这是他——他自己去央求别人的。他自己要去巴上别人的。并且他老实费了点周折才把那位先生找得来。于是他更加觉得自己很难说话，跟他以前干印花税分局的时候见着县长，见着那些大绅士们——那个处境是一样的。

“慢慢地来，只好，”他小心地嘱咐自己。

以后的谈话他简直没有插什么嘴。只是有时候他哼一两声——叫别人不要忘记这里还有一位正式的主人。他很热心地听着。他早就打定了主意：等这位客人走了之后，他再跟十爷切切实实谈一下。

然而到了大家分手的当口——何云荪可把唐季樵也拖走了。

二少爷带着有什么隐痛似的脸嘴说：

“十爷怎干不再坐下子呢?”

一面向那位长辈使使眼色，翘翘下巴。

那个知道他的意思：老二跟他在人面前要私下表示一点什么——总是来这么一手的。一下子他昏乱起来：移一移步子又停住，主意不定地看看两个人。

他膀子可给何六先生搭住——直往外走：

“我有好话告诉你，我有好话告诉你！”

唐启昆送了他们回来，一路上发气地嘟哝着：

“哼，这个家伙！哼！”

他不愿意到大太太屋子里去，好像怕她知道他这回事干得没一点着落——会叫她失望似的。一跨进书房，狠狠地瞅一眼零乱的桌子，就累了的样子倒到一张椅子上。

时候正是四点钟。有气没力的阳光想透过窗子射进来，可是没办到。

桌上几碗泡过许多次开水的龙井茶——摆出了一付惨淡的脸色。

他懒洋洋地拿起了一支烟。可是不就去点火：有种很怪的念头把他的动作都滞住了。他觉得他身世凄凉起来。在这闹哄哄的城里——只有他是寂寞的。他瞧着脚下那个模糊的阴影：一些瓜子壳缀得像阴天里的星星。

“十爷今天是怎么回事呢？”他欠一欠身子去拿洋火，什么地方有蚊子嘤的一声叫。

“大家吃了一通，就这样。十爷似乎存心跟他老二耍滑头——谈了一气不相干的话，临了还跟着那个快活人一块儿去玩。”

他愤怒地擦了一下洋火：

“哼，一定又是上烟馆子！真该死！”

他始终没有点着烟：那盒火柴在桌上水渌渌的地方

呆得太久，连封皮纸都给泡烂了。他跳了起来：

“来人！来人！……小高！韩升！……丁寿松！……混蛋！桌子也不收拾一下！混蛋！”

可是他一瞧见丁寿松那付害怕的样子，那付做错了事怕挨骂的脸色，他更加动火。他把所有的错处全栽到对方身上了。

“你你……嗯，该死！你跑来跑去的做什么？啊？”

“我没有……”

“没有！没有！……你到底想不想在城里混事了，我问你！……这个样子不行，我告诉你！……客人在这块——你光望着不照应！该死嘛！”

那个霎着右眼，一句话都说不出。

“一个人总要上轨道！”二少爷嗓子略为放平了点儿。“懂不懂，懂不懂？”

“懂。”

唐启昆把骨牌盒子往桌上一倒，一面移正一下屁股。他发见丁寿松还站在那里等什么吩咐，于是转过脸去看了他一会儿。末了他什么也没有说，只是摆了摆手：

“好好，就这样。走罢！”

瞧着别人悄悄地出了房门，他这才打抽屉里捧出那本《牙牌神数》，摆出又虔敬又神秘的脸色——悬空着胳膊抹起牌来。

十

下了一晚的雨。到第二天上午还没有停。

天上的云结成了一块板——往下压着，把地上的热气挤得紧紧的，叫人觉得发闷。屋子里更加暗了些，白天跟夜晚似乎是没有分别的。

唐启昆张开了眼睛，钉定了帐顶。他感到了梦里受到的那种感觉。仿佛有个什么东西推他到一个什么边沿上去——他想挣扎，又知道这个不幸是逃不脱的。可是他要仔细回想一下那个梦，倒又模糊起来。

雨点沙沙地打着，听着比没有声音还要寂寞。屋檐滴着水，大概地下给滴成了一个荡，就发出一种又清脆又单调的响声。

他身上觉得有点痒，可摸不准在什么地方。一个人在这么个天气里，就会联想到一些霉天的小虫子在身上爬，好像皮肤在腐烂了似的。

膀子伸出了被窝，自己闻到了一股男子常有的油垢味儿。他记起小时候母亲告诉他的：睡觉顶容易着凉。于是撩开帐门——很厌烦地往外看一看，把手缩了回去。

虽然他已经到了四十开外的年纪，承继着祖产在当家，在支持着这个大场面，可是童年所受的那教诫——还根深蒂固地盘在心里。

有一次——正是他九岁上，娘带他坐轿子到什么地方去，他半路睡着了。

她老人家很命地捏醒他。

“回来，回来！”她害怕地叫着，“轿子上，车子上——都不能睡觉，听见吧？”

“怎干？”

母亲摆出一副很神秘的脸色，一直到了目的地才悄悄告诉他：

“一闭了眼睛——魂就走开了。在路上睡觉，魂就跟不上来。”

于是他一直记着。就是在外面打了一晚牌回来，坐在小侯拉的车子上，他也小心着不闭眼睛。

他认为大太太在许多地方仔细得过了火。

“何必呢？你老人家的衣箱总是放在床底下，尽让它发霉。吃饭呢一定只吃两碗。”

大太太就得举出许多实例来：杨家穷下来——因为女人的衣裳挂在楼上晒的。刘七爷老年还那么贪吃，死了之后就托了个梦给他儿子：他在阳世吃那份粮食吃过了头，如今在阴间种田来补还。

“你看嗄，”她末了下了个结论。“在那块要种田哩，受得了啊?”

她一向就这么执板。可是——

“她倒也是有道理的，”他对自己说。

然后他想起她说过的那些做人秘诀：一个人总该有几个香袋子——贴在自己身边，帮着自己，有时候会献出很好的计谋来的。

二少爷叹了一口气，这样的心腹人——他一个也没有。

这整个房子都静悄悄，简直静得可怕，好像预伏着一个什么阴谋一样——大家已经计议停定，正在做着势要一下子对付他。

“真该死，真该死!”他肚子里莫明其妙地骂。“在那里做什么呢，他们?”

雨越下越可恶，它竟算定了日子要在今天下!

他腰里酸痛起来。嘴里也发麻发苦，叫他联想到自己舌子上堆着一层厚厚的黄苔。看看自己的手：细致的皮肉变成松弛弛的，横着许多皱纹。他仿佛第一次发见自己衰老，心里忽然起了一阵输了钱一样的感觉。

他有点着急：模里模糊感到有谁催促着他——叫他赶快做一点什么事。

唉，真该死！这么过下去实在不成话。他得马上动手，他得马上想办法。于是他一下子掀开了被窝。仿佛觉得有个什么阵式已经摆好，只等他这个主将出马似的。

“咳哼！咳哼！”他叫。“高妈！高妈！”

接着一口浓痰吐到地下。

这整个公馆就照例起了一阵骚动。刚刚一个次中音的嗓子才叫过——

“二少爷起来了！”

那边立刻一个高音响起来：

“二少爷起来了！”

声音好像一个皮球——到处弹着跳着，蹦到了厨房里又折回来。随后有人压着嗓子催着什么。这个跑着，那个帮着喊人。

一只精致的蓝花小壶泡着浓浓的茶——给送到二少爷床边来了。其次是那碗燕窝：灰黄色的白糖堆在中间，正慢慢地往下沉。于是高妈用轻巧的手势把烟灰盘放到床头的茶几上，这才悄悄地走出去。

二少爷打了个呵欠。让上身靠着床档，拿被窝裹着腿。他对着壶嘴子啜了两口滚烫的茶，嘴里舒服了些。他把什么念头都撇开，静静地来记一记——他一晚上所看见的那些幻象。

“这个——这个——怎么的呢？”

因为早上禁忌说梦，就连在肚子里也小小心心避开这个字眼。

先前那种着急劲儿，在他也觉得是一个梦。动手！想办法！——到底是一桩什么事嘎！

他很快地喝着燕窝。嘴里一面吸着气，唏唏嘘嘘地响着。这种补品可总补不起他心头缺掉了的一点什么。他老是仿佛记得他丢了一件东西：他要找回它，他要趴住它。

“喂，喂！来人！”他想起了一件什么事，身子稍为欠起点儿。“丁寿松呢？……喊他来！”

丁寿松进门的时候——二少爷已经移动了一下屁股，坐得很舒服的样子，勺子在燕窝碗里有一下没一下地捞着，慢慢地抬起脸来。

“这家伙！”他对自己说。“他一天到晚到底想些个什么呢。”

进门的人要走过来似乎又不敢。他站在屋子中央——离床两三尺远的地方。周围是空空的，就仿佛没个依靠的样子，显出了一付忸怩相，眼睛发着红。颧骨上面有点浮肿：大概他一晚没睡好，再不然就是有什么伤心事叫他哭过了许多时候。

二少爷紧瞧着他。二少爷相信自己能够懂得别人：凭他的感觉——他看得出对方的心底。

“这个家伙小心得很，”他在肚子里商量似地说着。“毛病不会有，大事情也做不出来。小点个的——嗯，不怎干。”

看着对方那付猥琐样子，他心脏上给洒了一把白糖似的，连血管里都感到了一种别的味道。一面可忍不住摆出一付生气的脸嘴，用鼻孔哼了一声。他不言语，只是瞧着他！他喜欢看看别人那付窘劲儿。

那个轻轻咳了一下。左眼小得简直闭了起来，右眼也吃力的样子睁不大开。还老是垂下视线，好像给人瞧得害了臊。

“二少爷想要怎样嗄？”

其实他可以说几句话的。他可以问二少爷睡得怎样，可以问他昨天喝醉了没有。可是他没开口：这里的空气严肃得凝成了腻腻的东西，连嘴呀舌子的都给胶住了。

末了还是二少爷打开这个僵局。

“怎么样？”他杂点儿北方口音突头突脑地问。

为着那一个张皇着不知道怎么回答，他发气地加了一句：

“怎么！你城里住不惯啊？”

“呃呃住得惯，二少爷。不过——不过——”

这个皱着眉等他的下文。

“不过我——”丁寿松叹了一口气。“我总有点个着急。孩子来了信，说的是——说的是——唉，要命哩！家里简直的是——驼背上加个包袱，不得了。”

“手巾拿给我，”二少爷放下手里的空碗。“嗯，乡下的情形的确是糟。”他照着上茶店的派头——把用过的手巾冲着丁寿松一摔，闭上眼睛，两手合抱着放在自己大腿上。“可是急死了也没得用。一个人好好的，总不怕没得饭吃：人家总会替你想法子。懂不懂？嗯？”

“是。”

接着二少爷告诉了他一些做事情的方法。每个字都懒洋洋地拖得很长，仿佛教书一样——话总是那些一套，可全是一定不移的真理。他认为一个人应该把得定，看得准，跟定一个大老官来求出身。随后他问：

“私人——懂不懂？这就是私人。”

不管那个大老官暂时怎么倒楣，只要对他忠心，替他奔走，替他打主意，那——这里说话的人张开眼睛来发着亮，声音提高了点儿。

“那一定有得意的一天。”

丁寿松已经活泼了些。他居然轻轻地移动了脚步——让自己靠上那张桌子边。全身融在一种暖气里面，连骨节也松动了起来。他理会到了二少爷这番话的用意。可是他心头忽然涌起了一种说不出的热情。好像一个人受了数不清的灾难，受了数不清的委屈，又一下子到了亲娘跟前——恨不得抱着对方哭一场，诉说一场。

唉，真是的。空面子要它做什么嗄！只要他实际捞得到一点儿东西，哪怕人家不给一点点颜色，哪怕人家像叫下人样的使唤他——人家总到底是一片好心。……

可是二少爷还嫌不够似的。

“你家里要钱用吧?”

“是的嗄,”他声音低得几乎听不见。

“好,等下子拿几块钱给你——先寄回家再说。……去喊他们打脸水。”

丁寿松稍微愣了会儿,跨起步子来。他感到他好像做了一桩错事——怕人家发觉似地心头一阵紧。

他晓不晓得那桩事呢,这个二少爷?难道别人已经晓得了,就故意这么耍他么?

出房门的时候他脸上发热。他竟在脑子里闪了一下那个念头:想把温嫂子拜托他的这件事告诉二少爷——免得让他这个姓丁的惹一身不干净。一面他拼命去想着二少爷的好处——唉,凭良心说,他也不该把这个瞒着二少爷。

床上的人穿着衣裳,眼睛送着那个的背影。他移向床沿,两脚在地上摸着找着拖鞋。

雨已经不那么沙沙地响了。屋子里似乎也亮了点儿。可是他把窗档掀开一角往外看看,天上还洒着粉粒似的水点,给风荡得飘着舞着。屋檐水还滴着,声音还那么单调,并且渐渐没有了力气:隔了好久才听见笃的一声,叫人替它着急。

唐启昆打个呵欠,伸了伸懒腰,无聊地站在桌边。今天他的确太性急——没等脸水送来就起了床。

“可恶!”他嘴巴用力得连胡子都动了几动。“还不来!”

他想到丁寿松那付胆小样子——霎着眼睛一句话也结不上来，他忽然忍不住要发一下脾气。他把那个人看得太重了：他竟低身下气跟他谈了那么多，还要掏荷包去接济他那个什么家!

哼，钱多得很哩!——连这么个人，也要送他几块!

于是他算计了一下家里的开销。他嘴唇使劲抿着，脖子像抽痉那么动了一动。嗨，该死!家用越来越不够!

在房里走了一圈又停到了老地方。胸头闷闷的。他的钱简直省不下来：他已经亲口答允了别人，一开口就是——“等下子拿几块钱给你!”

洗脸水给端进来了：丁寿松亲手捧来的，为的好让高妈拨点工夫来替二少爷做点别的事，他用种希望的眼色瞧着屋子里，嘴角上带点儿笑意，显然他准备了一肚子话要告诉人。

二少爷可两手叉着腰，凶狠狠地瞪着他。突然——大声吼了起来：

“怎干这时候才来!你在那里做什么!混蛋!不识抬举的家伙!”

那个全身给震了一下。偷偷退了一步，摸不着头脑地瞧着他。

“嗷!!!”二少爷连假嗓子都叫出来。“嗷!!!”

这声音是打腹部里迸出的。叫得很痛苦，仿佛连肠胃都呕了出来。可是二少爷还是不肯歇手：一个劲儿使着那条软软的舌刮子——越刮越深，恨不得要把食道钩出来。

丁寿松挺小心地退了出来，不叫步子有一点声音。

“嗷!!!”二少爷苦着脸嚷。“走什么！……哪里去！……该死的东西！”

他右手拿着舌刮子临了空——幌一下帮着打手势。那上面白腻腻的流质受了震动，沉重地滴到了那盆水里，于是一阵烟那么散开了。

“不等吩咐就走?”他叫。“到十老爷公馆去一趟——告诉他我吃过早茶去看他！”

他静静地听着那个走出去。那种步子踏出了一种很古怪的响声，叫人疑心是在水里踹着的。

二少爷想：脚后跟不着地。这种人没得后福。

书房里的自鸣钟敲了十一下，逼进屋子里来的水汽似乎叫它受了阻力，敲得慢吞吞的没一点劲儿。铛的一声之后，要迟疑好一会儿才动手来第二声。

他对着镜子修剪了那抹胡子。拿手指在脸上挨摸了十来分钟。这才照他向来的习惯——按步就班地进行起早晨要做的事来。

于是他啜了几口茶，把脸一仰：

“来呀！”

这时候——伺候的照例是韩升。他端着一碗热气直冒的冰糖莲子，盛得满满的，大拇指就只好弯到了糖汁里。手里的东西一放——赶紧就磅到嘴角里吮着，让烫坏了的指头止止痛，一面好像也要尝尝那种带桂花香的甜味。

二少爷眼睛紧对着那只碗——用很认真的神色吃着。这好像是一种仪式，一种表示老世家身份的仪式。他尽管愁着家里不够开销，可是他认为这些节目少不得。他舀完了碗里的东西，大模大样地把勺子往空碗里镗的一摔，就又点起一支烟。一面呆看着外面阴沉沉的天，一面打着膈儿——打胃里翻出了点儿甜里带酸的东西，又咽了下去。

他动手研究起丁寿松那个人来。

“这个家伙子——说他呆，倒有点个乖巧。乖巧呢，又带点个呆气。……”

忽然他心里结起了一个疙瘩，他感到他受了骗。他麻烦地想着——到底该给丁寿松几个钱。像他这么个排场，起码要五只大洋才拿得出手。于是他使命把烟灰一拍：嗨，怎么他松口要松得这么快嗄!

“该死!”

那个姓丁的怎么要摆出那么一付可怜巴巴的样子！——分明是想打他点儿秋风!

唉，为什么他简直没有一个真心朋友呢？这里他把抽了一半的烟插到烟盘里，身子靠到靠背上，拿两手托着后脑。那种丢掉了什么似的感觉又盘踞在他心里：他就不懂——怎么连一个心腹人也要用钱去买。他觉得他受了委屈：这个世界上竟没有一个够交情的。

外面响起了脚步子。还有雨点打在油伞上的声音，“沙沙沙！”的一阵。

二少爷知道这是他的正式点心来了。他坐正了身子静静地等着，还把那些不舒服的念头全都赶开，不然的话怕吃着不化食。他抽动着脸上的肌肉打了个膈儿。

桂九端着一个茶盘走到他的跟前，他闻到了一股油腻味儿。那是每早都有的一大碗面——上面一厚层通明透亮的荤油，把热气盖得一点都冒不出来。那个小碟子里装着两个笋丝肉包子，两个糯米烧卖，肥泡泡地堆在那里，瞧来有一付福相。

过了十二点——唐启昆才穿得整整齐齐地到了他书房里。接着五二子用种谨慎的步法走来叫了他一声，大概她是一直躲在屋子外面等着这个时候的。

做父亲的连看都没有看她，只问了一句天天要问的话：

“太太睡得可好？”

“好哩。”

“嗯，”他说。“好。去喊他们开早饭罢。”

他把一碟肴肉跟三碟酱菜来下他的稀饭。另外还有三四个烧饼：把昨天的剩菜做馅子——拿到烧饼店里去定做的。于是他上身全伏在桌上，叫碗筷撞出清脆的响声，嘴巴费力地动着。滚烫的稀饭在嘴里给拨动了一下就下了肚子，嚼也不用嚼——跟刚才吃面的派头一样。

到大太太房里去请了安，坐着车子出门的时候，雨下得更加大了。车篷缝里溅进了水点，落在脸上冰冷的。

“该死的东西!”他皱着眉。他想移一下身子，可是重甸甸的搬不动。

“小侯，小侯!”

车轮在湿地滚着——吱擦吱擦！车顶上还给雨打得哗哗哗地叫。小侯一点也没听见主人叫他，只是冲过去跟谁拼命似的，一个劲儿往十老爷公馆里奔。

十 一

一有什么大事情——唐启昆总是去找唐季樵商量。

“何老六的意思到底怎么样?”

他声音放得很低。手板没声息地拍拍大腿，脸跟脸靠得很近——等着回答。看来要是没有个十爷，他的一切事情就简直不知道怎么办了。

十爷摇了摇头。

“不成。”

说了又把眼睛钉着他旁边的榔头，显得很不放心的样子，好像怕一个不留神就会有谁把这孩子抢走。他仔仔细细跟二少爷谈起了榔头的病，一面不住地叹着气，他竟把这位侄儿当做一个医生——仿佛这趟拜访专门是为了诊病来的。

他时不时温和地叫着榔头:

“榔头，你把舌头伸出来给二哥哥看看瞧。”

这孩子就尽量张大了嘴，吐出那条尖尖的舌子，装鬼脸似地霎了霎眼。然后他忍不住笑的样子撇过脸去，注意到了地板上的一只蚂蚁。等到大人们又谈起他们的天来——他就偷偷地伸出了左脚去挡那只虫子的去路。他鞋子上沾满着泥浆，叫地上印上了几个湿印。

二少爷放心地透了一口气：

“嗯。榔头今儿个好多了。”

“不过鼻子还是塞着。……啧，唉！真急死人，真急死人！”十老爷一站起来就往门口走，一下子又打了回头。他两手反在屁股后面，手指着急地乱动着。“我一想起来就寒心！你看小科子！——也是一点个小毛病，后来竟——竟——要是照拂得好好的怎么会坏事的嗄！”

十太太打厨房里走出来。到上房里拿着个一包什么东西又穿过廊子去。她身材很高。老是那么一付干得发黄的脸子。眉毛痛苦地皱着。那双凹进去的眼睛可在闪着光，仿佛有一肚子怨气结在那里的样子。

那位侄少爷十分勉强的叫了她一声，嗓子放得很低。他提防着什么似地瞧着她走了过去，又用着提醒别人的眼色看看他叔叔。

“没得良心的家伙！”十老爷嗞嗞地嘟哝着。

“呃，呃，”唐启昆说。“何必呢，何必呢。十娘不小心倒是真的。她不欢喜孩子。”这里他忽然着急起来，显然有个很难想透的问题钻出来了。“她到底——到底——唉，她到底给他吃了什么东西，给榔头？”

十娘大概常常在吃上面花了许多钱：钞票一到她手里就呆不住。日子越过越困难。可是他点起了一支烟，苦着脸劝十爷别消极。

“身体总是要紧的。我看你气色不大好。”

“是嗄。”

“你可头昏啊？”二少爷赶紧吐了一口烟问。

那个想了一想。右手贴着额头，又摸摸太阳穴，他觉得脑袋的确有点重甸甸的。

“嗯，昏哩，”唐季樵失望地倒到了藤靠椅上。他叹着气，伤心地瞧着榔头。

唉，真是毫无意思！要是他死了——这些孩子怎么过呢？

可是二少爷仍旧用那个老姿势抽着烟。他那付不动神色的派头——叫人相信他的办法没有错儿。

“烟倒是收敛的，”他说。“十爷你怎么不抽抽看。一天抽个一两回，熬点个好膏子。烟馆子里没得好东西，天天跑去也不方便。在家里那就——唔，这个东西不能断，天天吃点个才有效。”

他打量着十爷那张瘦脸，那付有点驼的身坯，他鼻边勾起了两条皱纹——看来他是心里有什么耽忧的事，可又不好说出来。他只是往好的方面谈：他一个同学自从抽上了那个，气痛病就没影子了，还发了胖。卜老先生那个痨病呢，也是的。于是他起劲地把脸转向着十爷，耐心耐意叙述着卜老先生医好痨病的经过。十爷虽然也知道这些事，可是未必像他这么详细。

十爷怕把事情看得太乐观，过后就会叫自己失望。他轻轻地问：

“老卜不是吃童便吃好的么?”

“嗳!”二少爷叫。“我是晓得的，我！——我差不多亲眼望见的。童不童便不相干，他是多年痼疾。我是明白的：他全靠这个，这个——”

他拿大拇指斗在嘴边，小指翘着动了几动。

“唉，原是的，”他闭了会儿嘴，又摇摇头自言自语着。“什么事都要你自己烦神，不滋补滋补怎么得了嘎！反正大家都不得过。你还比我好点个哩。我是——我真着急。娘老了，大嫂守了这么多年寡，我总要叫她过得舒服点个。家里头的开销——唉，我不能够刻苦她们。……呃，真的，何老六那个——怎么不成呢?”

“他说他不想买田。”

“不想买田?”——他盯着十爷的脸，好像怕这位长辈跟何老六有什么鬼算盘。

十爷可看着榔头。时不时用手摸摸那孩子的额头，又摸摸自己的。他自己皮肤有点发热。十娘大概在厨房里斩肉。工工工的连地板都震得发抖，他就觉得那把菜刀似乎一下下正斫着他的脑袋。

“斩得这样响做什么!”他耐不住地叫。“简直不得让我安神！我死了就好了！”

他左手贴到了胸脯上：他心头也闷闷的很难受。看看窗子——外面的雨正织成一片玻璃丝似的帘子，把世界上什么东西都挡住了。

不过他仍旧打起精神跟唐启昆计议了一些正经事。他们猜测着那个何老六到底是什么用意。那位侄少爷可欠一欠身子去拿烟，趁势把脸凑近，嗓子低得听不见：

“小声点个，小声点个！要是十娘听见了……”

犹疑地瞅了榔头一眼，他这才慢吞吞告诉十爷：何云荪分明有钱，打算在乡下置些田产。要不然——他到这块来做什么呢？

那个吃了一惊：什么，这么个老朋友也对他撒谎？

“不会吧，他？”

可是唐启昆一连几天都跟他谈这件事。这位侄二少爷总是一两点钟光景来，用了同样的手势，同样的语句，叫十爷相信这笔买卖还可以进行。

“他说不买田，不买田——不过是晓得我困难，要卡住我就是了。”

“怎么呢？”

“他要煞田价，”二少爷把下巴斩铁截钉地一点。

唐季樵愣了一会儿。随后气忿忿地站起来，踏着很重的步子踱着。他看看他侄儿那张求救似的可怜巴巴的脸子，又想到何云荪那张一团喜气的圆脸——竟想不到这家伙这么厉害。

“混蛋嘛!”他猛地停住了步子。“他到底是何居心呢，他!人家那个样子急法子，他倒来卡住人家……我跟他算账去!我——我——嗯，真没看出他来!该死该死!我还当他老朋友看!”

他冲到门口——又突然退了小半步。他叫：

“打车子!打车子!”

当侄儿的好容易才劝住了他。二少爷捺着他坐下，一面切切实实告诉他——一个人做事总动不得肝火。十爷的身体原不大好，要是为子侄的买卖气出了毛病——那真!唉!

在叔叔旁边不放心地看了一两分钟，他轻轻地问：

“现在头昏啊?”

“唔，头昏，”那个拿两手去捧脑袋。“啧，唉，昏得很哩。”

“我叫你不要动气的嘛。”

这天侄少爷请十老爷去到了连九癞子的烟馆里。二少爷把这叫做“补元气”。他自己也陪着躺在榻上，亲手替十爷烧烟。

“我实在要到省城里去，这块事情又搅不好。”

唐启昆对着自己的脚尖出神。嘴角上闪了闪微笑，叹了一口气，又说：

“省城也是有那些个倒头事，非亲自去一趟不可。”

“东洋车公司的事啊?”——十爷一直把黄包车叫做东洋车。

那个讨厌这个名词似地皱了皱眉，“唔”了一声,拿签子在盒子里挑弄起来。可是他半路里忽然停止了动作：

“呃，华幼亭那块可有法子想嗄？借钱的话。”

瞧见十爷苦了苦脸，他就赶紧改了口：

“我跟你再商量罢，再商量罢。你现在头昏可好点个啦?”

叔太爷大模大样地抽着烟，腮巴子一凹一凹的，很舒服的样子。

仿佛这里的舒服劲儿有一定的分量：十爷多了一分，他唐启昆就少了一分。他在肚子里叫：

“真该死。”

脸莫明其妙地一幌，好像挨了一下嘴巴子似的。皮肉的确也有点发起热来。

怎么回事呢？——真是奇怪，他近几年来竟老是在别人跟前陪小心，连对这位十爷也总是低声下气。这付小人该死的样子简直成了那个的——

念头在这里顿了一顿。要把他自己来跟丁寿松打比，未免来得太过火了些。他手指在大腿上敲几敲，装出付想不出的样子，跟他以前当印花局的时候——谈起什么人来的派头一样，对自己吞吐着：

“那个丁——”

他五脏什么的往下一沉。这感觉正像他做过的那些噩梦一样——猛然从一个老高老高的地下摔下来，全身发一阵紧。于是他一下子想到了那些不吉祥的事情上去：他醒着既然有了那种梦里的感觉，那他准会有一天从高处一失足——吱嚓！

那就什么都完了蛋。完得精光。……

可是——他怎么老要往这上面想呢？他拿起一支纸烟来抽着，用力地起了身，挺了挺肚子。他看不起地瞅了十爷一眼，在对面炕上躺了下来。他想到他这位叔叔一定会抽上这个玩意，心头的疙瘩也就平了点儿。他想起一般亲戚本家说到十爷时候是怎么一付脸嘴——

“唉，他什么事都不懂。老实说，他有点呆。”

十爷在上一辈里是顶小的一个，生下来的时候——老太爷跟老太太都跟得了一笔意外财产似的高兴。他们什么事都顺着他，迁就他，生怕他使性子。他从小就手头很松，动不动就拖这位二侄少爷陪他玩：

“二圆子，我们来抢开。一开一文钱。”

于是大太太推推二少爷：

“去嗄，去嗄，十爷喊你陪他玩哩。”

可是二少爷一开抽屉要拿钱去做赌本，大太太可又把嘴巴贴上儿子的耳朵：

“不要拿钱，不要拿钱，你跟十爷借就是，你说你没得钱。”

那时候他们才只八九岁。唐启昆还记得十爷那付呆相——右手出着牌，左手玩着自己的辫子。十爷对开子还不很认得熟，一轮到出牌的时候就先偏一偏脑袋看看，咕噜着：

“我望望瞧——要一张什么牌，出一张幺五就是顺子？”

“瞎说！什么牌都配不起来。”

等到十爷放下牌一松手，二少爷就一把抢到自己跟前——

“哈哈，二三靠大六！”

有时候这位小叔爷使了性子：他不服输。他抢着嚷着，叫屋子里的人都骚动起来。老太太对这些事有种特别的敏感，立刻一拐一拐地走出了屋子，心疼地看看十爷，叹着气。大家都把视线钉到了二少爷脸上——怪他不该惹叔叔生气，可是谁也不敢开口：得罪了大太太不是玩意账。

大太太可并不护自己的孩子：

“二圆子你作死！倒头的小鬼！”

二少爷呢——怎么也舍不得丢开这个玩意。反正全是十爷的本钱，输的是别人的。赢了的可连本一把捞，带回屋子装进抽屉。于是他总是让着点儿，一面他把他面前的制钱偷偷地放到自己袋里，苦着脸瞧着胜利了的十爷：

“他妈妈的我又输了。……欠着你的！”

“唵，你欠我——嗯，嗯，三——三——三十二。”

这位小叔叔只要赢牌，钱不钱满不在乎。末了他又抓了一把送到对面：

“哪，借给你做本。”

唐启昆还记起那一次——他俩打书房里逃出来，到厨房里躲着赌钱，挨老师打的可只有他二少爷一个人。可是他还老是跟十爷在一起。他想出许多新花样来玩：叫十爷把泔水倒到茶壶里，叫十爷骂五娘一声“烂货”——虽然他连自己都不知道这名称是什么意思。

唉，那种日子过得真快活。

他跟那些叔叔们推牌九的时候，他跟十爷总是一同下注的。他推起庄来也是十爷掏一把钱给他做本。他一打后门溜到街上——就有些小鬼头迎上来。

“二少爷！二少爷！”

街坊上把他当做太子看，替他做事，陪他玩“状元红”——二少爷把十爷那里得来的钱又一串串输给他们。

这一手——他自己也承认做得傻。一直到现在，想起来还有点不大自在。

“我太大方了，那个时候。”

接着他又埋怨自己：

“老想着这些个做什么呢，如今！”

如今——他忽然记起了一件什么祸害。五成着急，五成懊悔——把胸口塞得满满的，他觉得他用钱的手太松。他怎么也得节省一下，他怎么也得弄一笔钱来对付端午。于是他重新又跟十爷谈到那些正经事。

“何云荪那家伙狡猾得很。就是跟我谈成了——也是远水救不得近火。华幼亭那块一定要请你想下子法子哩。十爷，十爷，嗯？你不做保他是不放心的。”

十爷只叹着气，回答了这样的话：

“好罢，我去试试看罢。不过我的景况也是！——上回子代你还了那笔钱——我真我真——唉！”

唐启昆用牙齿轻轻地刮着舌子。他感到贴了本似的，怪自己不该对十爷太恭敬。他凭他在官场里混过一时的经验，知道他实在做错了点儿事。嗯，一个人客气不得。你越对他多礼，他越不买账。你一大声大气的，他倒乖乖地依顺起来了。

晚上跟母亲谈起十爷的时候，他这就用了批评属员的那种气派，拿手掌很很地拍着桌沿：

“真该死！十爷这个样子真不成话，真不成话！”

“怎干，怎干？”大太太全身都来了劲，凑过脸去逼紧着嗓子。“他又出了什么玩意头啊？”

儿子右手着急地摇了一摇——“不是！”又去敲他的桌沿：

“十爷太对我不起，十爷太对我不起！”

五二子正在那里写仿。那支“小大由之”的笔尖一给搬到纸上，她舌尖就顶出到嘴角里，大人们的话她似乎全没听到。只有在蘸墨的时候——拖笔拖得很久，光闪闪的眼珠很快地转动着瞟她爹几下。

那两母子在那里奇怪着：怎么连十老爷都不肯帮忙。大太太疑心到十太太：

“说不定是十娘捣的鬼。”

“十太太说爹爹不好，”五二子把笔临空着，脸子稍为侧过点儿来。“十太太说——嗯，嗯，‘我们家那位二少爷呀——’嗯，嗯，‘没有一句话靠得住的’。十太太说我们花了他家好多少钱。”

祖母眼睛看着爹爹一直没动，这里把嘴唇一缩：

“你望望瞧！”

唐二少爷可满不在乎，有点嫌五二子多嘴似的：

“我晓得。”

他只着急钱的事：要不搅什么五六千块来——那简直不得了。他想要请母亲再切切实实跟十爷谈一下。十爷向来承她老人家的照顾，向来怕她，听她的话的。瞧着做娘的还盯着他，眼睛霎呀霎的，他知道她这还没打定主意。他决计要把他娘儿俩中间一点小事先说一说妥当。

“我其实是为的娘：去年子公上当了你的首饰——不赎不行。十爷只当是我为私：他不懂得我，糊涂嘛。你去跟他谈下子才谈得通哩。”

大太太看看五二子，五二子可满不在乎地蘸着她的笔，她肚子里许多心思不叫放到脸上来。那些首饰——她一直替祖母耽心着：照爹爹这样子花钱法，这笔家私怎么也赎不回的。

“怎么爹爹要用这许多钱嗄，一吃起饭来就是十几块。”

以前祖母在半夜里把五二子喊醒来——跟她谈过：将来她老人家这份私房准是这位孙女儿的。

“往后就是你的陪嫁。”

孙小姐可把脸子钻进了被窝里，叫大太太瞧着这臊劲儿非常得意。于是祖孙俩小声儿计算起来：在外面放着债的一共有五千多，存在咸隆钱庄的有三千。这些数目连爹爹都不知道，都是舅公公经手拿去生利的，家里人知道的只是这些首饰。

“并不是我连你爹爹都要瞒。”大太太说。“的确是的，不能让他晓得。你看，这些个首饰不是给他当掉了啊？幸亏老太太给我的那一箱——你爹爹不晓得。”

这孩子虽然打了个呵欠，可是一点睡意也没有：

“不能让爹爹晓得。一到了他手里就没得玩的了。”

可是今儿个——“不赎不行”。这句话也在她们耳边响着，还感得到他嘴里呵出来的热气。

老年人叹了一口气，似乎觉得自己把儿子逼得太厉害——有点儿不大忍心，又好像耽心着许久的事一下子解决了，叫她松了松劲。

二少爷一走出房门，五二子就放下笔，到房门口张张外面有什么人没有，悄悄地跑到大太太身边。

“爹爹那句话靠不靠得住呢?”

“赎总要赎的哎,”祖母很信得过的样子。

孙女儿嘴角往下一弯，埋怨地斜了大太太一眼：

“嗯!”

这一手——她老人家可没想到。她等着这孩子的下文，眼睛四周的肉都皱得堆起来，好像对着了刺眼的阳光。脑子里忽然闪了一下那种不吉利的感觉：她希望启昆这回不至于哄她，虽然他在她跟前向来没一句话做到了的。

她不愿意想到这上面去，也不愿意对五二子提起。要不然——她就会觉得自己空荡荡的抓不到边，会觉得这世界太可怕。

连自己亲生儿都靠不住啊?

她在肚子里答：不会的。

五二子这么不相信他爹爹，她老人家想到这是一家子里不应该的事。于是她仿佛故意要撇开这些伤痛，把脸掉了开去：

“你爹爹待我倒是……”

那女孩子堵起嘴来：

“你望着罢！爹爹说的话——没有一句算数的。”

十 二

“没有一个好人!”

唐启昆一想到十爷就生气。他自己一天比一天窘迫，仿佛就是十爷害的。他记起从前过过的那些好日子，像在心头长了个疖子那么难受。

谁都知道他叔侄俩特别要好。早先大太太跟二少爷简直是替十爷当家，什么事都替他把主意打得停停当当。

“十爷你真要小心哩，”唐启昆伸出个食指，压着嗓子告诉他。“你做人太老实，家里人又这么多。现在分了家——我只怕你上人家的当。”

做叔叔的眈起心来：

“怎么办呢?”

大太太也插了嘴：小声儿把二少爷那些话说了一遍。她认为顶靠不住是五房里——偷呀抢的什么都来。

“如今不过才分家，就是这些个鬼鬼祟祟的事。将来五爷败光了——嗯，他这个样子抽大烟还抽不穷啊?

你望着罢，到那个时候他们一定欺侮你。”

于是二少爷出了个主意，他拍拍自己胸脯。

“有我！——我代你想法子！”

他叫十爷把分得的那些字画——藏得他们大房手里。大太太跟他都比他精明，谁也骗不去。十爷越想越可怕，再迟点儿就怕给抢了去似的，就在当天晚上，这两叔侄把三口大箱子搬到这边来了。

那时候十娘过门来还不到半年。身材比那位太太奶奶都要高一点。走起路来挺胸突肚地跨得很快。她不大开口——也许是因是新婚之后有点害臊。一双眼睛可显得很懂事，瞅人一眼就仿佛要看穿别人的心事。

大太太很不喜欢她。

“十娘才好玩哩——长得这样高法子，高得巧奇，乡下女人倒有长得高的。一个太太长得像个金刚样子，我还没有看见过哩。”

娘儿俩都想不透——怎么十爷会跟新娘子这样要好。他差不多每天呆在屋子里，两口儿厮守一个整上午。他们扔骰子，抢开，吊天九。有时候还哄出了十爷的傻笑。

二少爷总是踮着脚走到过道里，反着两只手，侧着脑袋听着。他母亲偷偷地拐过，扬扬眉毛张张嘴，表示问他什么的时候，他只抽出手来摇几摇。

“呃不行！”——他们听见十爷在嚷。“这一付是我的！”

跟手板壁那边就透出一丝轻笑声。

“你赖痞嘛。”

“十娘说十爷‘赖痞’，”二少爷贴着大太太的耳朵告诉她。

大太太一想到这些就发闷：

“怎干十爷不发脾气的嗄，她骂他‘赖痞’？”

大房里这两母子静静地等着：他们巴望着那对新夫妇吵嘴打架。大太太挺有把握地说：

“新造茅厕三日香。过晌时你看罢：有得吵哩。”

那两口子那种亲蜜劲儿逗得大太太跟二少爷都不大舒服，十爷一有个新人上了门——就连嫂子侄儿都丢开了。十娘这个人是——哼，靠怕是靠不住的。将来她一替十爷当家，十爷就会跟他们疏远，就再也不会像现在那么相信他们了。

大太太一瞧见十太太，就总得把下唇一披。

“看看瞧！——这付粗脚粗手的样子。”

她这就动手跟十爷谈到一个人的品貌。她用着老嫂嫂那种关切的样子——告诉他一些千真万确的道理。她眼皮下面打着皱，没办法地动着手指，耽心到十爷将来的命运。太太们长得太高总不是福相：她或者克夫，或者犯夫星，这种女人总是不会生儿女的。

“这一着倒着实要防哩。不孝有三，无后为大。”

她到他们屋子里去坐了一会。她骄傲地告诉十娘——二少奶奶已经怀了六个月的喜。她用种真心照应人的神气劝着她：顶好是快点生个儿子，好叫升了天的老太爷欢喜。

等到听说十太太的有了孕，她老人家就跟那些姑太太们小声儿说着：

“十嫂也真是！她亲家母[①]有三个月没有来了哩：说是有喜了。你相信啊？看她那个样子就不像。五嫂说：十嫂啊——哼，她有暗病！”

第二年十娘生了一个男的，那个启良。谁都料不到那个女人那么会生：差不多两年一个。并且个个都很结实，一直到现在——只死了一个小科子。

“真奇怪！”大太太越想越不服气。她这就把怒气泄到二少奶奶身上：二少爷一连让她养了三个小孩——都坏掉了。“这贱货！——带孩子这个样带法子！她就看不得我有孙子！”

二少奶奶气忿忿地回嘴：

“嗯，你不怪你儿子——倒来怪我！你儿子生了一身不要脸的病，你不晓得啊？连我都过上了身，我一肚子怨气正要找你们算账哩！”

---

① H·厄立司说：以尾骶骨为圆心，n寸为半径，画一个圆则这圆里面的东西，人们都讳言。唐家的女太太尤甚。说时则用许多代用语。如月经，则曰亲家母。

全家人都知道了这回事，这里那里时时有些很难听的话。就是以后二少奶奶丢下了两个孩子死了，他们还认为就是那个毛病送的命。

“怪不得老二的孩子老长不大，如今这两个——孩子往后还不晓得怎么样哩。”

这两母子瞧着十娘那一窠蹦蹦跳跳的——孩子大声吵着好像故意来挖苦他们似的，他们就更加恨那位十太太。他们看着自己带病的孩子，就似乎觉得他们这种抱儿抱孙的运，是十房里硬抢了去的：那边生一个，这边就死一个。

大太太说：

“一个人要是在相上不招子息，偏偏有许多孩子的——那一定就是报应。不是坏东西投了胎，就是前世欠了债。”

那时候她老人家是老跟十爷谈起十娘的相貌：

“你看她的眉毛。”

说了轻轻嘘一口气，舌尖顶出嘴唇，好像叫自己别泄漏什么似的。

十爷搔头皮：

“怎么呢？眉毛？”

“我本来不该派说的，”她踌躇了一会之后，自言自语地说。“不过我想想真不放心，唉。眉毛粗——脾气就有点那个。你望望五嫂子瞧，那双眉毛。”

不错。的确是的。十爷一下子没了办法：他想像到他家会出些什么可怕的事。那么又高又大，像五嫂子那么泼辣起来——那简直！这些他怎么没早点注意到呢？

启昆二少爷也结结实实跟他讨论了一次。

“十爷，并不是我在你跟前说十娘什么。我是一片好心，我。”

这么一开了头，就长篇大段地说了开来。他叫十爷别多心：他们有天生的血统关系，他们天性就规定了他们要彼此关切，彼此帮忙的。十爷怎么能够信不过亲人，倒去相信一个新进门来的人呢？——况且这个人个长得那么高。

“我看——钱上面的事万不能给十娘管。”

十爷的钱比别房里多些。他分得他那份家产之外，还有老太爷的一些金条，一些玉器——都私下给了这个小儿子。这也是十爷自己对大嫂跟二侄儿说出来的：他把什么秘密都放心地告诉他们，虽然老太爷还对他嘱咐过这些话：

“你对什么人都不要说。你太忠厚，容易上当。我要给你这些个东西——也为的你太忠厚。这些个你要好好藏起来，顶好是存到二姑妈那块。”

可是二少爷斩钉截铁地告诉十爷：

“不行！”

老太爷的遗教他们当然得依着去做，不过一个人总要有变通办法。这里他打打手势来了一句“此一时也彼一时也”。现在二姑老太太家里穷了下来，这就难保她老人家不挪用一下。

“还有——”二少爷很为难地在嘴里“啧”了一声。“十娘——十娘晓不晓得这一笔货?”

“我还没告诉她哩。怎么?”

做侄儿的透了一口气：

“还好。”

那年唐季樵要到城里去，他们叔侄俩就又商量了一回。二少爷出了一个很好的主意，叫十爷一天到晚提得高高的心放下来。这个办法的确千稳万妥。不过一想到要自己怎样来动手，十爷又踌躇起来了。

“埋到花园里——倒是保险的。不过叫哪个去埋呢?”

“怎么，叫哪个去埋!”二少爷瞪着眼，压着嗓子叫。两个眼珠子分得很开，看来像个斜视眼。“当然自己来呀——你跟我。要给第三个晓得就糟了。”

他们约好了时间，十爷就一直心跳着。他从小长到这么二十几岁——从没有冒过这样的险。等全家哪一房都睡觉了，他摸手摸脚走出自己的房门的时候，他膝踝子颤得发了软。牙齿没命地敲着，连话都说不上。

“慢慢……等下子……”

二少爷可很沉着，警告地触一下他的胳膊。两个人手里拿着那五六包东西溜到了花园里，二少爷这才有机会埋怨他。

“你怎么这个样子不小心，嚷呀嚷的。”

颤巍巍的十爷一个音都吐不出来。那几包重甸甸的把他累坏了。

天上一些星星——像远处的灯火似的闪烁着，像一些鬼头鬼脑的眼睛——偷偷张望着他们干什么勾当。园子里黑得巴了起来，叫人再也想像不起白天是个什么样子，简直不相信这天地间还有个太阳。只要偶然低下身子去，一些树就高起来——给浓腻腻的天色衬出一个模糊的黑影。

他们身上一阵阵的冷，感得到露水浸到了他们脸上，他们手上。

十爷害怕地拖着二少爷的袖子，他那颗心简直会跳出嘴里来，他不顺气地说。

“我一定会生病，我一定会生病。……”

四面静得不像是人的世界。听着自己的脚步子——十爷老觉得后面有谁跟着他。一回头——一片没边没际的黑。他打了个冷噤。可是前面那个金鱼池发着亮，颜色是惨白的，逗得他联想到死人的眼睛。忽然好像什么人扔了石子进去——咚！十爷全身一震，腿子软得溜了几步，几乎跌了一跤。

只有二少爷那坚定的声音叫他得了救：

“来!”

他领他穿过弯弯曲曲的路，绕过那座堆起来的石山。二少爷什么都有个计算，正像他自己拍拍胸脯讲过的——

“莫慌！我有成竹在胸，我!”

于是他加紧了步子，毅然决然往前走着，只不过把脚颠起点儿就是了。

然后他两手做了一种动作，“擦”的一声——四面陡地发出红黯黯的光来。

嗯，他倒带来了洋火，还有一支短短的洋蜡。总而言之他一切都安排得周周到到，不用做叔叔的操一点点儿心。

那位长辈胆大了些：对着亮光，对着这么一位靠得住的侄少爷，他觉得世界上的事都有办法了，这就带着商量的口气问：

“埋在哪块呢？——这是，怎样?”

他们快走到墙边了。可是二少爷忽然顿了顿步子，静听了一会。外面有人在走，响着沉重的梆子声。那带嗄的叫声似乎飘到了天上——才又悠悠地荡过了墙来的：

“小心——火烛!”

“这倒头的更夫!”十爷嘟哝着，把冰冷的手指贴到了胸脯上。

唉，这些个事情真麻烦。要是老太爷不给他这些金条，这些玉器，他也就用不着这么提心吊胆。现在他们可还有一部大手脚没做完：一想到那上面——他脑子里就一阵昏。再也想不上怎么掘土，怎么把那些玩意放下去。不错，他们还得再把土盖上去。

一阵冷气打脊背上流了下去，那烛光没命地幌着，闪动着烛心上的青色的火焰。他们的影子竟变成了活人，很不安地在那里摇动，仿佛拼命要打他们脚底下脱开。叔侄俩的脸上给映得一会儿青，一会儿红。

唐季樵使劲咬着牙。他恨不得一脚就逃到屋子里去，一面叫着——

“我不管了，我不管了！”

然而不行。启昆连锄头都预备好了——在白天就搁在那个亭子里的。这位侄少爷替他的财宝照顾得这么周到，简直叫他自己有点惭愧。一个人怎么竟想要丢掉这些麻布包不管呢——光只这五十条黄闪闪的东西就有五十几两。谁都在嫉妒他，谁都想要从他身上打主意。

他打了个糊里糊涂的手势，连他自己也不知道这是什么意思。肚子里忽然闪了一下很隐秘的抱歉心情：觉得先前他那种念头——有点对不起去世的老太爷，也对不起眼前这位侄少爷。

“这件事总会要做完的，”他横了横心对自己说。

什么天大的难事都会过去的。他小时候一提到背书就怕，耽心第二天一早会挨打，可是这个难关到底也自然而然过去了。他怕五嫂跟老太太瞎闹，怕不知什么角落里流来的难民抢到这镇上，怕发大水，怕鬼，怕吃药：这些——你索性死闭住眼睛，咬紧着牙，等过了这个时辰，于是什么又照平常一样。并且——

“今晚算不得什么难事……包给他做就是了。……”

那个可指挥他起来：

“十爷，你快把那个锄头拿给我！”

十爷不敢正眼看亭子那边，只很快地瞟了一眼。他打了个寒噤。他小声试探着说：

“就不要用锄头罢。”

茫然地看着侄儿的脸，一会儿他又加了一句：

“用手——可行啊？”

“你真是！”二少爷一转身就往亭那边走，洋烛火焰一幌——拖成了平的，火尖子扫到了二少爷胸襟上。

后面——紧紧地跟着十爷。他不敢一个人站在那黑地里。

十几秒钟之后，他们动手掘起土来了。

地点是打那棵老槐树往东北跨三步——那块太湖石的旁边。这个原来也有个讲究。

“我算好了的，”正经事一做完了，二少爷就搓搓手解释给他听。“今儿个是个好日子，又可以动土。我呢——不代人帮忙则已，代人帮忙总是处处都顾到。我生来的脾气就这个样子。这个方向也是个好方向：这块财旺，我研究过的。……唉，我真累死了。要不是为的你——唉，真累！……你可不能跟旁的人说哦，留神点个！”

唐季樵感动地透了一口长气，走开花园的时候他紧紧抓住二少爷的膀子，喃喃地说着：

“唉，只有你待我这样子好……你待我真好……”

假如没有个启昆——他这位十老爷就会不知道要怎样过活，怎样做人。他跟这个侄儿怎么也分不开：他们可以共患难，共富贵。这么一个大家里，除开了去世的老太太老太爷，另外还有这么体贴他，帮助他，这是谁也想不到的。

“我可以分一半家私给他，”他打着主意，一面耽心着启昆怕会拒绝，瞅一眼那个的脸色。“金条一人一半，还有玉器骨董。……”

等到二少爷一吹灭了烛火，他又觉得身子掉到了冷水里。眼面前老有个五颜六色的东西在幌着，就连星星也看不见，只是感到前面有什么鬼怪在等着他似的。一直回到屋子里，睡上了床，他还全身发软，仿佛一丝丝的肌肉都分散了，拆开了。

“嗨，我再也不来了！”

花园里那些景象跟梦一样叫他糊涂：他简直不相信他自己也在场。他对二少爷那种胆量，那种能干法子——竟起了一种敬意，仿佛他在一个神道跟前似的。

他闭了会儿眼又张开，忽然又起一件叫他耽心的事。

“将来怎么掘出来法呢？”他对自己念着。“会不会再要来这一套呢？……啧，唉，怎么掘出来法呢？”

可是在他出门到城里去的第三天——也是这么一个满天星的半夜里，他二少爷把他耽心着的事办妥了。

进行得很快当。二少爷轻轻巧巧走出房门，二少奶奶坐在床上等他。那时候二少奶奶还没有死，虽然正在坐月子，这件事可叫她兴奋得撑起了劲来。她照着做婆的做丈夫的教给她的那些方法，把小孩子推醒——让他哭着叫人听不见二少爷的脚步响。

从这天起，大房里的箱子里多了五六个麻布袋。

这些现在想起来，差不多是前一辈子的事了。不过二少爷指头上还感得到那些东西的冷气，仿佛它们还留在他手上。心里可空荡荡的，像早年记起他的孩子一样——好容易生一个，又坏一个。

“要是留到现在——”他怨声怨气地说，“唉，如今也不会这样窘法子。”

他不大记得起那些玩意是怎么花掉的。大概他到北京进法政讲习所的时候，在前门外花得有个样子。嗨，真是谁叫自己那样呆的嘎！——跟同学们听戏，吃正阳楼，花的全是他的。连逛班子也是他掏的腰包。

“算我的！”他动不动就拍拍胸脯这么叫，接着用长官对属员的派头看看他的同学们。“看今儿个晚上怎么个玩法，你们说！”

大家谨谨慎慎对他提供一些意见，带着挺认真的脸色跟他谈着，仿佛他们都在实习——预备毕了业好去到什么顾问机关里服务似的。末了总是那个矮子——他们把他看做唐启昆的国务总理的那个，站起来幌着手，斩断了那些乱糟糟的话声：

“我们还是让老唐来带领罢：唯老唐的马首是瞻。我们都听从，不管他怎么办。我们绝对的捧场！”

有些人拍起手来。其余的喝着采，这里还响起了那个老卞的嗓子：

“咦，好！……好哇！……咦！”

唐启昆还记得老卞脖子上突出的青筋，脸发了紫，一本正经地叫着，似乎在苦心学习什么。据老卞说起来——要想在北京谋活动的，总得会这一手。他还庄严着脸色告诉过别人：

“国会里有谁演说，那些议员赞成的——只喝采，不怕手。叫得挺热闹。”

“那时候真有点个意思，”唐启昆想着，闪了一下微笑，接着深深呼吸了一次。他要记一记那些班子里的热闹劲儿，那些姑娘的名字，可是糊成了一片。只有花出去的钱他还有点数目。

“真傻！”——因为想到了在北京的事，就连对自己说话也不知不觉调上了京腔。“一年要花四五千！——

嗨，四五千！”

可是他又对自己辩解着：一个人在青年时候总该有点豪兴。他也并不是不懂事，那时候。他每天回到公寓里总是有点懊悔的——

“又是两百多！——我怎么要到班子里打牌呢！”

他抽着老炮台，对灯光发着愣。随后他细细地记上这笔账。脸上总是有点发热，觉得自己做过了什么亏心事。上了床之后他对自己下了个结论：他这些同学全靠不住。他们揩他的油，带他去干那些荒唐勾当。

真可恶！一个个都是小人样子！还有那个老卞——简直俗不可耐。

于是他打了个呵欠，打定主意——从明天起就不跟他们来往。真是的，他自己也得想一想。这几年不比从前：现在分了家，花的并不是公上的。这怎么行呢，一出手就是几百。

第二天他什么事都精明起来。嗯，这个伙计靠不住：六个铜子花生米只这么一点儿！

“伙计你不要走！”他叫。“呃，你买了六铜子花生米么，的确是六个铜子儿么？……哼，你当我不知道……”

出门叫洋车的时候他总得冒火：

“什么，要四十枚！——放你娘的狗屁！”

他很快地往前面走，连头也不回。洋车夫可老跟着他，开玩笑似的——三十五枚吧，三十枚吧。他们只要逗他多花几个冤钱。他们老卡着价，叫他老这么走着。

“混蛋!”他咬着牙骂。

这时候大概是九月里，他记得。那件大衣压在身上重甸甸的。太阳有气没力地透着黄色，把这个京城照得非常惨淡。时不时有阵风卷过来，路上的灰土就沾了起来，陀螺似的直打旋。

他拿手绢堵住鼻子嘴。可是呼吸不灵便，更加吃力得喘不过气。可是他一直没理会那些车夫：他怕自己管不住自己的性子——一个不留神会跟那些粗人打架。牙齿老是咬着，眼睛瞪得大大的四面瞧瞧——实在想要找巡警来替他出气。也许是因为他太愤怒，腿子竟有点发软。

那些车夫可还满不在乎地在那里嚷哩——

“二十八枚吧!”

该死的家伙！——多赚了这几个子儿就发了财么!

一个劲儿走了小半里，到底作成了这笔买卖，二十六枚。车夫一拔腿跑了起来——唐启昆又觉得自己做了冤大头。真是该死！——走了这么一大截了还是二十六!

为着要报复一下，他不住地在车上顿着脚，催别人快点儿跑。他老是骂着，还干涉车子走的路线。

“你这个混蛋！——怎么不一直走!”

他老实想要叫那个车夫多绕些远路。

“唉，到底省了几个钱，”他安慰着自己。“真的，不省点个用真不行。”

可是到了四五点钟光景，他一个人在公寓里孤寂起来。他拿起晚报来又丢掉，走到房门口又打回头。他碰到了一个顶难解决的麻烦问题：

“今天到哪块去吃晚饭呢？”

他想到了那些小饭馆——老是白菜！老是炒肉丝儿加榨菜！一个人可也得吃上什么毛半钱，每个月的火食就是九只洋！只有吃面上算些，可是他把下唇一披：该死，怎么好好的一个人要吃面当饱的嘎！

“面不过是点心，”他对别人说过。“只有夸子才不吃饭：中饭也是面，晚饭也是面，所以就变得这样蛮法子。”

胸脯一挺，他又毅然地加一句：

“我呢——我是一定要吃饭的！”

现在他可感到十二分为难，他埋怨北京的饭食太贵。

照例在这个当口——他的几个同学轰进门来了：

“今天怎样？去溜达溜达吧？”

唐启昆没声没息地透了一口气：他这个难关倒给他们冲过了。不过他脸色仍旧很难看，身子也躺在椅上没有动，自暴自弃地答：

“我不去！”

“怎么呢？”

那位老卞总是在这时候插嘴，认认真真说起大道理来，并且总是预先干咳一声。

“我们学法政的——咳哼，将来当然是在政界活动。所以应酬的学问倒是挺要紧的：我们这么着——倒是学了真正的学问。”

大家都看着唐启昆懒洋洋地站起身，懒洋洋地打箱子里掏出一叠钞票，他们脸上的肌肉就一丝丝放松，眉毛眼睛也飞了起来。于是他们由唐启昆带领着——到班子里喝着酒，打着牌。

第二天上午唐启昆打前门外回来，跟洋车夫吵了嘴之后，他觉得他面前开了一条路——一条熟路，他常常走的。他记起了他的十爷。

“一个人怎么能够不用钱呢？”他想。“就是只要会想法子。”

这只有十爷那里打得通。

十爷总是相信他的。那年年假他回到柳镇，他叔侄俩就在十爷屋子里小声儿谈着。棉门帘放了下来，窗档子也封得严严的。他们把十娘支开，还不住地四面瞧瞧——怕有什么歹人听了去。

“真的呀？”十爷叫。“怎么会有这样大的利息呢？”

“小声点个！小声点个！”

做侄儿的侧着脑袋静听了一会，这才松了一口气：

“怎么不会有这样大的利息呢。北边的皮货才便宜哩，只要我们有本钱贩了来，一转手——就是个对开。”

那位长辈站起来，踱了几步，叹着气，仿佛嫌利息太大的样子。他想到了做生意的麻烦，又想到怕会贴本。一面又莫明其妙地有点着急，似乎有什么鬼神在催逼着他，叫他赶快动手——迟一点儿就会给别人赚去了。

老半天他才迸出了一句话：

“好是好。不过这个生意——这个生意——做起来才烦神哩。”

“啧，嗳！”

这里唐启昆挺到了他跟前，两片嘴唇很有把握地紧闭着，叫人看一眼就什么也不用耽心。随后他伸出五个指头来计算着，视线老钉着十爷的眼睛，声音可放得低低的。他主张凑四万块钱先下手做它一笔。

“连你一共五个人，一个人八千。本来有个山东人要跟我们合股，我们不要他来。我早就想到你，不过信上不好写——要是给人家晓得了不是玩意账。”

于是这回——十爷带着万分感激的脸色交给二少爷四千。这位侄少爷永远是照应他的：

“你千万不要说给人家听，人家一晓得了就要抢着来做这笔生意，那——才糟哩。”

“唔，唔，”十爷机警地点着头。“等你到了北京我再寄四千给你。要添本钱的话——再加。”

当年十爷就有这么大方。后来二少爷写信告诉他生意贴了本，欠了债，他还又寄了三千多块钱去。

有时候唐启昆忽然有种怪念头一闪，似乎有点不安的样子——觉得自己到十爷做得太那个了些。可是一会他就想开了：

“十爷是——反正不在乎。”

然而近来——

“哼！”二少爷恨恨地在鼻孔里响了一声，把骨牌一推，捧着脑袋沉思了起来。

整个屋子静悄悄的，叫他有种凄凉的感觉。外面似乎有沙沙的雨声，抬起头来一仔细听——可仍旧是一片寂静。这世界上的一切都丢开了他，谁也不理他。于是那种从来摸都不敢去摸到的念头——在他心里长了出来，像一根钉那么塞在里面。他预感到自己会要遭到什么不幸。

瞧瞧自己的影子，连自己也有点害怕。他总觉得这里不是他的家。他只有在对江省城里——他能够找到一点儿安慰。那块有个人真心爱着他，等着他去。

“唉，我真要待她好点个，”他想。“她如今恐怕正在泡京江鱭给小龙子吃哩。”

什么地方响起了幽幽的脚步子：听来仿佛是在老远的什么高处，又仿佛就是他身边。接着还听见轻轻咳了一下，像是打一个坛子里发出来的。

“哪个呢？”他模糊地想着。“靠哪个——替我——替我——我该相信哪个呢？”

这简直是一个好兆头——丁寿松在门口探头探脑地要钻进来。

二少爷眯着眼瞧着他，腔调再柔和没有：

“你还没有睡？”

那个吃了一惊。他本来打算挨骂的，二少爷这么一客气，他反而把身子缩了拢去。舌子也变得结里结巴——不知道要怎么回话才好了。

“我……我……二少爷在这块养神啊？……”

十　三

一星期之后的一个上午，唐启昆坐上自己的车子到丁家去。

这差不多成了他的一种义务：隔不了一两天就得到那边去给大嫂请一次安。可是他一想到丁家那些冰冷的脸孔，爱理不爱的劲儿，他心就一沉。胸脯给绷得很难受，恨不得要发一下脾气。于是——小侯把裤带系紧一下，瞅他一眼的时候，他认为这分明是问他到哪里去，明明知道却偏要问！

他喷着唾沫星子叫：

“到丁家！”

狠狠地把自己屁股往车垫上一顿，嘟哝着骂了几句。小侯可一点也不理会就跨起大步子来：脚板差不多敲到了车板下面，然后又重重地踹到石板上，想要把这条路踏碎似的。

迎面兜着风，二少爷脸上凉沁沁的觉得很舒服。他打了个膈儿又咽下那口酸水。

“大嫂怎么总不家来呢?”

心里分明知道别人在跟他赌气，可是他要叫自己别尽在不幸的方面着想，故意这么问着自己。可是他全身的皮肉都发了一阵紧。他感到就有一阵大风大雨会临到他头上来，如今可连整个世界都静悄悄的：越静越叫人害怕。

大嫂在等着文侃回来。那位大人物一到家——那些姓丁的就得全伙儿来对付他唐启昆。这里亲戚朋友都会站在他们那边，说不定连十爷也——嗨，真该死!

“丁老大怎么不早点个来的嗄?”他烦躁地想，他莫明其妙的希望这件事早点儿发生：他似乎觉得——不管要闹什么大乱子，总比现在这样好过些。

可是丁文侃一下子还不能回家，丁家接到了他一个电报。

小凤子吃惊地嚷：

“史部长脑充血！哥哥不能家来：要照应哩。”

“什么?”老太太眯着眼，远远地张望着她手里那张纸。“什么充血?”

她们拥到了小凤子跟前，几个脑袋簇成了一堆，谁也没理会唐二少爷。

老太太出神地想着，嘴里反复着，硬要研究出来才甘心的样子：

“这是个什么毛病呢？这是个什么毛病呢？”

唐启昆站了起来，颠了颠脚，好像就看出了道理来似的：

“脑充血？脑充血就是那个哎，就是中风。”

他畏缩地瞅了芳姑太一眼。

那个可没了主意，自言自语地：

“中风。……要不要叫了告诉爹爹？……”

“去告诉爹爹做什么！”她妹妹很快地说。“找他家来只是空着急。”

随后她们娘儿三个都静了下来，连呼吸都彼此听得见。有时候她们悄悄地抬起了眼睛，可是一碰到别人的视线，就马上移了开去，仿佛要把对面眼睛里流出来不幸消息退回去似的。

老太太用很慢的动作坐下来，那双剔脚刀似的眉毛轻轻皱着。她想不透——怎么这个什么充血就是中风。要是真的话，她倒可以在老太爷那本账簿里查出那个药方子来。不过文侃电报上打得太不清楚。

“他到底有没有摔一交呢——那个那个史部长？”

可是她没问出口来。在这里要发出一声，要说一句话——都不合时宜，她只试探地瞟一眼小凤子。

小凤子在那里尽呆看着电报，嘴抿得像一颗樱桃。她虽然恨她哥哥小器，只顾着嫂嫂不顾家，可是这上面几个紫色铅笔写的字——一个个跳到她眼睛里，叫她脑袋发涨。要是史部长竟死了，哥哥掉了差使呢?

她轻轻地抽了一口气，她记起从前那些日子。她脊背流过一阵冷气，仿佛她已经听见后面有人叽叽咕咕笑她那件袍子寒怆相。

三嫂屋子里又滚着开水似的，一串不断地念经，声音又平又低，显然她什么事也不问，什么坏消息也不听，只顾在她房里做自己的功课。这逗得小凤子很生气：别人这么平静，引起她的嫉妒来了。

“简直不像人!”她眉床一耸，额头上画的两条眉毛就懒洋洋地动了一下。“哼，看她有好日子过!”

她姐姐眼睛对着那张红木桌子：

“唉，随她罢。”

现在唐老二变得自在了些，他挨到了小凤子身边，深深吸了一口她发散出来的淡淡粉香。跟她眼对眼打了个照面，他索性拿起那份电报来。他看了正面，又看看反面。然后挺有把握地坐下，左腿搁上右腿：

“我看——没得事。史胖子常常中风，中惯了风的才不怕哩。就是他这回死了——”他停停嘴看她们一眼，“我看是——文侃倒会要升官，我说是这个样子的。”

老太太问话似地对他抬了抬脸，他马上挺挺肚子，详详细细说了开来。他自己也做过官，那些规矩他很明白。两只手搁在桌沿上，脸子往前面伸点儿，把嗓子压低了些：好像他告诉老太太的是一件什么非常秘密的事。他认为一个机关里死一个大官倒是好消息：空出那个位置来好让别人升上去。这回就说不定次长升部长，秘书长升次长。

“秘书长升次长倒是容易的：都是简任官。”

他瞟了小凤子一眼，干咳了一声，他觉得小凤子在瞧着他，在注意着他，于是他又关切地加了一句：

“你老人家急什么呢，我看——一个人好运一来，挡都挡不住。”

芳姑太太下唇一披。

“哼，说得真好！”

唐启昆装做没听见，很镇静的样子点上一支烟。他好像给一个看不见的东西催着推着叫他走，他又觉得这时候告辞不大合式，他似乎在等着什么。他希望他能够碰见文侯老三——他们全家只有这位三老爷跟他有话说。可是一想到那个一天到晚没一句正经话，只是跟他瞎开玩笑，他又打了个寒噤。

不过在这个当口，他无论如何该找点话头出来。他不妨跟她们谈谈官场，谈谈文侃。

然而大嫂叫了起来：

“温嫂子，温嫂子！叫人去接祝寿子啊！”

随后她们一个个走了开去。

“该死！”他在嗓子里骂着。念头一下子又触到了大嫂身上，他就感到有个什么千来斤重的东西要他去掀开，要他去推走它似的。

“一定要劝她家去。成什么话嗄！——人是唐家的人，老住在娘家不肯走！”

他站起来，他要告诉大嫂——他看来世界什么东西都不要紧，都不值得什么，只有一个母亲，一个嫂嫂——他一辈子只是替这两个人打算。唉，只要她们两个人过得舒服，就是他做人的目的。

“做人总该有个目的。”——他可以这么措词。

可是——嗨，怎么老住在娘家不肯回去呢？别人一定会议论他，一定会造出许多是非来。这个罪名他可担不了，他只要做大嫂的回唐家，只要做到这一点，他什么条件都可以答允。

他叹一口气走出来。全身都不自在，心也似乎在那里发抖，好像一个新兵要上火线似的。

唉，在这个地方讲这种话可不大合适。这是丁家：她帮腔的人太多。

又回到了厅上。他头低着，一步一步在方砖上踱着。一退到了这里，他重新又壮起胆来：还是去谈判一下的好。他实在应该挣扎一挣扎：只要把她劝回了家就什么事都容易对付得多。

腿子可还在踱着。步子踏得很匀：右脚踏第一块砖，左脚踹第二块。于是他打定了主意：他决计这么一步步踏到对面墙跟前。要是最后一块砖是左脚踹着的，那他一定！——他今天就要把这件事办到。要不巧是右脚呢——拉倒。

踱到一半，他偷偷地计算了一下。

正是左脚！

他停了步子着起慌来，现在他不得不亲切点儿去想像一下——要真的谈起来是怎么个情形，说不定他会拍一鼻子灰。说不定丁家的人会当面给他一个下不去，不管你是少爷也好老爷也好。

“混蛋嘛！”他瞪着眼。“怎么叫我去谈呢！——我是孤立无援的。”

随后他到老太爷书房里张望了一下，又踅到后进院子里去。他抿着嘴显得很勇敢的样子，好像要对谁表示他敢做那件事似的。

听得见她们娘儿三个在唧唧咕咕——准是在耽心文侃的官运。他隐秘地闪了一下微笑。据他看来史部长的病怕不得好，于是丁文侃的政治生活也就完了蛋。真是的，他倒要注意注意报纸看。

“这几天简直忙得我——真该死，连报都没有功夫看！”

丁文侃要是丢了官，再到哪块去混差使呢？唐启昆拼命去想像一些以后丁家里的情形：他拿这种念头——来对刚才预想的一鼻子灰给一个报复。一面他又对自己解释：先前跟她谈丁文侃升官的那些——唵，全是哄她们玩的。

于是他胜利地咳了一下。

“咳哼！老太爷要什么时候才家来?”

“快了吧，”老太太扁着嗓子答。

“那——那——我不等他了。他家来了，代我向他请请安。”

十 四

屋子里的娘儿三个——给唐老二惊动了一下，就噤住了声。一直到那位客人走了，她们的谈话就像一块石头突然掉到了水里似的，再也拣不起来了。她们觉得煞风景，可是她们故意维持着这种有点儿僵的局面，仿佛要拿这个来加深对唐老二的憎恨。

老太太把腿子挂在床上，两脚离地半尺来高——重甸甸地荡了几荡。她用种挺小心的声气叫小小高来装水烟袋，一面尽回想着唐老二那付有把握的脸相：她努力叫自己相信他的话对。

“他说的道理倒是不错的，”她很内行地判断着，把口形装得要发一个“O”字音的样子——去斗上水烟袋。“政府的规矩向来就是这个样子，”她想了一想，似乎要勾出她早年的什么回忆来，“嗯，的确。凭他的才具——真的要升下子才行哩。不错，还有他的——他的——他办事那个样子认真。”

她叹一口气，两道烟打鼻孔喷了出来。芳姑太可退了一步，拿手绢掸掸衣襟，还摆出一付满不愿意的脸色。

做娘的垂下了视线。她忽然感到她做了一桩什么对不起女儿的事：这么一个唐老二——她也去相信他的话！芳姑太说不定在生她母亲的气。做什么呢——一点个小事情也生气？这位姑太太自从出门就没过过一天好日子，可是别人还拿这些来伤她身体。

她五成了要安慰这大女儿，五成为了替自己补过，她对芳姑太抬起眼睛来：

"这样子好不好？——找梁太太来摸十六圈，陪你。怎干?"

小凤子在唐启昆走的时候，掀开窗挡往外面张望了一下。嘴里咕哝：

"这倒头的东西!"

不过心里总有点儿什么搅得她不大平静。她有种奇怪的想法：她觉得唐老二常常跑来——不是为的姐姐，也不是为的爹爹姆妈。那个男子汉死了老婆，几年来都打着单。他身上发散着那种三四十岁的爷们常有的气味——肥皂不像肥皂，油垢不像油垢，只要你一闻到，就似乎感得到他内部有种什么念头在那里发酵。

"讨厌鬼!"

一骂着这句话，她那张血红的嘴就一堵。

可是连她自己也不知道是怎么回事，她总感到躺在一个软绵绵的温暖地方似的。她隐隐地觉得她身份比家里什么人都不同了点儿，有时候——当着那位客人的面，她故意装出一付冷漠的样子，把那张瓜子形的脸抬起些，哼儿哈的不怎么理会，一面趁人不注意的当口瞟别人一眼。

她想像着她可以把那个男人随便使唤：她觉得这是一桩很称心的事，不过她一直没这么做过。她一直让自己站得高高的。可是那位客人一显出了胆小，不敢想法子去亲近她，她就生起气来，好像人家该做到的事没给办到似的。

“混蛋！——他走了！”她脸有点发红，尖着嗓子嚷。“人家好意要摸摸牌，他倒走了！这个样子倒也好：不然的话——哼，那付贼头贼脑的样子真犯嫌！老是朝人家看——一股赖皮涎脸相！……下回子我要不许他上我们的门！”

似乎为着要加强她这样的自信，她又压着声音叫：

“真犯嫌！真犯嫌！真犯嫌！”

随后她索性放任了他，只顾做她自己每天的功课去了：她叫小高端一张椅子放在廊子上，照平常那样拿起标点本的《红楼梦》来——永远是第一册。

这时候做娘的就用着几年来的老笑法，用着几年来的老口气——扁着嗓子跟芳姑太取笑她：

“你望望你这个好妹子瞧！——这倒头的丫头！这

些个书人家家里哪个作兴看的嗄：《红楼梦》总是偷着看，生怕给人家晓得，要是给人望见简直不得了。这倒头的丫头倒——嗯，大方得很哩！——坐在廊子上看！”

“该派的嘛，”小凤子抢着答，拼命忍住了笑。

温嫂子可在旁边笑得喘不过气来。然后往门框上一靠，摸着胸脯来调理自己的呼吸。嘴里不住地哀求别人别再往下说，不然的话她真的会倒下地去。

那位老太太于是把人家早就知道了的那件事又报告一遍，并且照例是有条有理地从头讲起：

“都是她哥哥哎：他叫她看小说子的。那天子是这个样子的：我跟小凤子到梁家去，后来上街买袜子。小凤子是——不是丝的就不穿：她拣了好一阵子，不得个主意。倒是梁太太代她拣了一种花式：青莲的颜色，倒不大深。买了。一家来华家两位姨太太来了，玩了八圈牌。到晚上老太太就说要买一本什么书的，才好哩，价钱倒不贵。第二天就买啰。文侃就说：小凤子也要看点个书才行哩。看看小说子也好。……”

芳姑太耐心着一直等母亲说完。可是嘴巴不自然地动着，不知道要怎么下断语。

全家只有她还滴溜着那封电报的事。上床睡了之后，她仔仔细细把唐老二嘴里的官场规矩想了一遍。她轻轻敲敲板壁：

“姆妈，姆妈。……那块恐怕是有这个规矩的。”

“什么地方的规矩?”

“我说哥哥。”

“当然啰。”

老太太怕女儿怪她太相信唐老二的话，又小声儿说：

“不过唐老二——他的话靠不靠得住还不晓得哩。”

三太太房里飘出了哼声，文侯今晚大概又不回来，只让他那小孩子哭着，像没有了父亲似的。那个做娘的嗓子发了抖，说不定在淌着眼泪。她似乎并没有顾到——她能不能哄她孩子睡觉，能不能逗得她孩子安静。她只是替她自己挣扎：挣扎得没个力气，不期然而然地哼出她心底里的一些什么东西来。

芳姑太静静地听着，忽然觉得这么苦苦哼着的是自己。她两腿搁在冰上的样子，冷得发了一阵麻。于是她把耳朵紧紧贴在枕头上。好像滑到了一个深坑边上又猛的转了身似的，她大声说：

“那句话是对的，那句话是对的！唐老二一辈子只有这一句话靠得住。”

那封电报老实是个喜讯，不然文侃不会凭空花钱来打这么一个电报。

她提心吊胆地把脸抬起点儿——听听三太太那边的响动，仿佛窥探什么可怕的人在不在那里伏着。

隔壁小凤子尖声嚷了起来：

“三嫂子你做做好事行不行！——大家都睡了，你还吵得人家不安神！”

这就只剩了小孩子那有气没力的哭声。这边小凤子又委屈又愤怒地吼了一口气。

那不成调的哼声一截住，芳姑太忽然觉得似乎丢失了一件什么东西。她有点高兴，好像那件失掉了的东西是一个祸害。一方面她又感到空荡荡的，模里模糊想要把它找回来。

眼睛闭着。可是她放不下心，仿佛有一个难题牵住了她，叫她去弄弄明白——那丢了的到底是件什么东西。

床在那里翻筋斗，耳边响起了谁的不成句的谈话。她瞧见了一个人低着头在忙着什么事——那个人的面貌渐渐变得分明起来，渐渐向她走近来。他是文侃。他捧着一件什么往她跟前一推。她知道这就是她刚才丢失了的那件东西。……

可是她身子一震，完全清醒过来了。

“这是一个好兆头，”她对自己说。“他要升次长……”

她这就决定明天要打个电报去问，不过她不知道这该怎么措词。这时候文侃家里也许有许多客人，不住地对文侃作着揖：

“恭喜恭喜！”

她翻了一个身。眼睛发着涨，好像有药水滴了进去似的。听着祝寿子打鼾，她自己可怎么也睡不着。她这种清醒劲儿叫她十分厌倦，十分疲劳，身上又发着烫。

第二天晚上她可又忍不住要去想这件事。接着第三夜，第四夜。

白天里她做什么事都不在意，连嵌五条都忘记了吃。总要温嫂子提醒她：

“吃哎吃哎！怎么不吃呢——哎哟我的妈！真是！”

芳姑太静静地想：

“不吃不要紧，我倒不在乎这一点个。反正祝寿子再过五六年就成了大人，怕什么。舅舅一定照应他。”

随后她精密地把文侃的官运预测了一下。过这么七年，总会再走掉一个上官的。一个部长位子——不怕文侃拿不稳。那时候祝寿子刚好二十岁。

“只要他肯干——舅舅一定给他。”

她认为她这时候该早点儿给祝寿子决定一个位置。这件事顶好跟老太爷细细谈一下。

“爹爹，你看祝寿子——到底做什么事好？”

这时候才吃过晚饭，电灯还没有开。桌子下面点着蚊烟，满屋子都滚着浓浓的雾，刺得鼻子发疼。

桌子摆着五六只表，像兵队那么照大小排着。老太爷正拿起一个很小的来，凑近嘴哈了一口气，用一小块绒布使劲地擦起来。

“这个是新买的，”他得意地说。“我还看见一口闹钟——从头到脚碧绿，才好玩哩。明儿个我要去买来。……你望望瞧：这个表。”

他女儿刚要把它接过去——他可又缩回了手：他怕她给弄脏。他取下眼镜放到抽屉里，然后很谨慎地拿表挂到墙上的钉子上，那里已经挂着它的好几个同伴：方的，圆的，黄的，白的，灰色的。还有两只小手表——连着带子挂着。

对面香几上可放着一口坐钟，旁边配两个小的。仿佛带着两个女儿，书架上有两口闹钟对它们窥探着。只有那口双铃的——脸对着茶几上那口八音琴。

老太爷似乎想要掩饰他刚才的举动——他回到了原先的题目：

“你说的什么？——祝寿子怎干？”

那个重说了一遍。

“哦，这个！”他打桌上又拿起一只表来。“祝寿子——当然啰，他高兴念书就给他念书。他要欢喜算学的话——也只好随他。唉，没得办法，如今的孩子！世界也就是这个样子，这个样子。一个人不念书，光只学学英文，也有饭吃。祝寿子——你随他罢：不念书就不念书，学师范不也是一样的？——我的眼镜呢，我的眼镜呢？”

他找了一阵，不耐烦起来。

“真要命！真要命！家里人太多了，东西一下子就找不到。他们代我放到哪块去了嗄，放到哪块去了嗄！”

一直到抽出了抽屉他才平静下去，不过还嘟哝了几句。他用老手法擦着那只表，突然又抬起了脸：

“我刚才说的什么？……哦，是的。这个世界作兴这个样子。你哥哥还叫小凤子看小说子哩。报纸上也谈过《红楼梦》，在那天的报上，在——”

他起身到那些新打的书柜跟前翻着。那里面叠得满满的——都是一样大小，一样装订的簿子。这全是老太爷的手钞本。每天晚上《新闻报》一送到，他就拿下那份《快活林》来，带上眼镜，把上面每一篇文章都从头至尾钞一遍。

“看报是有益的，”他说。“我这个功课——十几年没有断过，倒学了许多新学问。不管什么东西，一查就晓得。比那部《家庭万宝全书》还要有用。”

从前这些本子全给堆在书架上。文侃一得了好差使，这才定做了这些书柜。他生怕别人翻乱他的：每年伏天里把这些本子拿出来晒的时候，总是他老人家亲自动手。

可是他现在怎么也查不出那篇文章：这上面——他没抄下题目来。作者名字也没有，也没有注明日子，没写上册数。

他茫然地关上柜子门，回到原来的坐位上。他带着确信的样子补了一句：

“的确有的：报上谈过的。”

随后就没那回事似的——专心对付手里那只表去了。

老太爷的这些举止——他女儿似乎全没瞧见。她只拿小指注在桌上，眼对着房门出神。她想到祝寿子二十岁那年可以在他舅舅部里帮点忙：他可以当个科长，要不然就是秘书。将来大家说不定对唐老二气忿不过，把他做的那些坏事全举发出来——到祝寿子那里去告。

他该怎么办呢——祝寿子？

那张唐老二的长脸在门角落里显现了出来：苦巴巴地在哀求着她。

她叹了一口气：

“唉，其实也可怜哩。”

一个人做事别做得太过分：伤了阴骘对自己可没好处。

然而不多几天——丁寿松来吐露了一些消息之后，她又改变了主意。

“什么，他要把叶公荡的田卖给何六先生？他还要向华家里借钱？”

这些事逼得她回到了实实在在的世界里来。她马上想像到唐老二跟前堆着一叠叠的现洋，笑嘻嘻的在那里表示胜利。

“这杀坯！”芳姑太用力掀动着她那发了白嘴唇。“现在想个什么法子呢，想个什么法子呢？……我们一定要对付他！”

丁寿松说着华幼亭的名字的时候——他食指在左手手心里写着字。现在他发了愣，觉得自己做错了一件事，那根手指就一直莫明其妙地在掌心里画着，他在肚子里怪着他自己：

“怎么一顺嘴就说了出来的嗄!”

好久没来看他这家自家人，他就觉得生疏了些。他在唐家里倒还住得惯，唐老二对他一点也不见外：他到底在二少爷那里拿到了三块钱。

“哪，”二少爷锵郎一声把钱往桌上一扔，“接济你的!”

明明别人应允过他，可是他也吃了一惊。

“不是铅版的吧?”

拿到老陈房里细细地考究了一下：块块都足有七钱二分，并且没一块哑版。

他对自己立过誓：他要替二少爷忠心做事。可是——唉，怎么的呢，真见鬼！他做人似乎嫌太热心了点儿：他瞧着温嫂子那股暖劲儿，瞧着那位向来冷板板的姑奶奶——居然这么看重他，他觉得全身都轻松起来，飘了起来。起先他还卖关子，可是这种派头在这种地方有点不合宜。他想：

“我们姑奶奶倒是个好人。”

就这么一下子——那些话溜出了嘴巴。他并且还加了一句：

“我看见的：我亲眼看见唐老二跟他们十爷商量。”

一瞧见芳姑太脸子板了起来，嘴唇发了白，丁寿松可又惶惑起来了。他结里结巴地说：

“不过——不过——的确不的确——我是——真的，我倒不明白。”

今天他左眼眯得更加细了些，不住地挤出了泪水。时不时霎着，看来他很不安的样子。他好几次抬起手来——好像要去抚摩温嫂子似的，可又放了下来。嘴里咕噜些连他自己都不明意义的话。他恨不得逼他家姑太太明明白白说一句——

“我相信连你也不明白。”

半点钟之后他败退似地坐了下来。他拿右手摸着下巴，定下心来想了一想：到底会不会出什么乱子。

热闹——他倒爱看。在乡下他就常常来这么一手。

“你望着罢：我要煽得他们做戏给我看，”他动不动就小声儿告诉他老婆。“顶多到下个月初几里——有人要孝敬我块把钱。反正世界人心都坏，并不是我格外乖巧，喜欢掉人家枪花，不这个样子活不下去嘛。”

不过他从来没在爷们儿跟前玩过花样：如今这还是头一次。他向来就知道奶奶少爷他们难说话，这回——

“唉，真是的！这回我偏偏夹在中间！”

为了要叫自己别这么提心吊胆，他拼命叫自己相信——没有他耽心着的这么难办。

“没有什么大不了的事的，真是的。怕他们会打架啊？”

瞧着姑奶奶这么爱体面爱干净，二少爷这么有礼节，丁寿松简直想像不起——他们决裂起来是怎么个劲儿。他们顶多暗斗几下，两个人连面都不见：唐老二这就再也不会明白——他那些秘密打算是谁泄露的了。

丁寿松变得活泼了点儿。他到厨房找着温嫂子谈了几句，还一路跟着她走出来。她一进了太太小姐们的屋子里，这位男客就在厅上等她一会。

“不是我欢喜说人家闲话，”他小声儿说。“唐老二的确是——是——嗯，”他摇摇头。

既然他做了一件不安心的事，做了一件对不起唐老二的事，于是想要对自己解释似的——努力去想一些唐老二的坏处。他站在明白事理的人的地位上把那位少爷批评了几句。他认为唐家这么大一笔家私——败到借债过日子，这是第一桩混账的事。还有，待一个寡嫂也不该来这么一手。这里丁寿松抿了会儿嘴，轻轻地叹了一声，仿佛一位老太公谈起他的败家子。末了他往前赶了一步，让自己跟温嫂子靠得更近些：

“吃又吃得那样子凶，那个唐老二。天天要吃鸡，鱼呀肉的，唉！”

对他丁寿松呢——哼！这就叫人不懂——怎么卖田偏偏要卖给那个什么何云荪！

丁寿松念头一触到这上面，就觉得受了委屈。在小火轮上的何仁兄跟如今的何老爷——简直是两个人。他越想越古怪，越想越不服气，这心情就好像他好心借给朋友一笔钱，人家可反口不认，或者逃开了他。

他把下唇往外一兜：

“嗯，卖田！那个姓何的才不买哩。姓何的也没得钱——跟我一样！……”

十 五

“我该怎么办呢？我该怎么办呢？”

芳姑太坐在那张坐惯了的皮垫椅上，自言自语的。这里简直没有一个人可以跟他商量。

“真不巧！怎干史部长偏偏要拣这个时候生病的嗄！”

她妹妹正对着镜子描眉毛，嘴唇缩着好像很有力的样子。这里接上嘴来：

“你去告诉华幼亭就是了。你告诉他——唐老二现在是个什么底子，四处闹亏空。”

“这个方法——行么？”

“华幼亭又不呆，怎么会说不通的？这还不很容易啊？”

姑太太“唔”了一声，可还抬起眼睛来看看老太太，虽然她知道她母亲出不了什么好主意。她忽然有点觉得那位老年人可怜，仿佛是她老人给谁骗住了——才这样子的。

“华家里有钱放债啊?”老太太使劲动着嘴唇，瞧着很代替她吃力。“我不相信。马上要过节了，他们要张罗都来不及，还有这笔闲钱来借给唐家里哩！……这个小凤子！强死了！我说过不止一百遍，她还是画得这样子轻。那里像个眉毛嗄！芳姑太你倒望望你妹妹瞧!”

于是老太太把脖子一伸，让脑袋耸高些——脸就对着了镜子。她又往右面偏一点儿，使那块玻璃对她反射出两张脸来，给自己的眉毛跟小凤子的比一下。忽然她嗤的笑出了声音：

“小凤子你真是！你去看看人家瞧：哪个像你这个样子的眉毛。眉毛要画是不错，也要画得像个眉毛哎。你看你，你看你——这么弯，这么长，快长到头发头去了。”

“哦唷，你的好看!”小凤子叫。“你问问姐姐嗄：现在她们都这个样子。你那个——前清时候才作兴的。”

老太太坐着的地方正背着光，脸色显得深些。她往前面移动一下，叫自己也跟小凤子一样——叫镜子里映出来的亮光照到她脸上。然后她把常常说的那些话，一字不改地对女儿开导起来。

“不管人家作兴不作兴，总不对就是了。如今时行的那些个东西我就不懂。”

她还是笑着，还是注意着镜子里小凤子的脸色。她对她女儿建议：主张描短些，加粗些。她倒并不勉强别人要像她那么画成两把剔脚刀。

“你问问姐姐——我的话可对。”

那位姐姐傻瞧着她们，一动也不动，仿佛在那里深深地研究这个道理——她们到底谁的意见不错。她俩都把视线搭过来的时候，她还是没一点表示。

母亲跟妹妹再也不提唐老二了，她们竟就这么认为已经解决了这个难题。她们把什么事都看得太容易，其实是有许多方面看不到。这位芳姑太太觉得她们天生的短少了一些东西，她们只在丁家这个小小的世界里面，见不着什么外面的场面。

“眉毛有什么好谈的呢？”她想。

与其讨论眉毛，倒还是谈谈衣料什么的有道理些。

她认为这是前几年家里景况不好——把她们胸襟弄小了的。她们没像她一样过过大户人家的日子。这里她没声没息地叹了一口气。同时对她们这种安静的生活，又有点嫉妒。日子一过得安静，一个亲生女儿，一个亲姐姐——不管她们孤儿寡妇怎么苦法，怎么困难，她们也简直不放在心上，她们压根想不到别人的难处。

“我们孤儿寡妇……”

她给梗住了说不下去，眼睛霎几霎，仰起了脸不叫眼泪淌下来。

一会儿她振作起来问：

"家来了没有?"

"哪个?"老太太找谁似地四面看看。"祝寿子啊?"

"我说爹爹,我要跟他商量下子。"

爹爹一辈子没做过什么事。进了学,乡试过两回没有取,就一直呆在家里,生意买卖全让伯伯去经手,他只去上他的茶店。他几十年来——天天上午要到市隐园,并且天天坐着那个一定的位子。一回来总得把听到的见到的对家里人报告一点儿。

今天他眼睛可发了光,显然出了点新奇的事。他到书房里把带出去的两只表一挂上,就匆匆忙忙锁了房门去找老太太。

"嗨,今儿个——市隐园门口不晓得走过多少兵!足足有一万人!"

老太太照例笑笑的不相信,嗓子给提得很高,好像要拿响亮的声音来代表真理,来压服对方似的。

"瞎说哩!哪里有这个样子多的!城里就从来没有过这样多兵过。"

"的确是真的!怕的要打仗了。"

"瞎说!"老太太叫。"怎么会有一万呢!"

"啧,真的嘛。一万没有——三千总是足足的!"

"三千呀?——瞎说!"

老太爷也不服气:

"三千没有啊?你才瞎说哩!三千一定有,再少也少不到哪块去。要是没得三千的话——五百总不止!”

“不晓得瞎说些什么东西!”

“呢，你总没有看见嗄!”老太爷把脖一挺，理直气壮地嚷着。“五百!五百!——一个不能少了!”

“我问你我问你：五百个兵——到底是一师呀，还是一连呀，还是一标嗄，五百?”

一下子老太爷回答不出。于是老太太刚才那种紧张劲儿全松了下来，像打退了敌人，放下了心，骄傲地对两个女儿笑起来：

“真笑死人哩!哪块听见过有这么多兵的——三千哩，五百哩。就这样瞎说瞎说的!还是一团呢，还是一标呢，还是一连呢?说不上来了!……五百啊?五十还不晓得有没有哩。”

那个老侣伴很认真地插嘴：

“五十到底是不止的。一共的确有八十多，我数过。”

末了老太太放心地抽起水烟来，把身子移正些，一面又开始她的老故事了。她先告诉两个女儿——她们爹爹只知道读书写字。书倒读得很通，常常有人拿诗来请教他。这里她脑袋摇幌了几下，把吹着了的纸楣子临在半空里不去点烟。

“一除开读书写字——他老人家就是呆子。他考取了秀才，后来去考举人，叫做——叫做什么试的……”

“乡试，”老太爷说。

“嗯，乡试。……考场里要自己烧饭，他不会。我说，‘你弄蛋炒饭吃就是了：蛋炒饭顶容易。’你们晓得他老人家怎么样，你猜？他把米放下锅，倒上水，把两个生鸡蛋放进去烧。……”

她吹熄了纸楣子，身子往后一仰，格格格地大笑了。

小凤子似乎怕嘴上的红色会掉下来，只用嘴角闪动一下。老太太觉得这个的反应还嫌不够，又转过脸来冲着大女儿笑。

那位姑太太淡淡地说了一句——“这些事爹爹都没有学过”。可是温嫂子已经站到了她椅子后面，带种急切想要明白的脸色瞧着她们。她听了笑声特为赶来的。她张开一半嘴巴准备着，还预先把身子斜靠在窗子旁边，用着小孩子刚去点爆竹的那种又高兴又害怕的神气——要请人家让她知道这是个什么笑话。

“哪，是这个样子的，”——老太太又从头至尾叙述起来了。

“有什么说头呢？”芳姑太不耐烦地想。“她们总是岔开我的话！总是这个样子！”

她们仿佛故意要避开那些要紧的话，那些跟她利害有关系的话。她觉得市隐园门口走过那么多兵——并不是一件小事。老太爷也说过：“怕的要打仗。”

“真是不得了！我该怎么办呢，我？”

想到逃兵荒的景像，又想到了唐老二把她应该得的那份产业拐走：这些想像搅成了一团黑的——越变越大，越变越大，然后一下子都飞散了。她看见一个个黑点子在空中扬着。她头脑子一阵昏。

脊背往后一靠，拿右手贴着额头。她忽然打了个寒噤，起了一个可怕的古怪念头：她觉得她会死。……

她在床上静静躺了一会。

"祝寿子怎么过日子法呢？"

屋子里静得像一所古庙。一阵阵闷人的热气逼了进来，仿佛还听见它挤进来的声息。蚊子嘤嘤地哼着，它们似乎很烦躁，可又没有办法，好像给谁堵住了嘴似的。

芳姑太太闭着眼。她看见祝寿子伏在她旁边哭嚷着妈：他头上带着麻，像平素带帽子那么嵌到了眉毛上面。她自己呢——身子在空中间飘着荡着，落到了她儿子的梦里面——

"我是你家二爷害死的……没得饭吃……逃兵荒……大家都不管我，舅舅又不家来……"

她手呀脚的都发了麻，感到脊背上一阵冷。她觉得她身子给人家抬着，放到了棺木里，上面把七星板一盖。于是迸出了祝寿子的哭叫声——"姆妈！姆妈！……"

越想越害怕——她挣扎似地一翻身，就爬了起来。她叫：

"温嫂子！温嫂子！"

把沁着汗的手心伸过去，她喘得上气不接下气。

“我不好过。……我简直！……”

“怎干，怎干?”着了慌的温嫂子压着嗓子叫，一面她摸着她的胸口。“嗳唷怎干嗄?……吓死我了……”

“我没得个法子。……我就是这样子。我想不出个法了，我们孤儿寡妇……”

于是她伤心地哭了起来。

温嫂子眯着眼睛，大声叹着气，用力擤着鼻涕。说起话来也像是害着伤风的声音，并且时不时停了嘴——似乎哽住了的样子。可是她主张事情要赶快着手做，主意也该早点儿打定。

“叶公荡的田是——何家里一下子不得买：丁寿松说的。……华家里倒要留神哩：唐老二要借钱一定是拿田契去抵，那就糟了。田抵完了，往后一分家，那你——嗯，屁也没得一个!”

“原是嗄，”芳姑太用手绢在脸上揩了几揩。随后她老盯着地板，什么表情也没了。

那个认为小凤姑娘的办法不错：她们可以跟华家里敞开来谈一谈：

“我们还要告诉大家——唐老二是个荒唐鬼，叫大家不要跟他那个——跟他——”

芳姑太想了好一会。于是赶紧下床，好像这个大计划是她自己策定了似的，用种胸有成竹的派头命令道：

“去接祝寿子家来！——我要去干点个事情！”

“呃，等下子！”她又叫。她怕她会耽误了祝寿子的功课。稍为迟疑了一下，她又觉得她应该带着这个孤儿去摆到别人面前，让别人看见她们苦命的物证。“好，去罢。”

事情布置妥贴之后，芳姑太这才从从容容洗起脸来。她们决定老太太跟小凤子也一块儿去，娘儿三个可以跟华家两位姨太太密切地谈一谈。跟华幼亭老先生呢——这就该派到老太爷。向来——有什么计划总不跟预先告诉老太爷，只要老太太临时到他书房交代他几句，搭他走就行了的。因此她们一直到三个钟头之后才到他屋子里去。

这时候文侯老三正在书房里：他刚过江回来，跟他爹谈着省城里的表。他看见一个非常可爱的，比这里所有的都漂亮，不过价钱稍为贵一点。

“要二十块。我去买的话——可以打个九五折。”

老太爷往书架那里一指：

“比这个还要好看啊？”

“好看多了。”

“比——比——”老太爷四面瞧瞧，含糊地又一指，“比这个呢？”

“总而言之——你这块没得一个比得上的。”

“那我得买一个，”做父亲的微笑一下，看一眼老太太。“你们找什么东西?”

小凤子一直摆着一付办事精练的劲儿，很忙地瞧着钟，仿佛这些人都在等着她计划大事，她要缜密地计算一下这个时似的。可是她给搅得糊涂起来。看看那座八角钟：十点一刻。双铃闹钟呢?五点三十五。那个座钟可指着一点零五分，不过旁边那座恰恰是九点钟。她叫：

“到底哪一口钟是准的嗄?”

老太爷很不高兴别人批评他的钟表。他严厉地答：

“都是准的!”

十　六

华幼亭老先生是个小个儿，可是坐得挺稳重，眼睛正直地看着前面，看来叫人感到他的庄严。他常常有礼貌地拱手，并且还亲手把茶食碟子端到客人跟前去。

“请用一点，请用一点。这个桂圆是一个敝友从福建带来的：真正的兴化产。”

他椅子正放在《孔子问礼图》的石拓下面，旁边红木茶几上点着的龙涎香慢吞吞地袅着烟：这些都给别人一个特别的感觉——竟想不到这个世界还有人做歹事，做卑鄙的勾当了。

这位主人手里不住在摩挲一块鸡血石，说起话来一点不含糊：

“丁仲老请放心：我决不借钱给唐启昆那种人的。小人之爱人以姑息，那我断断乎办不到。我晓得他是个纨袴子，纨袴子：这种人我连见都怕见他。”

随后他竟换了一个地位，仿佛唐老二想要借钱的地方不是他这里，倒是丁家了。

“万万不能借给他，”他绷着脸，嗓子略为提高了些。“一借就坏事：真是要小心哩。第一是这种人没得信义，满口胡说。而况——而况——朋友通财是凭的交情呀。你凭什么要答应他呢，凭什么呢，请问？……据说唐启昆最好吹，好给人带高帽子，以从中取利。我是——”他有点愤激起来了，“我是——既不会吹，也最不欢喜带高帽子！我不怕他！——他无隙可乘！嗯！……我怎么要怕他呢？……这种小人你切莫理他。……我是不怕的！”

丁家的人放了心。芳姑太简直觉得天下什么大事都已经安排好，她跟祝寿子娘儿俩的前途已经有了担保的样子。她不再去滴溜这些蹩扭。也许她自己也跟老太太小凤子她们一样——可以关起门来过她的安闲日子了。

出门之后她实在想要对老太太她们表示几句感激的话，表示一点儿谢过的意思，因为她以前竟怪过她们不理会她寡妇孤儿。可是她一句也说不出。

“我真对姆妈不起……”她对自己说。

想着这些——她自己有点不高兴自己。于是把脸子绷着，好像在生着她们的气似的。

老太太跟小凤子可在批评华家两位姨太太的品貌。做娘的认为大姨太太很叫人看不顺眼：脑顶上脱了几根头发，她怎么不想想法子呢？光秃秃的真是难看。可是女儿以为二姨太太的脸蛋不如大的那个。脸子是圆的。一个女人家脸子长得圆的，这怎么作兴嗄！不过她们过日子可过得大方：要什么不缺什么。

她们用钱就是怎么用法的呢？也发月费么？——一个月多少钱呢，那么？

那位家长可正带着骄傲的脸色谈起他的朋友：

“华幼老倒真是个君子，真是个君子，哪个都晓得。他——他——嗯，真是个血性人。……他顶讨厌的是荒唐鬼。……好人总是不得意，唉。不过他倒还过得去：华家里那家钱庄虽然倒掉了，田倒还留着七八百。……他待朋友真好，书房里也摆设得好看。……嗨，糟糕！——我倒忘记问他那只方表多少钱了！糟糕！”

这时候华幼亭老先生送了客回到里面。

“唉，想不到唐家里如今败到这样子！”他感慨地说。“这到底是天作孽是自作孽呢？”

地方上的人都知道这位华老先生向来肯帮朋友的忙，处处替别人设想。丁家一谈到他们姑太太的切身利害，他就认为他也应当替她顾计到。同时唐家两叔侄也天不天上他的门，请他注意唐启昆的困难。二少爷赶着他叫老伯。

“我晓得老伯一定肯帮我这个忙的，”他说。“改一天我要请老伯吃一顿便饭，谈一谈。”

到二十那天，唐启昆的请帖给送来了。地点在宴宾楼。这家馆子有几色菜是华幼亭老先生特别赏识的。并且还声明——连主客只有三个人。

他老人家对那张石印的红字帖了想了一会。

“去罢。”

一辈子他没谢绝过别人的邀请，也没跟谁摆过什么下不去的脸色：他觉得做人总得讲讲这些礼节的。

于是他穿起那件熟罗的长衫，上面还加上一件黑马褂。虽然天气已经很热，他可还戴一顶瓜皮帽，上面尖尖的，好像给那颗红帽结一把抓紧了一样。这些一配上他那小小的身坯，看来仿佛是一把锐利的钻子。右手拿着折扇，慢条斯理地幌着打手势。谈吐也是一个音一个音拖得相当长，并且有时候还欠起身来拱拱手。

唐季樵愁眉苦脸地跟他谈到现在这个世界。

“我怎么能够懂呢，我怎么能够懂呢——如今这个世界简直是害了瘟病了。”

“是，是，唉！”那位客人摇摇头，打一个小小锦袋里掏出那块鸡血石来在手里揉着。“想不到，想不到。恐怕——恐怕——连季翁你也为始所不及料，这个世道人心……”

当主人的可跟茶房在旁边交涉什么。他刚剪了头发，正面像构成了宋体的“目”字形——正绷得板板的，仰起了点儿，用着又精细又体面的派头吩咐着对方。为了礼貌的缘故，他嗓子压着不叫人听见，可是一个个字音像有弹簧那么跳蹦着，有时候那位客人竟掉过脸来瞟这么一下。

“蟹黄鱼翅要弄好点个，”他更用力地迸出这些话。“价钱倒不在乎，只要东西好！”

那个茶房不断地鞠着躬：

“自然自然自然。二少爷放心就是了：我们不靠二少爷照顾点个靠哪个呢。”

二少爷觉得可以满意了，这才搓搓手走到华幼亭面前，很认真地说明了一回。他叫别人知道他是这里的老顾客，吃饭总是记账的，他们做的菜格外巴结。末了他陪着笑加了一句：

“这块蟹黄固然一年四季有，而且我看是——比别家的好。我晓得华老伯喜欢吃蟹黄鱼翅。”

可是要上桌的时候——华老伯怎么也不肯坐上去。他一步步退着，拱着手：

“这不敢当，这不敢当！这个位子——我无论如何不能坐。这个这个——季翁来，季翁来！”

“怎么让我嗄！我是——我是——我跟启昆是一家。”

华幼亭一面要挣开那两双邀请着的手，一面不住地欠着身子：

“呃呃呃，决不敢当。我比季翁小一辈，怎么敢……”

“你比我小一辈？”

“季翁听我说，听我说，”他又退了一步。“刘大先生你是认得的吧？”

“刘大先生？——没有听见过，哪个刘大先生？”

“哪，这个是这样的：刘大先生是我们族叔的同年，我叫起来是个年伯。而刘大先生教过王省三的书。王省三——季翁见过的吧？”

“不认识。”

“是，是，大概没有见过。……王省三跟丁家祥是结了盟的：丁家祥照他们丁氏谱上排起来——则是仲骝二太爷的侄孙。……算起来——季翁恰恰长我一辈。”

那两叔侄稍为愣了一下，重新动手拖他。茶房恭恭敬敬站在旁边，怕他们会溜掉似的老盯着他们。几个冷盘端端正正摆在桌上，让些苍蝇在那里爬着舔着。一会儿它们又飞起来站到茶房头上，站到华幼老帽子上，在这闷沉沉的空气里飞得很费劲的样子。

他们嗓子不知不觉渐渐提高了，在这空敞的楼上响起了嗡嗡的回声。

“呃呃，坐，坐……”唐季樵逼进一步。

“呃呃，呃呃！”那个退一步。

“请，请！不要这样……”

“无论如何——呃呃！”

“这个位子你怎么能够不坐呢？”

“我怎么能够坐呢？”

“啧，呃！”

“我——呃呃！”

怎么也不行。唐季樵拿手绢揩揩额上的汗，很烦躁地赶一下飞过来的苍蝇。他败退下来了，然后疲倦地坐在炕上，摆出一付没法挽救的脸色瞧着那两个。他不知道自己到底是饿了，还是心里有什么疙瘩，老实想大声叫喊几句什么。

后来他还是鼓了勇气，不过声音来得不怎么有劲：

“请是请的你，这个首座当然是——”

“那决不敢当，那个——断断乎不能够！”

唐启昆两个膀子失望地临空着，瞧瞧这位客人，又瞧瞧桌上。他脸上油油地发着光，还有点儿气喘。他莫明其妙地觉得这个好兆头，觉得今天这件事可以办得很顺利。同时他可又有点着慌。嘴里喃喃的：

“怎么办呢？……”

这回可轮到华幼亭要求起唐季樵来。一个劲儿冲着炕上作揖，用种种的理由来请十爷坐上去。他自己是个小辈，应该在下面作陪：长幼总要有个分寸的。他认为如今世道人心之坏，就在于长幼无序，男女无分。于是又作一个满满的揖——做了一个结论：

“因此——非季翁坐首座不可。”

楼下锅铲子锵锵地叫着，茶房们哇啦哇啦喊着。整个宴宾楼都滚着油腻腻的气味。随后一阵急促的步子响了起来，楼板给震得哆索了一会，一个茶房端着一盘热菜进门了。一发见桌边还是空的，他就突然给搭住了似的——停了步子，看看这个，看看那个。捧着的那盘菜也给愣在半空里，连一批苍蝇拥了过来也没有人理会。

那边华老爷简直成了哀求。不断地施着礼，打着种种的譬喻，引着种种的经义。他还代替主人的地位在首座那里筛了一杯酒，对唐十爷拱拱手。他十分坚决地说：

“这个位子——要是季翁不坐，那我决不上席，决不上席！”

季翁叹了一口气。他勉强走动了两步，仿佛打败了的人——给逼进着承认一些苛刻条件的样子。他侄儿可在推请着那位贵客，怎么也不肯让家里人坐到别人上手去。唐季樵只好重新退到炕边，瞧着他们的膀子在乱幌着：他有点昏昏沉沉——看不清哪只手是哪个的，也不明白哪只手是对付哪个的。

不知道过了多少时候，有谁提出了一个好办法：那个上面的位子干脆让它空着。

然而华幼老不赞成：

“这个变了群龙无首了，那怎么行呢？”

那道热菜已经在什么时候给端上了桌子，碗面上的油已经结成了一层皮。屋子里只剩了原先那个茶房，靠着门边在那里抽烟，很闲散地看看后面一扇小窗子。

最后唐季樵还是给推着坐了首席。他很不安心，连说话也不很自然，总感到做了什么亏心事似的。

照华幼亭的意思——他自己想要坐主人的位子。跟唐老二谦让了不过十一二分钟，似乎没有什么大道理来替自己辩护，这才只好摆着抱歉得很内疚的脸色，勉勉强强把屁股在唐启昆的上手顿下去。

“谢谢，”他说。跟着主人举起杯子，眼睛瞧着自己的鼻尖。

唐启昆舀半勺蟹黄鱼翅尝了一口，皱了皱眉，带点儿京腔叫：

“来呀！……这是个什么玩意，这这这！冷的！——拿去烧过！”

他什么都要款待得好好的，要叫那位客人受用得舒服。他检查一下那几盘冷菜，摸摸烫壶里水热不热。一发现点儿精致的什么，赶紧就夹着敬到别人面前去。

“这个老伯可以吃点个。”

一面他在肚里跟自己打着商量：什么时候他才该开始那句话。

看来——事情一定可以进行得很顺利。他拿自己来推测别人——知道在这么个客气的场所，对方决不至于推辞他，拒绝他。要是有什么条件，也不会太苛。说不定连抵押都不要。至于利钱的话——真的，看华家里怎么开得出口！这里他大声叫人把烫酒的水换过，重新替客人斟满了，举起杯子来。

“这位老先生——”他很高兴地想，“他是个——他是个——谦谦君子。”

这种人谈银钱交易总是外行。他简直想像不出他开口的时候——华老伯会摆怎么付脸嘴。难道他能够推说他没得钱么？难道他会突然变得像那些生意人一样——

“哪，这块是我们收了二少爷那张田契的收据。这里是庄票：本月的月利已经除下来了——月利三分五，一个月共统一百零五元整。……”

华老伯当然不懂得这一套，不懂得世界上居然还有这些首尾。他只知道玩字画，玩图章，并且总把自己看得比别人低。

于是唐启昆热烈地站了起来，用着要搂抱过去的姿势，跟那位老伯干了一杯酒。他全身有泡在温水里的感觉。腮巴子渐渐发了红。跟对方互相拱了拱手之后，他就庄重地把华幼老的学问道德赞美了几句。他认为做人顶要紧的美德——正是成了老伯的天性：那就是救人的急难。

他十叔感动地叹一口气。

唐二少爷瞟了那个一眼，又把话接下去：

“我呢——老伯是晓得的，我啊——向来不奉承人，不拿高帽子朝人头上戴。我也晓得老伯是——老伯是——我听老伯常常说：顶不欢喜带高帽子。本来是的嘛：我也是这个主张。”

他自己觉得越说越通畅，道理越充足。嗓子给放高了些，两手也活泼了许多，居然照平素那种满不在乎的样子点起烟来。他脸往十爷那边偏着点儿：

“我说高帽子是空的。像华老伯这个样子——他老人家的道德……满腹经纶……他老人家这个样子，我说啊——真是！城里头没得一个人不佩服，没得一个人不恭敬。大家都晓得，一说起来……呃，十爷你看，这真是奇怪！如今这世界居然还有华老伯这种——这种——”他在搜索一个顶确当的名词，可是想不上来，就仍归用了那些老字眼——“这种学问道德，这种！我真是越想越奇怪。……这个样子——当然罗，要空空洞洞的空帽子有什么用呢！不欢喜戴高帽子——单只这一桩——就了不起。人家学不来。”

“唉，过奖过奖！”华老伯两手拱到了额头上，脑袋连连地缩着。“道理倒的确是这样一个道理：人家之所以要带高帽子，就是因为他徒然虚有其表之故。”

停了停嘴，华幼亭更加谨慎，更加恭敬，好像他在佛像跟前似的：

“府上是贤人辈出，在地方上是——只有你们两位是如今的中流砥柱。……”

主人赶紧很响地叹了一口气，趁势把话锋转到他家的境况。似乎为了怕他自己胆怯，他一连啜了两口酒。脸子皱得苦巴巴的，用种兴奋的口气告诉别人：他自己苦点个不要紧，只要他的老母，他的寡嫂——能够安然过点好日子。

“家母将近七十了，将近七十了，唉!”他霎霎眼睛。“家嫂二十九岁就守寡，带着先兄的孤儿。……我是——老伯晓得的，孝弟两个字虽不说来，我总——我总——唉，说起来我真伤心！要她们过这种窘日子——我宁可拿刀子割碎我的心！我呢又不敢告诉她们实情：如果叫她们晓得了，叫她们难过，那我——我这个罪业就更大了。”

十爷摇摇头插嘴：

“大家都是不得过，都是不得过！真不得了!”

天色慢慢阴沉下来。厚块厚块的云飞跑地流着，好像是融化了的锡——然后凝成了一大板，重甸甸地压在人们脑顶上。

大家脸上给映成蜡黄的颜色，还隐隐地透着青光。他们的动作越来越呆滞，仿佛这闷热的空气压得他们连抬一抬手都很费劲。随后忽然一阵凉风卷进了屋子，冷水一样的往他们脊背上一浇：他们一面透过了一口气，一面可由那陡然来的异感——吓了一跳似的觉得不安。

唐启昆又埋怨又胆小地——偷偷对天空溜一眼。他问自己：

“这是个什么兆头呢?”

他平素常常感到的——那片又像有又像没有的黑影，

现在可变成实实在在，变成看得见摸得到的东西横在他眼面前了。

“要是乌云给风吹开了……”他祝着。

桌上的东西似乎亮了点儿。他抱着赌孤注的心情对窗子那里瞟一下——天上可变得更加黑，更加重，叫人耽心它会掉下来。

“老伯，老伯，”连自己也不明白怎么会这么兢兢战战的，声音有点发抖，“再敬老伯这一杯。……”

酒在他肚子里发着烫，头脑子一阵阵地昏迷——他竟感得出这一步一步加深的程度。心也跟着跳得快起来，仿佛要准备跟人决斗的样子。一方面他可越发胆怯，总是在害怕着一个什么东西似的。

等到他对华老伯商量那件事的时候，他竟有点喘不过气来了。

外面洒下了雨点，打在屋顶上——发出清脆的响声。接着就开了闸那么倾了下来：一根根绳子粗的雨连结在一片，忿忿地直往地面上冲，看来似乎想要把屋瓦跟街心石板都打碎。

唐启昆时不时噤住了话声，往窗口瞧一瞧。窗子虽然给茶房关上了，他可也觉得可以看见雨点打到对面屋上是怎么个劲儿：看来这世界上没有第二个地方会有这样的天气，因为所有的雨全都聚到这儿来了。

他想：这或者倒是天意凑成的一个机会：大家都只

好等这一阵雨过去了再回家，让他们从从容容来谈这注交易。

天一下下地亮了起来，好像有谁把亮光一把一把地往下洒着。他们移到旁边一张桌上，慢条斯理啜着茶。原先那种闷热给雨冲洗得干干净净，就仿佛束着胸脯的东西给解松了的样子。

做主人的啜一口茶，大声咂咂嘴，在肚子里说：

“嗯，事情有了转机。”

他说话顺畅了些，甚至于还带点自信的神气。他认准了对方是怎么个人，他竟自己先提到了抵押。

那位华老伯慢慢地摇着扇子，似乎想要把这凉浸浸的水气扇走，嘴里也慢吞吞的。

“不敢当，不敢当，”拱了拱手。“朋友理该彼此帮忙，而况你足下——你们府上的人我都佩服得了不得。要抵什么田契呢，你老兄真是！”

唐季樵眼睛睁大了点儿——瞧着他那付有礼貌的笑脸。唐启昆可扬了扬眉毛。

“但是——但是——”华幼亭稍为顿了一下，盯着唐启昆的脸。那个心一跳。“但是——两千我恐怕难以办到，寒舍近来也实在是……”

“那么——？”

“一千以内还可筹筹看，一千以内。”

于是他们谈妥了。做主人的一定要请华老伯多想点法子，他要借不到一千五是不够用的。那个再三抱歉地叹着气，表示张罗不起来：华家里景况也糟得很，许多地方不肯放给他。末了他才答允——一千二。

“二先生是明白的：我不过是经手代借，”华幼亭说。“二先生的意思是——几时归还呢？这一层他们要问的。还有，他们恐怕——多少要几个利钱。”

唐启昆想了一会儿，于是干脆告诉他：半年。利钱他可决不定：

“他们要多少嗄？”

“二先生的意思呢？”

二先生瞅了他十叔一眼，舔了舔嘴唇：

“平常我借钱是——总是——一分。顶多一分五。没有过二分的。”

“啊呀！”华老伯把扇子停住在胸脯上，像打碎一只碗似的脸嘴。“这个——这个——叫小弟为难了！”

他真万分对不起人。他很体已地叫别人知道他的家境：为了交情他理该替朋友贴出利钱来，可是多了他也吃不消。

“那么月利要几分呢？”唐启昆问。

“太大了，太大了，简直不成话。”

“那是——？”

“唉，他们非七分不可。”

“七分！”

世界上所有的声音好像一下子给推落到一个深坑里似的，谁都闭了嘴。这沉默叫人很难受：静得觉着耳里的嗡嗡地响。

这么挨了十来秒钟，华幼老摆出一副又抱歉又谨慎的神气——诉说着他自己的苦衷。他能够来往的只是几家钱庄。唉，他们实在也紧得很。放款子——连田契作抵都不敢放：他们知道近来的田不值钱，收在手里是个呆东西。

“而况——如今快到端节了。他们只指望收回来。这回子叫他们放，那——那——利钱之所以重，实在是这样一个道理。……这样子罢，二先生，节后再借，嗯？如何？”

唐季樵把脸皱了起来，自言自语地插一句嘴：

“唉，他就是过节不了才借钱的。搞到这样一个地步！”

为了大家都不谈起抵押，唐老二觉得轻松了些。他不大着急地跟姓华的商量利钱的事。这可弄得华老伯很窘：那位长辈老实想替别人帮忙，可是力量又不够。他把扇子折起来放到桌上，取掉帽子搔搔头皮：

“这样子，二先生看如何：小弟替你贴两分。”

那个踌躇了两三秒钟。

“好罢。老伯多多照应我……”

回到家里，唐老二决定不把这桩事告诉大太太。他只在第二天起一个早，十一点还没到，他就照约定的到华家去了。

他摆出一付老实的样子，好像一点人情世故也不懂——竟相信别人真的是要问钱庄借的。

“我当然顺水跟着他这么说，”他昨天跟十爷捣着鬼。“哪里是问钱庄借呢。钱庄从来没得这样大的利钱，不过嫌几个拆息。这个谎讲给哪个听嗄！”

不过他相信自己不会上当。华老头只瞧见眼面前的好处，硬要五分利。可是这种人不懂得生意经——连押头都不好意思要。于是他也像华幼亭那么坐得挺直，不断地提醒自己：

“留神点个，留神点个！只要把现钱揽到手，那就——唵！”

华幼亭老先生可拿出谁画的册页来，一张张翻着，指指点点谈着，他声明他顶爱的是山水跟人物。

“二先生你看看：这个题的跋也就不俗。……不错，府上藏的人物画是很多的。”

“有一堂王小某画的屏。”

“哦，我听说还有仇十洲的册页。”

“那是——那是——不大那个的，我们藏起来不让小孩子看，那是——”

“唔，恐怕是仕女画。呃，二先生能借给我看看吧？……还有王小某的小弟也想拜观拜观。”

随后他老先生又把话题转到了金石。他向来听说唐家有几颗文三桥的图章，也想要欣赏一下。不过还是仇十洲的作品对他格外有兴味些。

“一共有几幅。那册页？”

“三十六幅。”

“妙得很，妙得很，”他庄严地说。“这——这跟四幅人物，还有那五颗图章，小弟下午差人到府上来取，如何？”

老半天唐启昆才摸清他的意思：他想拿这三套东西来做借款的抵押。并且他还解释了一下：

“二先生昨天谈到用田契作抵，我是决不敢当的。但是我要太那个，二先生心里一定下不去。这回——只好暂存在小弟这里，这些东西。虽然是至友，也未能免俗。这就算是——”

他格格地干笑起来。

“这算是什么意思呢？”唐二少爷想，使劲瞅了那个一眼。

那些玩意儿——二少爷从来没把它们估过价。他认为应当仔细想一想。

“能够值这多钱啊？——值一千二啊？”

这可叫人信不过，那位华老伯傻不里机只爱玩这一套。可是今天——别人一把这些画呀图章的看得样么贵重，他唐启昆就觉着舍不得了。仿佛他有些家具本来没有用处，不值一个大的，一下子给谁抢走一样。

“他想卡住我!”

老实说，华幼亭这种人他才看不起哩。这老头儿的来历就不明白：谁也不知道他老子是干什么的。华家的上人从来没听谁谈起过，说不定是些泥腿子，或者简直是差役。这个华老头儿自己也没有提过他的家史，好像他是凭空打地里长出来的。他只告诉过别人——有一位举人是他的同族，他该叫那个做叔叔。而那位族叔又是陕西人!

“他是个暴发户,”唐老二对自己嘟哝着。“暴发户——真该死，总是这个样子!”

然后他又拼命去搜寻地方上的那些传说，那些种种不堪的话。这么着他觉得目前这宗交易就好对付些。他想到了钱老先生那付看不起的神气——

“华幼亭啊——哼，从前是个青皮，跑跑码头瞎混混。到了北京，不晓得怎干几钻几钻，倒当了一届国会议员！什么东西嗄！搞两个小老婆在家里头，倒享起福来了!”

唐启昆嘴角上竟闪了一下微笑。

好像因为对方有许多资料叫他感到满足，他就要给一种酬报似的，于是他们谈判停当了。他是带着可怜别人的心情答允下来的。这晚上他等全家已经睡了，拿电筒去翻那些箱子，蹑手蹑脚的——为得怕大太太听见。

把那些东西悄悄地挟到华家去的时候，他叫自己相信这一手没干错：

“反正不值许多钱。他是呆头呆脑的——那个华幼亭。”

然而他借到手的只有八百四十块钱：这里已经扣掉了半年的利钱。并且借据上写明：到期不还，抵押的东西由债主自由处置。

华幼亭老先生冲着客人作一个满满的揖：

“这几件就借给小弟拜观拜观，妥为保存。一个月替二先生贴出两分息，我倒还可以勉强凑合凑合。至于钱庄里的拆息，那——那——好罢，也算在我身上罢。”

唐老二不自在起来。他仿佛就在一个小屋子里，地上乱七八糟摆满了东西，步子都不好跨。

这么一点个——叫他怎么用法呢？付付那些居家零碎的账目都不够。他不能在家里过节：他受不了！这个世界谁都在逼他，在簸弄他。他只有到省城去才可以得到点儿安慰：那块才真正是他的家。

可是在出门的头一天，还把事情照拂得好好的：

“丁寿松！——过来！我跟你讲句话！”

停了一停。

“这是我那边的地方，有事你就写信给我。你可不许乱说，什么人面前都不许说，懂吧！丁文侃要是家来了，你马上写信告诉我。”

“是，是。”

两双眼对着，两张嘴闭着。丁寿松似乎还有什么要说又不敢说，只咽下一口唾涎。那位二少爷可移开了视线，起身来忙着收拾皮包：

“好了。没得你的事了，走罢！我不在的时候你要好好的，嗯？听见没有！”

十 七

端午节——启昆二少爷是在省城里过的。一到了这里他眼睛就一亮，仿佛到了另外一个世界里。他透过一口气来：似乎觉得他从此以后就脱开了那个叫人闷气的小城里，脱开了那批讨厌的亲戚朋友。他一直上着他们的当，看着他们的冷眼——连自己的母亲，连自己的亲生女儿，都没个好心对待他。

可是他在那边城里的时候，他从来没想念这边的人过：这边有他的亚姐，还有他才满周岁的小龙子。他只是有个模里模糊的意念在他心里闪动着，叫他莫明其妙的想要出门，好像一踏上这省城闹哄哄的码头——他就可以快活，可以自由自在，并不一定要亚姐才能安慰他。

在公共汽车里，在渡船上，他这才明明白白想到了靠江的那座小楼房，那里面的两母子，这时候他总有种对不起谁似的心情。

“唉，亚姐其实也可怜。她如今在那块做什么呢？”

亚姐这一年以来瘦了许多，腮巴肉陷了进去。人也没从前那股活气，再也不像在南京时候的“小鸭子”了。不过那张嘴还带着以前那种俏劲儿：小小的，口红涂得很鲜明。一开口就露出了里面两颗金牙齿，显得格外明亮。有时候她把嘴唇撮成了圆形，到小龙子那个露着青筋的额上去贴这么一贴——看看有没有发热：她那张嘴就活像是一朵茑萝花。

现在她也许正在照顾着小龙子，把泡发了的京江䐑硬往他小嘴里塞。于是他就得有气没力地哭了起来，尖削的小黄脸孔撤了过去，弄得满下巴稀脏的。

“小龙子真要好好的看看郎中，”唐启昆盘算着。“找哪个呢?”

这孩子一生下地就很小很瘦，脊背骨还有点歪。他身上一年四季长些疮不像疮的东西，时不时发着热，没劲儿地哼着。唐二少爷觉得这跟他自己的病有点关系，他自己那个不能告诉人的病，不过他嘴里不承认。

“我看——这是风湿，再不然呢是火气。你不相信去问问郎中瞧。”

越说越认真，他连自己也相信跟他的病不相干了。他对自己辩解着：

“的确的！我一共害过三次，三次都给草药郎中的方子医好了。”

他们抱着小龙子去请教过一个教会医院，也去请教过一位日本留学的西医。那些大夫毫不顾忌的告诉他们：这是花柳病的毒。二少爷不相信，他忿忿地嚷：

“这些外国郎中怎么懂得中国人的病嘎！——胡说八道的不晓得讲些什么东西！西医固然有西医的道理，不过他们只能够看外国人。中国人生病他就没得个法子。这是体气不同嘛。……哼，什么花什么病！——狗屁！简直是该死！”

于是他亲自出马去找医生：总是找他熟识的，再不然就是经他朋友介绍的。他反复地告诉他们，一定要叫他们相信——这孩子是害着湿气，还有点火气，皮肤上透出了火疮。

“赵大夫你看呢？哪，这不是火是什么。你望望瞧，这个这个。”

说了紧瞧着那位大夫的脸色。要是别人稍微表示一点儿迟疑，他就定不下心来。

哼，人家不相信！——说不定又要把罪名往他身上栽：什么毒！

只要郎中一有了另外的看法，把孩子看得小题大做，他第二次就再也不去请教他了。

这些心事——他一到了省城里就一下子涌了出来，好像给谁一脚踢醒了似的。平素看不见，听不见，他就从不把念头转到那上面去，似乎这世界自来就没长出个小龙子，只让亚姐一个人去操心，去发急。

“这个样子下去真不行，”他对自己说，一面觉得这里的娘儿俩——简直成了他生命里顶要紧的东西。

可是他没有什么对不起亚姐的地方。他那年在南京钓鱼巷一跟亚姐搭上了交情，他就想法把她身价赎出来——足足花了三千多。他跟她在省城里租了屋子，雇些老妈子厨子伺候她得周周到到的。她本来的“小鸭子”那个名子太不大方，他还替她改做“小亚子”，一些熟朋友赶着她叫“亚姐”：听来像是好好人家出身的小姑娘。

租的房子也完全照着她的意思，她喜欢带点儿洋气的。那座小楼房每年粉刷两次，窗门漆得亮亮的，发出一股油味儿。她从前在南京住的是古庙样的旧屋子，她就故意要这么自头到尾都换一套，她把过去的世界全都丢掉，连回忆也丢掉，重新做一次人。

家具也带着洋气。她常常在木器店里看中了这样，看中了那样。有时候连她自己也不知道这架东西是做什么用的，可是她爱它那种外国味儿。

“嗨，”二少爷取笑她。“我看你简直要变成了洋太太了。”

“我欢喜那个新奇样子，”她说起话来总是很费劲很在意的样子：她极力要洗掉她原先那种南京腔，憋着江北口音。“不晓得怎干——房子里头一摆了呆不龙咚的木器，我就连饭都吃不下。”

唐启昆总是依着她，让屋子里的家具一年年地添多，看上去叫人疑心他们在那里开拍卖行。可是他只要她舒服。只有这么着，对她那某种心事，他不能叫她满足的她那种心事——他才算补了过。他把黄包车公司的那份利息全拿来开销这家小公馆。他不在此地的时候，还有黄包车公司管事的李金生照应她。

然而亚姐总不称心，好像有什么东西压在她肩上似的。

男的瞧着她，溜开视线的时候他想：

“难怪。她是为了小龙子：唉，这回这孩子身体格外变坏了。”

小龙子那张小床横放在他们卧室里。那张金黄的小脸偎在那里——一动也不动，眼睛张开了一小半：要不是他老在那里轻轻地哼，简直叫人想到他已经停止了呼吸。奶妈坐在旁边尽看着他，手里一把扇子悄悄地赶着苍蝇。她眼睛红红的，似乎在淌着眼泪。

亚姐冷冷地说：

“这个小龙子也真古怪！你哼什么嘎——哼给你爹爹听啊？在家里有的是少爷小姐，还在乎你这个野种哩！”

“呃呃，亚姐！”他这里偷偷瞟了奶妈一眼。“做什么呢，做什么呢？给人家听见了成什么话嘎！”

那个仍旧保持着原来的姿势：坐在靠窗的椅子上，

眼睛对着外面的江：

“这个——倒不紧要。奶妈早就晓得你跟我的事：我自己告诉她的。”

远远的云在无形之间移动着，看来竟是对岸的田地里长出来的。江面虽然有那么宽，那荡黄水可嫌挤得它不好过的样子，不耐地幌着荡着：闪着太阳的反光，就像燃着了零碎火药星子一样。

一些船只在那上面滑着，总是先看见它发狠地冒一口白气，然后才“呜！”的一声叫。

她把视线守着它们，跟着它们移动到老远老远。一直到看不见了，她才转开眼珠子，于是轻轻地叹了一声。

唐启昆时不时在瞟着奶妈——看她有什么表示没有。那个可一直没转过脸来。她一定在心里鄙视他，替她女主人抱不平。她越不露出一点儿什么来，他就越觉得她可恨。他认为这女人简直是在离间他跟亚姐——说不定常在亚姐跟前捣他的鬼。

他索性拿眼睛钉住了她，希望别人偶然会瞥过来——给她一个威胁。可是他等个空，他这就生气地叫起来：

“扇什么嗄，你！小龙子是受不住风的！”

一会他又换了一个题目。脸子对着窗子那边：

“呃，如今小龙子还是吃刁先生的药吧？”

“唔，”亚姐眼睛还跟着那些船。

“他怎么说呢，那个刁先生？”二少爷提心吊胆地问。

“刁先生说他先天不足。”

“先天不足，先天不足。……”

男的自言自语着，在细味着这句话的意思。他到小床边看了看，用手贴贴小龙子的额头。然后低着脑袋踱到窗子边，沉思地皱着眉，嗓子放得软柔柔的：

“先天不足，唉。你怀的时候我就劝你的：吃点个补品罢，吃点个补品罢。你总是……奶妈奶子恐怕也不够。……”

他的心重甸甸的，他觉得他一辈子顶麻烦的事——就是这孩子的病。这叫他们两个大人都愁眉苦脸的，过日子不舒畅。

“唉，真是个业障！”

为着要使亚姐快活些，他于是毅然决然吩咐——叫把小龙子这张小床抬到楼下奶妈屋子里去。他再也不去想到这孩子，并且还不愿意亚姐提到他。一走过楼下——他总是加快了步子，怕他儿子那种蚊子似的哼声飘到他耳朵里来：仿佛只要听不见，他就可以叫自己相信那孩子是病好了。

“我要快快活活玩几天，”他盘算着。“一个人何必过得太苦呢，何必呢！”

过节那天他喝了好几杯雄黄酒，用打架似的劲儿吃了许多菜。他告诉亚姐：做人就为的吃。只要吃得多，身体当然好。这里拍拍肚子，打了个油膈儿。可是为了要证实他那句话，他又努力吃下了四个豆沙粽子。

“亚姐我说你也要宽宽心才好。明儿个要是天气好，我们上松鹤楼去罢。……吃的上头你真要留点神哩。早上叫他们去喊一笼汤包——其实也不费事。你何必这个样子，看你真是！”

每天起来，二少爷亲自吩咐——要到前面茶店去定做点心。可是亚姐总吃得很少。

“你到底叫我怎样嗄，”唐启昆不高兴地问。“开开心多好呢。”

“嗯，开心得很哩！”

他摇摇头：

“哪哪哪，你看！”

直着眼睛发了一会愣，他走到她跟前去，屁股贴着桌沿。

“你总怪我没有好好地照顾你。其实我是——”

亚姐站了起来要到楼下去。他一把揩住了她。

“呃，呃。”

两双眼睛互相对着。她好像在看着一个陌生人似的，神色有点不安，还有点疑神疑鬼。男的那张脸子拉得格外长，眉毛皱着闪动着：这些忽然逗得她讨厌起来。她感到他只不过想要暂时相安无事，只是怕有什么蹩扭煞了风景，并不是看见她有什么苦处——要安慰安慰她。

她脸子通红，带着受了委屈的样子——大声说：

“我并没有说你没照顾我。你待我好极了！——我修九世行还报答不了二少爷哩！我有我的事！——要你假妈假妈地问什么嗄！”

照例在这个时候——她眼泪大颗大颗地掉了下来。

二少爷心一沉。唉，她又是那句话！于是他拿手绢揩揩脸上的汗，瘫了一样的坐到椅子上。他该怎么办呢，他？嗨，真该死！其实只要除开这个，他跟她过得真是算享福的。

他听见她擤鼻涕，还听见她像伤了风那样哈了一口气。她老是滴溜着这些事，就这么枯下去，瘦下去。现在他简直不敢看她，似乎一见了她那付可怜巴巴的脸相——马上就会证实了他犯的罪。他痛心地嘟哝着：

“真不得了，真不得了！……”

一种又悔恨又惭愧的感觉逗得他万分难受。他恨不得跑到亚姐跟前抱着她，跟她讲着好话，然后把这里的家整个儿搬到对江去。从此她就是他的二少奶奶，让她在城里好好地做人。

他一辈子巴望的就是这个。她待他这么好，她自己肯这么熬着日子，只是为的这个。她一心想着他从前那句话：他赎她回去只能算她是个小的，等二少奶奶死了这才轮得到的。

“我怎么要说得那样硬挣呢?”他问自己。

可是事情越来越明白:他骗了她。于是他心一软,皮肤轻轻地发一阵紧,跟他看见医生替小龙子挤着浓血的时候——一样的感觉。

“怎么我尽朝这块想的嗄?”他在肚子里埋怨着自己。一个人总该想得远点个:老这么自怨自艾的算什么呢。这里他可放起胆来抬起了眼睛——直对着亚姐,连她视线跟他的碰着了他也不移开。他偏不在乎!——老实说,他自己并没有什么抱愧的地方!——“哪个叫她这样一个出身的?——怪人么!”

站起了身,挺得直直的,他又在心里加了一句——

“活该,活该!”

他唐启昆还得在社会上做人哩:他不能叫她坏了他的名誉。直到现在他还对亲戚本家们把这件事瞒得紧紧的。只要漏了点儿风声,别人就得臭他——

“唐家二少爷还说是个孝子哩,还说是个道德君子哩!哼,他倒在省城里养了个雌头——窑子里的货!还养了一个儿子!”

于是大家都得瞧他不起,连华老伯也会摆出一付冷笑的脸孔——好像只有他姓华的才可以讨两个小老婆,别人打个小公馆就是犯了罪的!

唐启昆觉得胸脯那里紧得透不过气来。他认为这是他太挺了缘故:胸脯肉全给绷住了。

“啧，不好过！”——胸部缩了进去，还用手摸了摸。他想到他从前做错了点儿：应当一开头——他就把她当姨太太接回家的，他在家里也就不会那么孤单，不会那么感到他的世界一天天小下去。然而现在——嗨，糟糕！跟她住了三四年，还什么名称都没有：照上海话说来，那简单直是：轧姘头！

他张了嘴哈了一口气：

“那不能，那不能！”

窗外流进一股凉气，夹着刺鼻子的煤烟味儿。街上有什么车子走过，铁轮子匡郎匡郎的，震得楼子发了一阵抖。

一瞧见亚姐在瞅着他，他仿佛给提醒了一件什么事，那种悲天悯人式的心情又翻了上来。他拖着沉重的步子挨到了她身边，用着连自己也不大相信的神气说：

“这个——这个——我看——往后再商量吧，好不好？”

接着他软着嗓子——很快地往下说着，免得她插进嘴来问他那些回答不出的话。他现在做人的顶大责任就是叫她平下气来，叫她别滴溜她两母子身份名义的事。他拿出他向来对付女人的那种经验——主张明天他们畅畅快快玩它一天，晚上弄点菜吃吃。这里他摸了摸她的肩膀，抱歉地叹了一声：

“唉，你这件衣裳简直不行。夏衣你一定要添点个：

明儿个我们扯点料子来吧。还有手表——这也是少不得的，你那只方的已经旧了。”

他跟她上街去，在那些店里指指点点的。他提防着瞧着四方，接着很快地溜进店里，然后悄悄地打玻璃柜张望出去。

“这个人好像是钱祝三……”

打这家走了出去，又踱进木器店。唐启昆像店伙那样夸着这些东西的玲珑样子，热烈地说明着：

“这个是抽香烟用的。嗯，不坏哩。——买一架啊？”

什么东西都买妥贴之后，男的还不愿意回家。他一想到他们要走过奶妈房门口，他全身就发一阵紧。那里简直是不吉利的地方：会一下子把他们的快活打得粉碎，叫他心底里忽然横出一片阴影来。

他拼命摆出付闲散的派头——点了一支烟。用种满不在乎的口气提议：

“早得很哩。我们到健民家里去坐下子罢。”

女的可掀着嘴唇，仿佛牙齿突了出来叫上唇包不住似的。

“我要家去，”她说。

“怎么呢？”

“我要看小龙子。”

唐启昆打了个寒噤。

"唉，其实——其实——小龙子的病不碍事。哪个孩子没得点个病的嗄：这是常事嘛，这是。"

"我不放心：这是我的儿子。"

她瞧也没瞧他一眼就往前走。她背有点驼，看来显得是个正派人家的小姐，没时下的女人那付挺胸突肚的怪样子。腿子细细的——在绸袍子的岔口上露了出来。唉，瘦多了。不过身段倒反比以前小巧：叫他又觉得可怜，又觉得可爱。

忽然——他心头怔忡了一下：她这背影竟有点像那一个，那个俏皮的小凤子。……

街上一些人在瞟着他。还有一位女太太索性放慢了步子，拿全付精神来打量他，又打量一下亚姐。这些人似乎有点认识他，眼睛闪呀闪的好像是说：

"咦，这个唐家二少爷！——跟一个什么女人嗄！她还在大街上生气丢他的脸哩！"

二少爷把脸一绷，抢上了两步。

"嗨，你又来了！"他庄严地说着，瞟了旁边一眼。"何苦嗄，你！家里有的是奶妈老妈子，何必你自己去照应呢？"

他紧跟着她，拿手绢揩揩脸：

"那就——那就——喊车罢。"

那个可一点不管他丢不丢脸子，一个劲儿埋怨着：

"你这个人不晓得怎干的！就是你自己也有事情哎：

李金生不是要来算账哩么。……没得魂一样，一天到晚！——快活得很哩！"

"李金生——李金生——"他脸有点发热，想不出一句合式的话，"哼，那个那个——没得关系！"

"嗳，让人跑一趟空腿！"

"来人！——打个手巾把子来！……李金生呢，李金生呢？……该死的东西！怎么他还没有来！……去喊他！"

亚姐带着要打架的劲儿冲了上楼：

"嗯，嗯！自己心里不高兴了——就喊李金生发脾气，是吧！"

她那浆得厚厚的衣领全给解了扣子，脖子可还挺着，仿佛那道领子还有力量把她耸起来似的。江风在屋子里灌着，吹得她眯上了眼睛，头发飘呀飘的：跟她半夜里醒过来那种瞌睡劲儿一样，叫他老实想一把搂住她。

"哪里呢！"他吃力地笑。"就这个样子没得出息呀，你看我？"

对她盯了好一会，他把她一搭——让她坐在他腿上。可是她害怕什么似的赶紧起了身。

他感到意外失败一样的愣了一下。接着他为了要岔开这种不高兴感觉，他正经着脸色把刚才的话补起来：

"你晓得吧：心里有事就不得定神。真的，有很多话要关付李金生哩。到现在他还不来，人家着不着急嗄！……小连，小连！——有人去喊李金生啦？……”

女的咬着扇子的边，又看江上一艘船——眼珠子跟着它移动着，等到瞧不见了。她还往洋台那里进一步，追去着过视线去。随后她叹了一口气。

“唉，小龙子索性死了倒也干净！”

“瞎说！”唐启昆害怕地叫，对她睁大了眼睛。

她似乎要叫人原谅她刚才说错了话，脸上那种紧张劲儿全给放松下来。手里扇子轻轻扇着，并且偎到二少爷身旁边——叫他也沾点儿风。一面用左手在他脑顶摸索着，把他的白头发一根根找出来。

二少爷闭上眼睛，带七成鼻音小声哼着：

“唉，我只有在这块——才过得住几天清闲日子。”

十 八

虽然李金生算得上是个唐二少爷的亲信人，可是他有许多地方——二少爷还懂不透。

他是个快活家伙，年纪还不过三十岁，有点傻气，可是做事倒仔细，他对二少爷有时候很恭敬，很知道上下，有时候可大模大样的满不买账。据他自己说：他从小就是个孤儿，上过学，当过学徒，过过许多苦日子。谈着这一套的时候他把嗓子格外放得高，话也来得很流利，仿佛这些竟是很光荣似的！

“我家里一个人没得，我连爹爹姆妈的照片都没有看见过。”

只有一个叔叔——在南洋什么地方做买卖：这地名二少爷老是记不住。一谈起天来，二少爷照例皱着眉问：

“你叔叔在什么——什么坡？新嘉坡啊？”

亚姐盯着墙上那帧洋画——打一个五金店里连镜框买来的：那上面天色跟水色都蓝得发光，一男一女坐在岸边的凳子上，瞧着水里几只雪白的鹅。她瞅了李金生一眼，用种瞌睡样的声音问：

“那块中国人多啊？”

“多。做买卖的差不多全是中国人。”

二少爷冲着她笑了笑，五成是开玩笑，五成是奖励她有学问的样子：

“唷，你还晓得那块不是中国地方末。”

“这是我告诉她的，”李金生插嘴。

女的胸脯深深地起伏了一下，于是发出许多问话来：

“这块去要多少日子呢？是到上海坐船吧？船上的茶房可有中国人啊？……”

这真是些孩子气的话！二少爷这就稍微把脸子仰起点儿，一个劲儿抽他的烟。李金生那付傻相倒很好玩，亚姐一看见他就又恢复了她以前那种活气，用些不落边际的问题来撩天了。

“无聊！”二少爷又讨厌又得意地想。“人家谈正经事——他们倒……”

可是他没打断他们的。为得要叫亚姐放快活些，他让他们去扯《山海经》。并且他一想到他待别人这么关切，他隐隐地感到一点骄傲。

那两个声音渐渐放低了，好像怕他嫌他们孩子气。李金生有时候还瞟他一眼，只有亚姐一直盯定了对面的脸，简直不知道屋子里还有第三个人。他们谈着海，谈着船上的一些规矩。要照李金生这么付模样——在那艘大轮船上大概不会给人见笑的。他一点也看不出是个生意人：脸红红的，头发刷得亮亮的，一套白帆布学生装穿得笔挺，叫人想到他是一个什么学堂里的脚色。

二少爷不高兴地瞅了他一眼：哼，装模作样！

现在李金生可在报告着他叔叔的事：

“他第一次上船，那些外国派头把他弄昏了。吃的是西餐，喝的是葡萄酒。他拿起刀来斫一块牛肉往嘴里送——下巴上拉破了一条这样深的，血直淌。……”

红了脸的亚姐就格格格地笑了起来。

“奶奶，奶奶！”——忽然奶妈在楼下叫。“你来看看小龙子！”

这里的声音就陡然给切断了，屋子里所有的东西也一下子变了颜色，好像落下了一块厚厚的黑云，亚姐的脸色给罩得发暗。

她一转身就奔下了楼。

唐启昆预感到有什么祸事，而这祸事似乎是李金生招致来的，他很命横了他一眼。可是亚姐尖叫起来：

“喂，喂！快来！小龙子身上滚烫！”

两个男子差不多是同时冲下楼的。

“莫慌莫慌！”二少爷嚷着。一面用手贴贴小龙子的额头，又试试自己的。

空气紧得要把屋子都爆破的样子。他像个医生那么俯下去瞧着那孩子，感到鼻子嘴都给堵住了。接着鼻尖子上一阵刺痛，他用种异样的嗓子叫，声音喘得打颤：

“赶快接郎中来！赶快，李金生！”

亚姐轻轻地叫：

“小龙子，小龙子！——妈在你旁边哩。……”

然后她跟奶妈都静静地淌着眼泪：这沉默里面多少总带着点儿埋怨。

二少爷觉得他身子没有地方站：他不知道要怎么才好。地板上似乎有一根根的钉在顶着。可是坐下也不合式，好像屁股一顿下去就得有祸害。手心里直淌着汗，软软的连要再摸小龙子一下都没有这个力气。

他恨不得跳着跑出这个地方。他恨不得嚷着哭一场，让他的悲哀，讲他的委屈——都一齐发泄出来。

“李金生，李金生！”他嚷。“等下子！等下子！我还有话跟他谈……”

一批上那件秋罗长衫就往外跑，一面命令：

“叫小连去请刁先生！——快去！”

于是他跟李金生走在马路上了。

两个人都不开口，只听着步子踏在沙石马路上簌簌地响。他们都感到重甸甸的，话给压得说不出来。李金生惊异地瞅了二少爷，好像问他有什么话跟他商量。那个的视线虽然没跟李金生接触，可是已经感到了。他似乎给窥破了心事的样子，恨恨地在肚子里骂了一句——

“混蛋！”

他们走进了茶店里，李金生这才沉思地说：

“小龙子怕不会好了。”

“什么！”二少爷冒了火。“你这个人！……说话要留神点个！”

那个满不在乎地坐下来，瞧着他微笑着。

“二先生你真是！真话你总是不相信的：我说的的确是老实话。”

“不谈了罢，”唐启昆嘘了一口气，心里感到人世很凄凉似的。“我烦得很。……小龙子不过是害的火疮。……钱倒是要花几个的。……呃，你——无论如何——这个几天你要送两百块钱来。……”

“没有。”

瞧着李金生抱歉地摇着头，还畏怯地看看他，他眼睛瞪大起来了，脖子一挺：

“没有？什么话！”

他取下平光眼镜来擦了擦又带了上去。他觉得心头已经畅快了些，不过他还得趁势发作一下。

“你到底怎样在那块管事的呢，你！你要明白我跟你是个什么关系。你不过是公司的老管事，我们看你是个熟手，把公司盘过来之后就仍旧许你干下去。那么你就要好好地干呀，怎么要这么点个钱就没有了？我有七成股子哩，公司里。我可以问你要这个钱！”

“二先生你听我说……”

“我不管！”

李金生摇摇头，笑小孩子不懂事似地笑了一下。直等到那个平静了点儿，这才正经着脸子，提高点嗓子告诉别人办不到。

“二先生你已经提亏空了：这样弄下去大家只好丢手。现在车胎真贵，修工也贵。还有现在的车夫……”

“我不懂，我不懂！”二少爷烦躁地摆着手。“你不要跟我谈这一套，我不懂！”

可是那个把脸绷着：

“我说是要说的！”

他报告着橡皮的行情，报告着同行出租的数目。他一本正经地挺着腰，话迸出得很快，可是字音很清楚。看这劲儿仿佛他是拿这些当做至理名言来教训别人的。至于公司里的收入呢——比以前要少三成。……

这里唐启昆打断了他：

“好了好了！跟我报什么账呢！……你要晓得——你跟我家里管田的一样身分：我只包在你们身上，我不管。我哪块有工夫来烦神——来管这点个小事的嗄，你替我想想！”

“不是的，”那张红润的脸上闪了一下微笑。“这是个特别情形。”

李金生抹一抹雪亮的头发，又告诉他同行的新议案：

车子的租钱都减低了。省城里的车夫都嫌八角租钱吃不消，闹过一次事的。

渐渐的——二少爷脸子给拉长起来：

“怎么我们要依那些车夫的嗄?”

“不依不行，”那个很不要紧的样子。“你不减租——他们不拉。”

“不拉就不拉！不拉——还是他们自己饿肚子，活该!”

李金生看不起地瞅了他一眼，淡淡地笑着：

“话是不错。不过他们大家一天不拉——公司里就一天开销不出。一个城里大家没有车子坐也不行。二先生上了码头到公馆去——这么一点点路你也要喊黄包车哩，他们不拉怎么行!”

“他还是跟我说正经话，还是跟我斗幌子嗄?”二少爷想。

“该死！简直是混蛋!”他咬着牙，叫人摸不准他骂的到底是谁。端起茶杯来——还没到嘴边就又往桌上一顿。“混蛋!”

这些事他可不得不去注意。公司虽然给人管着，他自己可究竟是真的主人。他觉得他受了侮辱，这回。他使劲瞧着李金生，眼眶睁得吃力起来，似乎对方那个犯了大罪。这可真叫他想不透——怎么他自己公司的价钱要任听别人来支配。这个姓李的到底替他管了些什么事呢！

他平素向来夸李金生办事精明，现在他可发了脾气：

“什么精明！简直糊涂到了万分！”

然而他没吐出声音来：对着李金生那付天不怕地不怕满不在乎的劲儿，他肚子里的话给封住了。

两双眼睛要打架似的对了会儿，二少爷退缩地移开了视线。接着又偷瞟了对方一眼。

“怎么办呢？”他自言自语地说。“唉，你到底人情世故不大懂。我那位管田先生那就——唔，那个得多。佃户都伏伏贴贴的不敢动一动：管田先生处处留意。这是为的东家，也为的自己。那些人——那些人——我是晓得的，天生的不知好歹，客气还当是福气哩。”

随后他让声调放得更柔软些，把脸子凑过去：

“你要替我想想哩：我实在要钱用。”

那个仍旧摇他的头：不行。二先生以往挪了空子，公司不单是发展不了，还是勉强对付的。

“那么……那么……”二先生莫明其妙地有点怕那位经纪人，舌子发了僵。老半天他才吹出了他的意思：他向来把李金生当做亲信人待的，往后他还打算给点好处，他知道他自己只能派到七成利息，可是那位跟他合股的王健民——正是他北京的老同学，这倒很容易说话。

“这样子罢：你告诉健民没得钱。摊给他的三成——你先挪给我用下子，怎样？”

瞧着那个在想着，他又加了一句：

“我晓得你的景况，你不妨也摊几个：我让给你——让给你——三股里面一股。……”

这次到底算是有了个结果：“让我划算一下看”——这就是李金生对东家的答话。

“让我划算一下看！——这是什么话！他把我当什么人！”

他到王健民家里打了十二圈牌，到晚上一点钟才回家。他提心吊胆地进了后门，生怕听到什么不幸的声音。他总感觉得小龙子的病是有一个来由的，仿佛是什么东西作了祟。这件事说不定跟李金生有点关系。

“怎么下手的呢？李金生怎么下手的呢？”

脑子里昏昏地想着，一面还听见麻将敲在桌上的声音。一会儿突然醒了似地一震，于是又去追究——刚才他自己想的是些什么事。

“唉，不得了，这小龙子！怎么办呢，叫我？怎么办呢！”

到了奶妈房门口——他小声儿问：

“怎么样？”

“郎中说不要紧，”奶妈抢着答。

他眼睛一亮，叫道：

“好嘛，好嘛。我说的不要紧嘛。你看，你看：郎中也这个样子说。你们总是虚里虚糟的，一点个事就吓得要死。”

这么着他就踏着很响的步子上楼去。

可是他在家里坐不住。他简直不敢邀亚姐出去，她只一天到晚在楼下看守那个孩子，好像她自以为镇压得住魔祟似的。他叹着气。他玩了会骨牌又使劲一推。他狠命地在屋子里踱着步子，要拿这响声来叫别人知道楼上还呆着一位家主。

真该死！嗨，他到省城里来——专门为的找闷受么！

他溜了出去。每天总是蹑脚蹑手地走出后门的，好像生怕有谁会追他回来。他去找他那些朋友打牌，开旅馆偎在姑娘怀里。他们都知道唐老二的秘密：认识亚姐，也明白小龙子害的是什么病。

“老唐，你那个孩子好了点没有？”

“大夫说不要紧。本来是！女人家胆子小，大惊小怪的。其实算得什么病嗄。”

说了扫大家一眼——看看别人的脸色。于是再也不谈这件事，仿佛怕人提起他什么缺点似的。有时候念头一触到那上面，他五脏什么的就一荡。并且还莫明其妙联想到李金生——咒过小龙子会死的那个家伙。

“混蛋！”他嘴唇动了动，瞟一下他身边那位姑娘——怕她听见了什么。他只要一想到他跟李金生还得有一件事要结实交涉一下，他就觉得身子给什么家伙压住了，连自己也不知道这到底是有点怕那小伙子，还是眈心着钱的事。

他想：李金生怎么要天天到他家里去呢？真是该死！——他想要躲开他唐二先生么？哼，他算是照拂小龙子。他竟像做了什么鬼把戏——如今想来赎罪似的！

那天晚上坐在车上摇幌着，打着膈儿，带着很满意的神色回了家。刚一跨进后门，突然——他被谁一撞，差点儿没摔下地。

“哪个！”他全身汗毛都竖了起来。

对面那个站住了。厨房里的灯光照到了他脸上，显得很慌乱，可又有点沉重。

怎么！李金生！——

“小龙子——小龙子！……”

李金生没有说完就奔出去了。

奶妈房里——大家都围着那张小床，女人们抽咽着。亚姐肿着脸，全身痉挛地抖动着，仿佛被她自己的哭声鞭打了似的。

一发见唐启昆进了门，她猛地跳了起来——往他跟前扑。她扭着他的衣领，用拳头没命地在胸脯捶着，嗄着嗓子喊：

“我跟你拼命！我跟你拼命！……死没良心的畜生！我跟你拼！我！我！……”

十　九

他们把小龙子葬掉之后，亚姐简直发了什么病的样子，十几天都没好好地吃一顿饭。她坐在窗口那个老位子上，一声也不响，眼睛空洞地望着外面，好像在老远地想了开去，又好像什么都没想。

“亚姐你何苦呢。孩子反正已经死了，他是……”

“你自然不要紧！——他又不是你的儿子！”

她不涂口红，也不擦粉，让颧骨上面几点雀斑很分明地显现出来。嘴唇肉瘦得缩了进去，轻轻地露出了牙齿：打这里常常流出些没有声音的话，二少爷就是听不见可也感得到的。

男的偷偷地瞟她一眼，在肚子里回答了她：

“何必呢！何必拿我来出气呢！”

天刚刚下过一阵雨，凉得很舒服。太阳打破云里挤出来，把大地蒸出了水汽——带着一股很浓的泥土味儿。

二少爷吸吸鼻子，叹了一口气。

“想不到他会死。……命里不招。……”

那个可很命地横了他一眼。她讨厌他那种痒不痒痛不痛的腔调。可是别人一沉默下来，她就简直想要蹦起来把他揍一顿。这孩子分明是害在他手里：他巴不得他死！

可是她还那么坐着不动，隐隐约约仿佛总听见有微弱的哼声。她侧着脸注意了会儿，给谁催迫着一样的叫她想下楼去看看，一下子可又清醒过来了。好像她身子突然搬到另外一个地方似的，只有那些嘈杂的响声叫声刺着她的耳膜。

“去了，去了，”她嘴唇吃力地掀动一下，心脏上仿佛给很很地戳了一刀。

她不知道她该怎么办。似乎她只有呆坐在这张椅子上，等到她想好了第二步的办法才可以起身。

唉，她只想要做一个好好的人。什么苦她都吃得来，什么磨难她都熬得住，只要人家承认她是正派人家的太太。这一年她拿全付精力放在小龙子身上：这孩子虽然那么小，可是能替她奠定她在唐家的地位名份。

奶妈就跟她谈过：

“奶奶你真要防防二少爷哩。他有了你——他还是在外吃花酒赌钱，跟你没得个恩爱。”

“我也晓得，”她爽直地微笑一下。她倒不在乎什么恩爱不恩爱，她只要有人帮她脱出从前那种日子，让她在正派的世界里露露脸。

“我是做梦……”她痛苦地想。

随后她拼命镇定着自己，抬起那双发红的眼睛瞧着二少爷：

“喂，你过来，我有话跟你说。”

她声音发紧，牙齿咬着不叫它打颤，像受了寒的样子：

“我们这个样子到底算什么呢？你老实告诉我——你打算怎么样。这块地方我真住腻了，我真讨厌死了，我实在熬不下去！我们算什么嗄，到底？要尽是这样不三不四的，我当初怎干要跟着你来——跟着你来——这个样子！”

“啧唉，你真是！”

亚姐可反复着那句话：

“你老实告诉我：你到底怎样打算，你到底怎样打算！”

看来她倒还平静，好像已经决定了什么别的大计划，不过还要把这件事谈几句告一个段落。二少爷索性等了会儿才开口，他相信再稍为过些时候就会跟平素一样——大家快快活活过日子的。

这些谈过不止二十遍，今天这回也并不见得比往常难对付些。

“你总当我亏待了你，”他说。“我其实——唉，我真不晓得要怎么说才好！我没得一天不想着你，想着小龙子。嗨，你不晓得。有许多事——我辛辛苦苦——我就是为的你。不过我不好写信给你，那块的人要是一晓得我写信给你——我——我——当然要瞒住他们点个。……”

那个突然爆发了什么似的，两个拳头紧得发抖，往他跟前冲进了一步。

“好啊，好啊！——瞒着他们！”她尖叫，吱出了牙齿。“唵，我丢了你的丑！我晓得的：我不是人，只有你是人！”

楼梯上响起了脚步声，越来越急促，越来越急促，于是门口白影子一幌——李金生进来了。他仍旧头发刷得光光的，衣裳穿得笔挺，并且有礼貌地取下那顶草帽，想要明白是怎么回事地看着这边。

真不巧！——他就偏偏要在这个当口闯进来！

二少爷努力装出没在乎的样子，带种开导小孩子的派头对亚姐摆着手：

“呃呃！……啧，何必呢。你听我说，你听我说……”

那个女的可不管这一套，只是顾自己流水似地泻出来：

“我见不得人！我该死！我活该躲起来——不三不四的藏在这块！好让你做孝子，做好人，叫大家把你当孔夫子看……”

“我儿时叫人当我孔夫子看的嗄，”他轻轻分辩着。

“你这没良心的家伙！畜生！……你当初跟我怎么说的，你当初怎么跟我说的！——我问你！——你没得一句话算得数的！你没得一句人话！你这张嘴，你这张嘴——兔子屁股还比你值钱点个！……”

“什么话，什么话！——难听不难听嗄！”

“哼，难听，你要面子！——我偏敞开来说！你去做好人。你去做好人！我要在江南江北贴你的招子——叫大家晓得晓得你是一注什么货！……”

唐启昆僵了一样站在那里，腮巴肉抽动着。那双眼睛——不知道是因为取了眼镜还是因为疲倦，显得没有神。他提起腿来要退一步，可是又不敢。他觉得李金生正用种看热闹的劲儿站在旁边，嘴角上还轻轻巧巧的闪着微笑。

他猛地掉过脸去：

“你来做什么，你！”

那个刚一发愣，他又吼起来：

“钱呢，钱呢？——你答允我的钱呢，嗯？”

“拨不出。”

“你这个混蛋！你这个混蛋！”发白的嘴唇中间溅出了白沫。脚在楼板上顿着。“你想不想干了，你！你简直——你简直——嗯！……混蛋！也不想想吃的什么饭！——这不识抬举的家伙！”

李金生用鼻孔笑了一声。在这么个局面里面——李金生竟好像有什么壮了他的胆似的——

“二先生说话也要留神一点！我是你们硬留下来的，哪个王八蛋才高兴吃这一碗饭！不过我干一天就凭良心干一天，叫我鬼鬼祟祟骗朋友——我不来！”

这里插进了亚姐的喊声：

“李先生你不要睬他！你跟他讲什么！——他是个畜生！”

外面轮船“呜！”的一叫，二少爷觉得这声音竟成了个看得见的东西——打洋台上射进来，往他心坎里穿过去。码头上的车轮也震得屋子打起颤来，仿佛怕有什么祸害似的。他可巴不得它一下子塌下来，把大家在这下面压死——连他自己也在内。

可是他只苦笑着：

“呃，莫吵莫吵。我跟他谈正经事。”

于是他结里结巴解释一番。他叫别人相信——他只是为了要钱用。边说边瞟瞟亚姐，舌子越来越不灵活。他简直有点害怕，好像他的隐事全盘给抓在李金生手里一样。末了他竟待朋友那么——表示他没有什么地方不相信对方。筹钱的话——仿佛成了一种忌讳，会重新招致出什么祸事来的，他再不提起了。

这种胆怯怯的劲儿叫他自己也觉得奇怪，并且不安心。

"哼，他想卡住我！——他凭的哪门子嗄！"

他怪他自己不该这样轻信那个姓李的。他拼命追记一下，看曾经把什么事告诉了别人没有，可是想不上来。可是这屋子，这亚姐，这李金生——叫他心里闪出了那种特别的温情，那种模里模糊可又甜蜜蜜的温情。这正跟做过的梦一样：醒了之后偶然会触动一下，不过梦境已经记不清楚，就只剩下这一点点朦胧的感觉了。

从前他在这省城里过的快活日子，简直成了前一辈子的事。

"他们都变了，"他对自己说。身子已经走到街上，许多黄包车都围着他，可是他不知该到什么地方去。

亚姐简直像有个鬼怪附在她身上。李金生也离开了他，那个叛徒。他向来——只有在这里才感得到家庭的乐趣，才能够得到人类应该有的温存，才有个真正亲信人跟他商量一切事情。……

这些情景现在可忽然结成了糊涂的一团，渐渐变了颜色。然后一下子转动起来，就什么都瞧不见了。

他头脑子一阵晕，几乎站脚不稳。

"车子！车子！"

一坐了上去——就带着要呕吐的脸色往前面乱指着：

"快拖！快拖！快！那块！那块！……"

这天他又找王健民他们去玩，直到半夜两点钟才回家。这座楼房成了个冰窖，一走进就有股冷气侵着他的脊背。四面都静得不像是人住的屋子，几乎连自己的存在都有点怀疑起来。

“明儿个就过江家去吧!”

他闷闷地抽了一口气，一会儿他又觉得这个打算未免太对不起人。

“没有睡着啊?”他走到床前，隔着帐子温柔地问。

躺着的那个一直不动，熬着肚子疼似地把身子缩着。她眼睛张开了一半，呆登登地瞧着枕角上绣着的玫瑰花。可是那个男子一走近，她马上闭了眼睛。

唐启昆要引她说几句话，他去关上了窗子，把阳台门也封得严严的：亚姐向来爱讲求什么新鲜空气，现在她也许会起来干涉。可是她仍旧保持着原来的姿势，好像没有看见他。

男的点起一支烟，瞧着墙上自己的影子，觉得他自己可怜起来。

“唉，她真的变了，真的变了。”

这么着算什么嗄，她连睬都不睬他，瞧都不瞧他一眼。人家有什么对她不起呢——她把这世界搅成这么冷冰冰的样子!他把烟往痰盂里一扔，接着又嫌两只手空着太无聊，重新又拿起一支烟来。身上虽然在冒汗，他可常常有要打寒噤似的感觉。

嗨，他宁可让她吵一场，让她拍着床沿臭骂他一顿，把什么话都骂出来也不要紧。这么老躺着不理会他——

他就简直疑心他自己不是活在这个世界里的了。

于是他想了一想前几年的劲儿。他心一软，好像看见了什么怪悲惨的情景一样。现在他忽然有一个怪念头在他肚子里发烫：他觉得他骗了亚姐，对亚姐不起。这种热辣辣的念头竟烧得他血管都发涨，仿佛有种什么力量逼着他想要去牺牲自己——去到她那里赎罪。

他拿着烟的那只手可冰冷的，并且打着颤。心狂跳着，似乎正要去冒什么大险。他老实想要冲过去——一下子掀开帐子，抱着她哭一会，叫她原谅他。他叫她受了苦，他只有她这么一个亲人，可是他一直没对她说过一句真话，全谈不上什么恩爱。他这回该把他什么打算都丢掉，什么闲言闲语都不管——拿这些苦难来赎他自己的罪。他得跪在她面前发誓：

"我跟你家去，我跟你家去！……我们祭祖宗，请酒，放爆竹……你是我的发妻。……我要是说了话不算数——叫天雷劈死我！……"

他尴尬地站在那里，动都不敢动。他觉得自己是站在个很高的崖边——一个不留神就会摔下去。他用熬着痛的脸色抽了一口烟，好像怕它会打伤他的肺，可是他又不得不抽。

"跟她商量一下子。……以后呢？"

以后他看见许多熟脸孔，不过模模糊糊——辨不出哪一张是谁的，他们在咭咭刮刮谈着他。

“原来唐老二是这么一个荒唐鬼！”

像他这么一个男子汉——怎么要搅上那么一个女人呢？他该在好好的人家里讨一个填房，让他自己得一笔很像样的陪嫁。女家顶好是个新发户，没得什么田，只拿得出现洋：譬如说——万把块钱！并且舅老爷还可以替他找一个好位置。

唐老二坐下又站起身，使劲把手里烟一摔：

“我不能让小鸭子耽误我！我不能，我不能！她是什么东西！——我该派讨她的好啊？该死！”

就这么着，他重新装出了一付满不在乎的样子。他冷冷的对谁也不言语，连李金生跟他说话——他也不怎么理会。对亚姐呢顶多不过瞟一下她的脸色，于是带着帽子走了出去。仿佛他只要他一冷淡得比亚姐还厉害，就表示是他胜利似的。

他天天跟那些老朋友在外面混，一面想着要拿怎么一个理由来才可以过江回家去。

“怎么跟她说法子呢？”——要没个籍口就走，他觉得总不应该。

哼，丁寿松这家伙简直靠不住！到如今还没个信来。

他在人行道上走着。后面有两辆空车子跟着他，跟他谈着价钱。他脑子里乱七八糟的：似乎亚姐跟李金生都在对他吵着什么，大嫂也哭哭啼啼地说他欺凌她孤儿寡妇。一会儿又听见大太太和五二子在捣着鬼，不怀好意地对他瞟着。如今他简直不能算是个有儿女的人：家里那位大少爷一天到晚不跟他见面，只到小校场去听说书，在路上看壁报，遇见他的时候只冷冷地瞧他一眼，好像一个路人在看着他家里出了点什么热闹，说不定竟是有点幸灾乐祸。

“小龙子好好的怎么要死掉呢？”他喃喃地说。“为什么呢？——我一个儿子也容不得！”

后面那两个车夫可还在那里哇啦哇啦，他烦躁得直吼：

“滚！”

“二百钱我拉去。”

二少爷猛站住，抽风似地擎着拳头：

“拉你妈的屄！走到了这块还要二百文！你们这种——你们这种——该死的东西！该杀该斫的东西！你们处处想卡住我做！……你们你们！——混蛋！”

街上走着的一些人拥了过来，唐启昆这才走开去。全身软软的没一点劲儿，什么地方在那里隐隐地发痛。两只脚载不住自己的体重，脚板给压得发起涨来，有生了冻疮似的感觉。他放慢步子，长长地嘘了一口气。

到哪里去呢？他觉得他的路越走越短了。前面似乎有什么挡着，可是他又不知道这挡着的是什么东西。

“流年真不好。……”

随后他在肚子里卜着卦：如今他到王健民家里去——要是那位老同学没出去，那他唐启昆的一切都会变得很顺利起来。

他轻松了点儿。这时候不过中午一点钟，他一吃了早饭就溜了出来的，王健民起床总比他迟得多。于是他带种潇洒派头把两条膀子甩开了些，加长了步子。他走过那家长江大旅馆门口的时候竟挺起了肚子，因为店里的人都认识他。

“二少爷，”站在门口的一个茶房叫。“不进来坐下子？”

可是忽然有个什么东西掉到了他头上。

茶房往楼窗口瞅了一眼，很巴结地笑着：

“三老爷招呼你老人家哩。”

什么？——三老爷？唐启昆吓了一跳。

真的！正是三老爷，那位丁文侯丁三老爷！——趴在窗口笑嘻嘻地瞧着他，右手搭在一个女人的肩膀上，嘴里在嚼着什么东西。

“来我这块坐坐，唐老二！来！”

“该死的东西！”唐老二在肚子里骂。

到底他还是走了进去。他仿佛不屑去看那个女的，只是严正地直盯着那扇门，作股正经地坐着，连丁文侯那付嬉皮笑脸的劲儿都动摇不了他。

那位三老爷大概才起床，赤着脚趿着一双拖鞋，小纺的短褂子有几颗扣子还松着。

“唐老二你要请客才行哩，正好我还没吃中饭。你不请我就不得了，我告诉你。我晓得你的事情：你在这块养了个雌的。”

“哪里！哪里!”

“嗨，你还要瞒我！——南京的小鸭子。……”

于是大笑起来。那个女的可爱笑不笑地打量着唐启昆，那劲儿就好像城里人看见乡下人做了什么傻把戏。

半点钟之后，唐启昆给丁文侯搭到了迎江楼。那个出主意叫了许多菜，看来他不是为的要吃，只是叫他唐老二多破费点儿。

“这不算什么，”唐启昆一面跟他们走出馆子，一面放心地对自已说。他还可以打那个丁家多捞些回来，在他们芳姑太太身上，甚至于在侃大爷身上。说不定他们家里另外一个人还能够带一笔整的给他，整的!

他胜利地闪了一下微笑。别人遣走了女的，再拖他回旅馆去的时候——他竟不大挣扎，他不在乎。

“今儿个吃得真痛快，”丁文侯抽着烟，打了个膈儿。“不过我窘得很，我要没得一百块简直不能够移动，唐老二你该代我想想法子。”

唐老二插燃了洋火，手停在半路上，对那个摇摇头。他点着了烟抽了一口，正要空着嘴来说话，文侯三爷可一下子站了起来，猛的关上了房门。

“我老实告诉你！”他身于抵着门，一双发红的眼睛对唐启昆瞪着。“你不代我办到可不行。……一百——少一文我不要！不说别的，我只跟你算算账——看你骗了我家芳姑太太多少钱！……”

唐老二傻瞧着他。

那个似乎早就预备好了的样子，流水那么哗哗地往下说着。

“你们唐家里不会没得钱。你们是了不起的世家，你们祖宗老子做官做府，还做买卖，捞呀骗的都来……你不给——我跟你闹个尸山血海！”他使劲把鼻子一抹。“唵，我向来就是这个样子，不跟人家婆婆妈妈的。说到就要做到！”

这些都一个字一个字刺着唐启昆的耳朵，逗得他眼睛霎呀霎的。他脑子里的念头给这些话声一断断打碎了，什么也想不起来。

“呃，何必呢，何必呢，老三！有话总好说的哎，彼此是至亲。”

连自己也莫明其妙——他心里倒还算平静。好像注定了要倒个大楣，没得说的，只好硬着头皮来认晦气。文侯老三就只这一桩：一喝醉了就不认识人。

那个斩铁截钉的：

“别的不谈。一百！”

“少点个行不行呢？”

“放你娘的屁！哪个跟你讲价钱！”

“唉，你也想想我的困难。我实在是……”

“你给不给，给不给！”丁文侯往这边冲了一步，酒味儿直喷。“老实告诉你：我是代我们芳姑太要。我要代她出口气。噢，你们唐家了不起，看不起我们丁家，丁家的人也随便给你欺侮，可是？……一百块还是客气的，不然的话！——我们不谈！先扭下你的脑袋瓜子再说！”

唐老二拿烟的手停在空中间忘记了抽。怎么办呢？看来他要是不答允——哼，那！

可是他打算辩明几句。哪个说的他看不起丁家？——这准是些小人瞎说瞎说的，想离间这两家亲戚。他眼珠子想逃避似地一会儿看着丁文侯那张红脸，一会儿盯着红漆地板。他怕他吐出来的声音会打颤，故意放低了许多，那些字句就一飘一飘的，一个不留神就抓不住。不过他说得很熟练，他表明他自己的心迹：对大嫂他从来没欺侮过。

“欺侮？——这两个字真叫我万死莫赎了！”

他一辈子只是为母亲为大嫂做人。这两位长者就是他的生命：他们叫他死他就去死，这谁都知道，至于那一百块钱——

“我马上就要!”文侯老三插嘴。“你如今拿给我，当面点清!”

“这不成问题，老三。我当然要那个，我当然。不过，不过我身边没有带钱。……”

“那你写个字。”

唐启昆用冰冷的手颤着写好了条子，还给逼着打了一个螺印之后，丁文侯又叫起来：

“茶房，茶房！……喊账房上来!”

随后他正言厉色地告诉那位老弯着腰的掌柜：他这儿的旅馆账问唐二少爷去算。

“他住在哪块你晓得的。要是跑掉了——你过江到唐家里去找他!”

“是,”那个很小心地答。他们全都知道丁三老爷的脾气，谁都不敢迟疑一下。前几年他们待这位老爷太不客气了点儿，有一次竟扣过他那口小皮箱算账。自从侃大爷当了京官，连县太爷也巴结得周周到到的，侯三爷就老是拿出这些难题来——把从前的事情算总账来了。

这回他们可钉住了唐老二：这还容易对付。

唐老二脸子发了白，在肚子咆哮着：

“混蛋！该死的东西！简直该枪毙！该枪毙！该枪毙!”

他胸脯要爆破似的直喘不过气来。他老实要拿个什么铁东西把这些人都打死，把这家旅馆槌碎。他要把这省城点火药炸掉，让他那所小楼房裂成一颗颗的火星子，连亚姐也死在里面。

不知道什么时候——他已经走到了街上。

到处都是烟雾雾的。路灯发着红色，看去简直是一颗颗烂疮疤。马路炙得他脚板发烫，叫人想到地里下蕴着了一股火，要把这城市烤焦。于是他那所小洋楼就好像一架蒸笼，四面都闷得紧紧的，他觉得连心都跳不起来了。

他茫然四面一看，想找个东西来发泄一下。

亚姐可仆着睡在那里，腮巴子压在枕头上，嘴巴给挤成了歪的。外面江上有一艘小火轮突然一吼——声音直冲到了天上，叫唐启昆打了个寒噤。

“我受不了，我受不了！我一定要走！——随便到哪块！我要走！”

肚子给裤带绷得很难受，他动手去解开，可是它给拉成了个死结。

“该死！”

咬着牙一使劲——噗！他这就赶紧抓住了裤腰不让它掉下来。

“什么东西都跟我作对！什么人都跟我作对！”

他把两个胳膊搁在桌上，托着腮巴，想起他一切的熟人来。眼睛不动地对着前面那盏电灯，牙齿轻轻地咬着嘴唇，这么着一直坐了一个多钟头。他反复地对自己说：

“真不行，真不行。不作兴这个样子的，不作兴。……”

二十

到底唐老二接到了丁寿松一封信。里面有这么几句话：

“侃大老爷未有家来，即要代钱家来云云。二少爷保重身体，念念为幸，早家来至要至要。”

二少爷把信往口袋里一塞，自言自语地说：

“唔，非家去不可。”

他觉得他的理由很充足，没什么对不起亚姐。于是第三天就挟着皮包过了江。

家里跟平常一样，整个公馆静悄悄的。大嫂还是没有回来，连祝寿子也见不了面，仿佛这孩子竟成了丁家的孙子。大太太告诉他：

“六月初十老太爷的阴生——那个寡妇都没有带祝寿子家来磕头。”

她背地里老是叫大少奶奶做寡妇。可是说话的时候尽疑神疑鬼地盯着二少爷，好像要看破他的心事。五二子在旁边就用眼睛霎呀霎的，似乎叫她祖母说话留神点儿。

唐启昆咽下一口唾涎，拼命装出付满不在乎的脸色。他知道他母亲的脾气：有什么蹩扭总不马上发作，尤其是他刚刚到家，她怕儿子太辛苦。不过瞧她那付神色总有点不对劲，五二子也有点头鬼脑鬼——仿佛她们祖孙两个已经定下了什么计谋的样子。

“借钱的事她晓得了啊？”他疑心着。

即使她没知道，他过节没在家里过——就可以成了他一个大罪名的。

大太太可只用种轻描淡写的劲儿谈到端午节：

“那天迎宾楼来要账，我们说你不在家。”

“唔，这笔账我当时忘记了。”

“端午我们到丁家去了下子。”

“丁文侃呢，怎么样？”

“没有家来。他们说他们部长病好了。”

嗯，正好。他得趁丁文侃还没回来，把大事情搅妥当一下。于是他又成天地在外面跑，心老是兴奋着，并且显得很有精神，好像大病了一场的人——养得比从前更结实了一样。他很有把握地对十爷说：

“这回一定办得好，你看。何老六到杭州去了，怎么又要到这块来呢，要是他不买田的话？”

请何云荪吃过几次饭，他们慢慢地谈得有点结果了。

“老实告诉你，”何六先生红光满面地嚷，“我是达观的：田不田倒不在乎。小儿明年大学要毕业了，忽然异想天开，要买点个田玩玩。钱是非张罗下子不可。不瞒你说，我实在穷得要上吊，哈哈哈哈！……十爷十爷，你说呢？——我们总是为子孙作牛马。我倒想得开：作牛马——就作牛马。你说我这个主意错不错，十爷你看，嗳？”

可是那姓何的还居心要把这件事延宕一下，声明要“从长计议。”

“总是好的，”唐启昆想。“只要他答应买——我就不怕。”

只有一桩事他决不定：要不要告诉大太太呢？他老人家是个精明人，也许会打出些好主意来。不过她常常谈呀谈的会把话题岔开去。她会打卖田扯到钱，扯到借债，于是她就得哭起来嚷起来——

“皇天呀！皇天呀！我的儿子偷偷地向华家来借了债，不把我的首饰赎家来呀！……”

他想着打了个寒噤。这些蹩扭顶好不去引起它。他这就对别人说话似地在肚子里发挥这一层道理：真是的，何必呢？她老人家这么大年纪，还要逗她生气做什么嗄。他顶要紧是一个娘：他不能拿这件事来叫她操心。他得等到安排停当了再告诉她。

这天晚上他把丁寿松喊到他书房里去。

“丁寿松，你去代我办一桩事：这个几天里面要代我办好。”

他要叫丁寿松跟十老爷到何云荪那里去——有点个生意经要谈谈。他认为他自己去跟对方面对面来计议——可不好意思。并且这姓丁的在这方面是个行家。他已经打定主意把这瘦子当做亲信人了。

那个可结里结巴的：

“何——何——何六老爷那块呀？”

“小声点个！”二少爷压着嗓子叫。“怎么？你不高兴去啊？”

“不是，不是，”丁寿松轻轻地分辩着。身子缩做一团，不敢抬起眼睛来，只看看桌上那本《牙牌神数》，又瞟瞟板壁缝——好像想要打那里钻出去。

二少爷没注意这些。他瞧了瞧桌上摆成一排的骨牌，脊背往后一靠。然后拿一付办事老到的派头关照丁寿松许多话。他叫别人知道叶公荡是出名的好田，该探探何云荪的口气——出到什么价钱。老实说，他二少爷真有点舍不得出手，不过既然答应了人家，他当然不反悔。他已经写信告诉管田先生了。

“懂不懂，懂不懂？——你把这些话都跟他谈。懂不懂？”

“懂”，丁寿松霎着右眼，很难看地笑着。

心里总还是不服气：

"怎么的呢？怎么偏偏要找到那个姓何的呢？"

他想了一下前次小火轮上的情形。何六老爷竟跟他谈了那么多天，还打衣袋里掏出烟屁股来抽。看来那家伙没什么了不起——跟他丁寿松一样，连官舱都不坐一个。于是他把下唇兜了起来，用手指抹了抹下巴。他觉得他可以像个老朋友那么去找他：他记得何仁兄那次上船，还是他让了点儿位子——那个家伙才有地方坐的。

这时候二少爷显得很高兴：

"这回——我倒要望望瞧——看你到底能不能办事。"

于是丁寿松全身都松动起来。他不好意思地扭了一下，往四面张望张望，蹑脚蹑手走到桌子边。

"二少爷放心：别的事不敢保，这件事倒容易。我跟何六爷是——是——我跟他早就认得的。"

"早就认得？他办厘金的时候啊？"

"不是的。在船上。在船上我跟他——我跟他——"

丁寿松生怕一个不留神会漏出什么话来，顿了会儿他就改了口：

"他跟我搭朋友。"

唐启昆"唔"了一声。伸出舌尖来舔舔嘴上的胡子，有种软绵绵的感觉。他觉得什么事都很顺利，仿佛一离开了省城，所有的蹩扭就都给撇到那边岸上，让他转了气运。这里他挺了挺腰板，拿个食指在红木桌上画着，动手跟丁寿松谈开了。他告诉他做人的道理：对自己的人要忠心，可是对别人要懂得人情世故。他拿门房老陈做了个例子：唵，你别看他三辈子没得两句话说，做事倒着实有分寸。他替东家担忧，也替东家挣面子，挣好处。二少爷的对头也就是他的对头。

“这就是忠，”二少爷用力地说，吐出最后一个字之后还抿了抿嘴。“忠孝总是做人顶要紧的东西。比如——大太太辛辛苦苦养了我，我怎么能够不报答她，你想想我怎么能够？忠跟这个孝，道理还是一个样子。一个人存心忠孝就一定有好报：好运气来了你挡都挡它不住。唵，是这样子的。我啊——我是——呃，你来看我占的这个牙牌数。……”

丁寿松捧宝物似地捧起那本书来——挨近了那盏电灯。眼睛可给灯光耀得很难受的样子老霎着，在第一句上面停下了分把钟，这才慢吞吞地移往第二句。他几乎用了全身的精力来干这一手，怕一个不留神就会叫那些字句逃开去。嘴唇不住地掀动着，连漏出了唾涎都没在意：

“中——平。……上——中。……上——上。……二少爷好福气，二少爷！……”

那下面写着这么四句话。

“八九元功已有基，频添火候莫差池。待看十二重楼透，便是丹成鹤到时。”

他虽然不明白这里面到底含着怎么个意思，可是他也知道他该怎么下断语：

“了不得，了不得，二少爷！好心总有好报，这个——这个——八九元功——真是的！要不是二少爷的孝心——唉，真是的！你看看瞧！——十二重楼……别人哪块有嘎。你老人家一定会——一定会——唉，了不得，二少爷！”

二少爷庄严着脸色，食指翘了几翘：

“下面还有，下面还有。”

“是的，是的。……解曰！‘云布满山低……’真是的！真是菩萨保佑……”

他把他所知道的赞语全部拿了出来，好像这些韵语是二少爷写的。一面他感到身上有一股热气在滚着，连自己也不知道为什么：也许因为看着二少爷要走好运了，可是也说不定是因为二少爷待他太好。

“有了苗头，有了苗头，”他对自己说，唉，真是的！他得上劲点儿。二少爷要是转了运——一定撇不开他丁寿松。

可是二少爷这时候有一个怪想头：事情太顺利了他就有点耽心，他抽了一口烟想：

“别的方面呢？”

他似乎觉得世界上的好气运有一定的限量：这件事太容易了，那件事也许会简直办不通。他紧紧咬着烟嘴子，想到了丁家里的人，说不定蹩扭就出在那一边。要是文侃一回来就跟他抓破脸子干一家伙——那——

“不会!”他自己回答。

现在他正像打过一个胜仗的将军，要再克服敌人的话——他挺有把握。他可以试试看——瞧着罢。他两只手洗起牌来，并且很沉着地对丁寿松翘翘下巴：

“你到那块坐下子，我还要问一桩事。”

拿起那本《牙牌神数》来的时候，他一脸的不愿意，跟小孩子端一碗苦药来一样。这回第二第三付都只有三四开——两个下下！这么着一开头就是：

“小心谨慎，不可妄想!”

什么！嗨，真该死！那四句也简直莫明其妙！——

“手持利剑剸犀兕，迎刃而解差可喜。自桧以下无讥焉，其余不足观也已。”

他怕丁寿松瞧见，赶紧把牌一推，合上那本书。偷瞟了别人一眼，一面他解释着：

“刚才我没有诚心。不诚心——当然不灵。”

这就把纸烟弄熄，移正了身子，用手在额头上抹了几抹。洗牌的两只手也小心在意地动着，叫人想到这付骨牌是玻璃做的。到第二付他就有点着急：总想多凑几开，可是找来找去只有一付“二三靠六”。他瞟了丁寿松一眼，没声没息的念：中平，下下，中平。这回又不见得好。他踌躇着：要不要看一看。

结果他把书翻开——找了出来：

“语言无味，面目可憎。若问居心，卑鄙尤甚。”

那个丁寿松可热心地起了身，笑嘻嘻的：

“二少爷占的一定好。……这回是什么？”

边说边把脸子往二少爷这边凑。

忽然二少爷“哗！”的一下摔了书，一家伙蹦了起来：

“这有什么好看的！走！……我顶讨厌这种鬼头鬼脑的样子！该死的东西！——连个上下都没有！混蛋！我的事要你管！你懂上下不懂——你懂不懂你懂不懂，啊？……”

看见那个在发愣，他又吼：

“滚！……你去做你的事！——你明天就代我到何家去！……要是你办不好——办不好——嗯，你的脑袋瓜子——你！……这个混蛋！”

一会儿他又叫他转来：

“忙什么！……我刚才的话听明白没有？……这件事你不许乱说，懂不懂？你要是漏了半个字——我剥你的皮！”

丁寿松出了门才透出一口气：

“哈呀，这位少爷！官无三代——传到了你手上这样子神气！什么东西嗄！”

不过何家里他还是不得不去。他相信要是他下劲干一干，总会捞到点儿什么：二少爷没有叫他白花力气的道理。他把他那位亲戚的脾气想了一下：火性子是火性子，可是不会害他。

“水牛不吃人，样子难看，”他自言自语地说。

每天晚上他照例到二少爷房里去回话，去伺候这么一会儿。然后挺直了身子回到门房里，大模大样地告诉老陈——白天里他碰见了一些什么人物。他跟十老爷在何老爷那块做客，别人还亲自敬烟敬茶给他，跟他规规矩矩谈买卖。于是他用小指的指甲把左眼上的眼屎掏掉，学着知县老爷嘉奖承发吏的那种派头——夸了老陈几句，因为老陈对二少爷很忠心。

“这是二少爷跟我谈的。唵，你这个样子倒很不错。你呢——说起来：哦，不过是个门房哩。其实呵——忠心还是要紧的。做人做得好，自然有好报。”

前几天他可还有点不服气：这么个老头儿——二少爷还说他好！可是近来他常跟老爷们打在一起，他陡地觉得自己长高了起来，这就对这回事另外有种看法了。

末了他还声明了一下：

“我早就想告诉你的，不过我一直没得工夫。”

看着老陈那张紧闭着的嘴，那付呆里呆气的样子——好像不懂他的话似的，他又微笑着说：

“你不晓得我忙的什么事吧？你晓得不晓得？”

那个干瞧着他。他就嘘了一口气，计划什么大事似的皱着眉：

“这个我不能告诉你，这是二少爷托我办的。事后或者会告诉你。如今可不能，卖田的事怎么能跟你说呢。你晓得了也没得用。”

第二天要出门的时候，他还关照了老陈一下：

“我出去了，门户千万要小心点个！”

他带着万分匆忙的样子跨出门去。步子可踏得很重，仿佛背上背着了一个二少爷，别人竟把这付重担给了他。二少爷虽然常跟何六先生见面，可是总不正面谈起生意上的事，似乎一谈起就怕失了身份，他只静静地听着丁寿松的消息。

现在何云荪的意思已经很明白了，何家里只肯出二十八块钱一亩，今年收的谷子还要归买主。

“怎么呢，”唐启昆叫。“前向时——一亩值一二百块哩！叶公荡是出名的好田。”

十爷只知道叹气：

“唉，一年不如一年。如今的田真不值钱。唉，真是不得了，这样下去！”

那位侄少爷烦躁地站起来，用很快的步子踱着。他记起他占的牙牌数：“八九元功已有基……”可是这命里注定的好运——给人家搅糟了。他对丁寿松瞪着眼叱着，骂他没得用。接着又苦脸嘟哝，他怪他叔叔没有帮他的忙。

他在桌上一拍：亲自出马！

“好嘛，好嘛！”——事后他胜利地对他母亲叔叔说，眼睛里发着亮。“有些个事情是要自己动手哩。现在你看，谈成了。”

他提防地往四面看了一转，小声儿告诉他们：何云荪答允出二十八块五毛一亩。今年收的谷子呢——

“那当然是归何家里的。如今田上的买卖都是这个规矩。何云荪明儿个就走，他去搅钱。顶多一个礼拜就来。今儿个晚上我要请请他，替他饯行。”

这几天他是带着一付闲散的样子出门的。他跟一般老爷们上茶居，到十爷家里打牌。为了怕十爷有什么病痛，他还陪他上连九癞子那里去。他觉得很轻松，好像学生大考之后放了假一样。这么到外面跑，并不是为的急事要办，只是出去玩玩散散心，他这一辈子似乎还是头一次。

只有到丁家去的时候他不大自然，老是提心吊胆的怕听到侃大爷的名字，可是他自己又忍不住要问起他。说起话来总有点结里结巴，脸上还发着热。他认为这是——

“我跟他们谈不来。”

于是他仍旧很满意，静静等着何六先生的消息。可是到了七月底——何云荪还没来，丁文侃倒回来了。

“什么，什么！”唐启昆跳了起来。“侃大爷家来了?"

愣了一会儿，一屁股倒到了椅子上。他什么也想不上，什么也没表示，连呼吸都停住了的样子。仿佛犯了罪给迷住了，只好沉住气来等别人判决。

二十一

这城里突然紧张了起来。街上不断地有些包车飞奔着——叮当叮当叮当！好像在大声吆喝着似的，往丁公馆冲去。墙上贴着的本地报纸都用顶大的字，用很多的篇幅——来记载着丁秘书长返里的消息。打城门口到丁公馆，路上都平平地铺了一层黄土：这是县长叫建设局赶起来的，免得叫车子走过的时候簸得不舒服。

有些绸缎店还挂着旗子，放了一串爆竹。并且用红纸写着：

“本店为欢迎丁秘书长，大减价三天。”

那位秘书长已经由县长跟地方绅士们迎回来了。跟他同来的除开三个公役，只有部里的一位梁秘书——也是本地人，从前跟这位长官一起办过报的。他是个高高个儿，穿着轻飘飘的小纺衬衫。不管天气怎么热，他总是在浆过的领子上扣着那条领结，还加上那件似乎很厚的上衣。

虽然他自己的家也在本地，可是他仍旧拿出办公的精神，每天一早就挽着太太到丁家去，跟秘书长陪客谈天，还代替秘书长接见新闻记者。他老是搓着手，有条有理地谈着那几句话：

“是的，秘书长早就想回来省亲的。但是史部长病了，部里走不开。现在史部长已经复元了，不过血压还有点高。血压是——是——是让我查查看。”

他掏出一本皮面金字的“怀中记事册”来翻了翻，报告了血压的确数之后，又搓搓手：

“是的，是这样子。所以——据我看——部长还要静养一下子。至于秘书长呢顶多在家里呆一个星期。我本人也是如此。是的，部里事情忙得很。”

一送走了新闻记者，他就匆匆忙忙跑到里面厅子去，挨到牌桌边笔挺地站在梁太太后面。

“你们谈了些什么嗄？”梁太太挺内行地问。“他们有没有问起刘秘书调科长的事？”

“没有，”梁秘书歪着身子，看了看上家丁老太太的牌。

老太太赶紧扁着嗓子叫了起来，用力得连腮巴肉都扯动着：

“唵，不许放风啊！”

小凤子瞧了那位男客一眼，又看看梁太太。她在搜着些话要调侃他们一下，可是想不出。于是扫兴地走了开去，踅到另外一桌牌旁边，抿着嘴瞧着五舅老太那付认真劲儿。

“五舅妈你还打牌哩！要打仗了！”

她自己拼命忍住笑。可是别人似乎听都没听见。连旁边的三嫂都没理会：三嫂给逼着出来陪客，可只是低着头盯着手里的孩子，好像怕他逃走似的。这里小凤子横了她一眼：

“你看你！——把孩子竖起来抱，他腰都会给你搅酸哩！”

那个顺从地把孩子身体躺平着，他可哇的哭了。

做姑姑的感到自己有件什么东西给别人打碎了似的：

“哼，这孩子弄成这个样子！……三哥哥呢？”

“还没有家来，”三嫂胆小地答。

小凤子怪她管束不住丈夫，嘟哝了一句——“没有家来！”一会儿她忽然想起了什么，心平气和欠下身去，把孩子的腮巴扭两扭，小声儿关照着嫂子：

“你要放快活点个，三嫂。没得哪个委屈你——板着个脸做什么嗄！要给哥哥看见了他一定不高兴。”

可是那边一桌梁太太的话声把她注意力吸了过去：

“呃，刘秘书是什么学堂出身嗄——他学的什么专门？哎唷真是的！都是你！你一来我的手气就不好！你看你看！——简直不上张子！”

“啊喂！”小凤子尖声插了进来。“梁太太只要一看见梁先生——就简直不得住神!”

这逗得梁太太笑得全身的肉都打颤，两条长耳环不安地幌动着。她微微地抬起圆泡泡的膀子，脖子不大灵便地扭一下，仿佛很害羞的样子。一面嘴里断断续续发出几个单音：喘得说不出话来。

芳姑太太只着慌地看看这个，看看那个。她不知道别人怎么笑开了的，自己没陪着笑，就似乎觉得有点失礼的样子。右手在摸着一张牌，仿佛别人出了个难题叫她解答——心里昏乱起来，她一定要摸清楚——到底是七万还是九万，这两张在她常容易弄错。可是她不敢决定，好像这一下子可以卜定她的气运，不能够随随便便就下断语的。

“怎么搅的呢？……我该怎么样呢？……”

侃大爷一回来——她就没安定过。舅爷那付匆匆忙忙的样子，似乎把她定下来的一些什么都捣得泛起来了。她的心时不时会怔忡一下，手指也有点发抖。肚子里老是打不定主意：她什么时候跟他谈呢？于是她拿着一张牌莫明其妙地幌着，迟疑不决地看看温嫂子。

那个可不知道什么时候已经不在她身边了。

“怎干 Ta 就走呢?”她想。连自己也不明白这个 Ta 指的是温嫂子还是侃大爷。

家里一天到晚不断地有许多客人，叫她没机会跟她哥哥谈天。有时候倒是几个自家人叙在一起，可是要她就开口商量那件事——总觉得不大合式。她似乎想要拣个好日子，拣个好地方，这才能够从从容容对侃大爷说一说。

要是一句话也没跟他说——他就走了呢？

她猛地抬起了脸，冲着梁秘书害怕地问：

“他在那块做什么，他？”

大家都吓了一跳。那位梁秘书睁大眼睛瞧着她，好像眼眶中间撑了一根棍子。直到明白了她的意思才松了一口气，他搓着手，用着报告什么公事的派头答：

“是的。秘书长正在那块陪客。华老先生跟他有点事要商量。”

从前他提起来总是称“老丁”。后来赶着叫“密司脱丁”。现在可只称别人的官衔。他对别人解释过：

“朋友尽管是朋友，位份总有个高下的。秘书长依旧把我当作老朋友，这是秘书长念旧，这是他的道德。而在我——则不可。是的。他总是我的上司。我们是‘法人’。一做了‘法人’就妈糊不得。”

他还说明了“密司脱”这个叫法是不应该的，因为这是外国话。

现在他四面看看，很希望老太太客气几句——叫他别称呼得这么恭敬。可是她老人家大概已经想明白过来了，不像以前那么问他的理由，倒代替他向大家报告这个称呼的来历。

"哪，这是这个样子的：你听我说嗄，"她幌幌手叫别人注意她，还转过身去招呼另外一桌上的人。"五舅老太太你听我说嗄，听我说嗄。……"

于是她追到老从前老从前——打他俩刚认识的那一年说起。

梁秘书微笑着，好像鞠躬一样动动身子，轻轻的插嘴：

"是的，是的。"

一下子他可突然记起了一件什么大事。他眉毛皱着想了想，这就带着告罪的样子——用眼色跟大家告辞。他用种等不及的忙步子走到他秘书长那边去了。

秘书长正在抽着一支老粗的雪茄烟，一会儿站起来，走了两步又坐了下去。他在跟华幼亭谈着一件什么事。眉心里打着皱，额头就给挤得小了些。可是他那双闪动着的眼睛，嘴角有点往下弯的嘴巴——都表示他又机警，又有决断。

"我要研究研究，我要研究研究，"他很快地说。

那位华老先生文雅地摇着扇子：

"据我看——这些公司不至于无转机，然而目前——"

进门来的人悄悄地坐下来。两手合在一起，静静地等着发言的机会。华幼亭发着议论的时候，他把视线老钉着茶几上的半杯橘子水，听得很注意，似乎别人要请他判断说得错不错。

“本来——”华老先生抽风样的轻轻动着脑袋，慢条斯理吐着一个个的字音，“外国机器本来就不大容易搅。我不过是试试而已，算起来——利息倒是可观的。我之所以跟你商量，买大纶公司的股票，实在是为此。……我们也用外国机器：以夷制夷，未始不是——不是那个。而如今——唉，竟——竟——为我们始料所不及。”

丁文侃拿起半杯橘子水来喝了一口，坐了下去：

“这当然有个原因的。我不过是想提倡提倡，那两家竟蚀了我——两万多！”

“所以呀！”

那第三个人觉得现在可以插嘴了。他用谈判什么的派头对华幼亭转过身去：

“大纶公司宣告清理——华老先生晓得了吧？东亚的股票也跌得太不成话，只值——只值——”他热心地掏出怀中记事册来翻了一翻，“只值五块上下！——一折五扣！”

末了他谈到中国的实业，又谈到科学。一面说一面瞟着秘书长。他老实替那位长官耽心：留着的这些钱买了股票——如今全落了空。可是他嘴里扯到了教育：他用食指在自己大腿上点着，拿种种理由来证明——要是教育不发达，中国的一切就都搅不好。他早就看到了这一点，所以他决计去进高等师范，后来还进到报界里去过。

这里他还引出了一位教授的话，京里那个国立大学教育学系的一位教授：

“他的话不错：他说历史的重心在于教育。教育可以决定一切。他说：美国罗斯福的复兴政策——福特怎么要反对呢？因为福特不懂。福特是个工人出身，没有受过教育。……”

秘书长把半截雪茄烟点上了火，着急地站了起来：

“这个话对是对，不过事情不能这个样子办。比如……”

他走去开开电扇，他那身小纺褂裤给鼓得泡了起来。

“呃！呃呃！”华幼亭着慌地摆着手。“不能玩！不能玩！——那年我吹了电扇竟害了一场疟疾！不能玩！……我劝你也少吹为是，少吹为是。……”

这位客人还打算顺着这个往下谈，可是丁文侃把电扇跟华老先生都弄得安静了——又回到了原先的题目。他站在屋子中央，把雪茄烟擎在空中间，眼眼老扫着他的听众，跟他对下属讲话的神气一样。

“教育是——唔，”他说。“不过个个都要受高等教育——这就办不到。比如中国四万万都是大学毕业，那么有许多许多事情就没得人做。种田哪个肯种，我问你？木匠哪个来当，木匠？……只要是替国家服务，劳心劳力都是一个样子。劳心的跟劳力的是分工合作。”

抽了一口烟，稍为想了一想，又抡起眼珠来瞧瞧这个，瞧瞧那个：

“劳力者役于人，这万万少不得。难道——难道叫全世界的人都来劳心么。……”

他告诉别人——他在一个中学演讲过这么一个问题。于是他照着那天在讲台上的姿势，并且把本地口音渗进了国语的调子：

“凡事都有个中心，有个主脑，同国家一样。机关里呢——上面有政务官决定大事，下面有许多事务官来办事。如果大家都受了高等教育，很有智识，大家都要做政务官，这就办不通了。……所以学校当局——应该看看各个学生的天才如何。有政治的天才，有哲学或者科学的天才，当然让他升学。否则——国家花了这许多钱来培养，自己又费时间，又费精力，还是一事无成。不如趁早改途学学手艺，学学种田：我们原是以农立国的。……”

“对，对，”华幼亭很小心的样子点着头，好像提防着怕它掉下来。“本来是的，民以食为天。”

那个捉摸不定地摆摆手，又要去动那架电扇——不过半路里又退了回来。他显得很高兴，还有几分兴奋。把腰板贴着茶几沿，他微笑着打着手势，对他们进一步发挥着自己的见解。

“我还深进一层——对他们讲明这个道理。”他看看梁秘书，“冰如你还记得吧？……”

别人张张嘴还没发出声来，他赶紧把雪茄烟交给左手，让右手来对空中指点着。他说明天才分成许多部：手艺人也有做手艺的天才。这里他吸足一肺的气，把嗓子提高着来举了几个例：有做木匠的天才的就该让他学木匠。要是他有砌砖头的天才呢——当然送他去做泥水司务。他们要是升了学去受高深教育，那简直是埋没了天才，那简直是——他郑重地说了一句“木缘求鱼”。

“至于有艺术天才的——就有两条路：有钱升学的可以做个画家。如果担负不起教育费，那就可以当漆匠。还有那些……”

可是高福拿了三张名片来打断了他：

“要会老爷。”

丁文侃皱着眉头看看那些名字，立刻忙乱了起来。他把手里的烟一摔，端起那小半杯橘子水喝干，于是很重地把玻璃杯一顿。他烦躁得连话都说得很快：

“我怎么有工夫见他们呢，我怎么有工夫见他们呢！……连回家都不得安神！——这个小地方真是！……冰如你代我见见罢：说我不得空。……”

那位梁秘书刚出了房门又给喊了转来。丁文侃把手举在半中腰，像宣誓就职似的。

“呃，冰如！……不错，我们还有许多事要办哩。冰如，请你打个长途电话到部里去罢：秘书处办的那个那个——部长交下来的电报，要，要……唔，等下子！我想一想……不错，那个电报。叫他们快点个办。……请你打个电话。”

那个似乎巴不得有点事情要他办，他搓了搓手：

“电话马上就打？”

秘书长幌幌手，叫别人让他想一想。他皱着眉，抡了抡眼珠子，刚才那付紧张劲儿给放松了些：

“好，等等再打也可以。你先去会客罢。……呃，冰如！……这样罢：我看——我看——唔，电话明天打吧。那个电报是应酬电报，是吧？迟点个办倒不要紧，不过一定要叫他们办回电，不回不好意思。……”

直到梁冰如走了之后他才安静下来，他打匣子里拿出一支烟，慢慢地用剪刀剪去头子，慢慢点着了火。他有许多事情该好好地想一想：顶好能够把那家公司的股票捞回点本钱来。他觉得只有这么着——别的一些事情也就自然办得通。他一直坐在那里，连华幼亭已经告辞了，他仍旧像陪着客似地坐在这屋子里。脑子里乱七八糟塞着许多东西——他得一件件理出来。

“这个是教育问题啊？”他问自己。一面想到他家里这些亲人，忽然感到恶心的样子。“总之他们都想揩我的油，想剥削我！”

每个月他巴巴地寄钱回来开销家用，他们还不心足，一个劲儿埋怨他小器。于是他有钱总不往家里存，还不让他们知道他收入的数目。

“他们一定在那里猜疑我，”他想。可是他们不知道他那笔钱如今落了空，只剩下京里造的那幢小洋房。“就是有动产——我也偏不分给他们一个！我偏不给！”

他对梁冰如谈过：

“我按月寄家用是为的父亲母亲：我对他们当然要尽一点孝道。弟弟妹妹怎么也要我养呢——他们已经长得这样大了？他们应当自立，像西洋一样，弟兄姊妹各归各。如今他们简直是——简直是——揩两老的油！”

可是他们还有一着——他没有料到的。这天晚上，他们居然跟他谈判起来了。

这是文侯老三开口的。他大概又在什么地方喝了点酒，眼睛红红的，唾沫星子直喷，他跟小凤子在老太太房里悄悄地商量了二十来分钟，有桩什么事把他激得动了火：

“不行！我们一定要跟他说个明白！”

小凤子可堵着嘴。四面看了看，又把脸凑到了三哥耳朵边：

“其实啊——我晓得的，他明明有钱。”

于是他们把五舅舅五舅妈留在这里。等其余的客人全走了，他们把全家的人都聚到老太爷书房里，由小凤子去请大哥。

“哥哥，三哥哥有话跟你说哩。”

"什么话?"

小凤子嘴一披，冷冷地笑了一下：

"哼，晓得他要谈什么！他硬叫我来找你去。"

老太爷书房里静得叫他害怕。大家都规规矩矩坐着，用种期待什么的眼色瞧着他。只有父亲没理会，仍旧坐在平素那个老位子上，低着脑袋在那里擦表。仿佛他简直不知道他屋子里已经坐了那么多人。

文侯老三用力抽着纸烟，在屋子里踱着圈子。皱着眉毛垂着脸，好像在深深地想着什么。显然他是拼命装做这样子——叫别人知道他没有喝醉。

这里他抬起眼睛来停住了步子。

"哥哥，"他很平静的样子说。"你家来我们一直没有谈着。今儿个趁五舅舅五舅妈也在这块，那个事我们倒要跟你商量下子。……呃，我问你：你到底什么时候买田?"

做哥哥的咬着牙：

"买田？——这是什么意思?"

老三看看小凤子：那个对他丢了个眼色。他给鼓起勇气——突然瞪起了眼睛：

"哥哥你不要装呆！伯父生前把祖上的田亏空掉了，他就跟你谈过：叫你往后景况好了的话——把田买回来赔祖宗。……如今你一做了官——可只替自己留钱，那个话就简直不提！我们怎么办呢，我们？我们分家分什么？……你过继给伯父，不错。不过你到底是老太爷老太太养的，亲生弟兄你不管下子啊？”

丁文侃连呼吸都给堵住了，一根根血管都在那里发涨，好像马上就得爆破。他忽然眼睛一亮：觉得他碰到的厄运——一下子给找到了一个根源：这就是老三！什么都是老三！他那两万多块钱股子落了一场空——就是为这个弟弟：连史部长中风说不定也是这个人作的祟！

他跳了起来：

“我管！我管！——我当然要管！你从小老太太就把你惯坏了，一天到晚在外面荒唐！不务正业！我当然要管！我要我要——”

“什么，什么！你再说一遍！”

大家把文侯老三揩开，捺着他坐了下去。五舅老太叹着气：

“嗨，亲兄亲弟——闹什么嗄。和和气气的多好呢：和气生财。……”

老太太冲着她摆摆手，扁着嗓子一头一脑告诉她：

“哪，是这个样子的。你听我说嗄，是这个样的。从前呢——我只有十五岁，五舅舅晓得的，那时候……”

于是她叙述了些她准备结婚的情形。然后生了儿女。接着是文侃过继给大房。尽管五舅老太点着头说她全知道，老太太可仍旧背书那么往下说。她认为大老太爷生前过的日子——非讲个明白不可的，可是她的故事给文侃打断了。

“我真想不到老三变成这个样子!”他嚷，“三十几岁还吃家里的饭——不能够自立! ……”

“你这是说的哪一家的道理，哪一家的道理，我问你?”

“你去看看欧美各国! ——儿女长大了各走各的路，连父母都不管，各人自立。……”

忽然——老三大笑起来。那声音像是有弹性的东西，往四壁蹦出去又跳回来，似乎一下打到了人身上。

“欧美各国! 外国文明! ……”文侯说了又笑。“好极了! 好极了! ……你自己怎么样说的，你自己? 你不是说——中国有顶好的圣贤之道，不该跟外国人学么。……你亲口说的。你怪我不疼哥哥，你说了一大篇‘孝弟’的大道理。你说像洋鬼子他们骨肉分开——是畜生。……你说过没有? ——你自己说!”

丁文侃脸发了白，嘴唇颤动着。那个重新打起哈哈来——一声一声打到了他心坎上。

“这是哥哥理!”老三扫了大家一眼。“哥哥的道理我晓得: 哪门子有好处——他就说哪门子的道理。……”

坐在摇椅上的五舅老太爷移动了一下身子。他老人家认为现在该替文侃辩护几句。不过舌子打了结:

“老大并没有说错。这个这个——本来——所谓道，这个这个——道也者，并不是一成不变的。这个这个——是变化万端的。……"

五舅妈总是附和五舅舅的话：

"是啊，是啊，就是这样。"

这些可更加逗起了文侯的火气。他冲着哥哥跳着嚷着，用手拍拍自己的胸脯，咬着牙要跟文侃拼一家伙。他食指差不多指到了对方的鼻尖上，嗄着嗓子骂他哥哥忤逆不孝：伯父吩咐的话他竟不理会，只顾自己发财。

"祖田你非赔不可！非赔不可！……我要跟你闹到底！——不闹个尸山血海不散！……"

他抓着拳头在桌上捶着——訇！訇！

他们父亲一直没理，似乎他没听见，也没看见。这里他可猛的抬起脸来，对着文侯发脾气：

"嗨！小心点个！表给你震坏了！"

接着细细地察看表面上的玻璃，拿到灯面前照了照，又用大拇指去摩。他横了文侯老三一眼，自言自语嘟哝着，嘴缝里嘶嘶地响。然后他对它哈了一口热气，使劲地擦了起来。表面上的反光直照到他脸上，一会儿显，一会儿隐。

正在这个时候——有个什么碰了他的胳膊一下：一震，手里的东西差点儿没掉下地。老太爷恶狠狠地瞅了他们一眼，就把表往桌上一顿，忍不住暴跳起来：

"啊？啊？打架！……出去！——打架到外面去打！代我滚！代我滚！"

其余的人全都拥着这两兄弟，搭着他们，拖着他们。他们的影子把半间屋了挡成了黑的，仿佛把灯光压积成一半，那边显得特别亮。

这黑角落里坐着芳姑太太。她让她身边的祝寿子把脸贴在她胸脯上——她拍着他的背。

“不要怕，不要怕，祝寿子。不要怕。”

她东看看，西看看。腿子鼓着劲，想趁个机会逃出去。

可是办不到。她娘儿俩坐顶里面，又没有别的门。要出去就得从打架的人身边走过，一个不留神就会遭殃。她不知道该怎么办，心脏好像给谁一把抓紧了似的。

“唉。打起来了，打起来了！”她喃喃地说。

这就一把抱紧了祝寿子，闭上了眼睛，咬紧着牙，索性准备自己娘儿俩同归于尽。

那边好几个嗓子嚷成了一片，一些手在幌着。老太太的声音可盖过了一切：

“还闹哩！爹爹发脾气了！”

小凤子趁这乱哄哄的当口拖拖老三的膀子，压着嗓子小声儿叫：

“钉着手！钉着他！——不要放松！”

“唉，做什么嗄！”五舅老太苦着脸，“兄弟家——和和气气……”

现在五舅舅站起来了。那张摇椅往前面欠着，别人的屁股一临了空，它就往后一仰。接着很快地摆动起来，好像一个急性人要把这工作赶紧做完似的。

五舅老太爷显然在那里生气：他顶不主张一对兄弟吵架。家庭不和就是个不好的兆头。可是他决不定——要不要上前去劝开他们。做舅舅的这时候当然应该出来责备几句，挺着身子插进他们中间叫他们各人退下去。不过——要是没生眼睛的拳头一家伙落到了他头上呢？……马上就一个疙瘩！而且发青。而且好几天不会好。他的皮肤向来经不住跌打损伤的。

他对自己说一句“明哲保身”，于是远远地对他们摇着手。

“呃，呃！怎么要打架嗄！怎么要打架嗄！——这像个什么样子！”

到底他们把文侯劝开了。他母亲红着脸喘气，一面怪老三太卤莽：有事情好好地说就是，动手动脚反倒弄得稀糟。她看见他嘴唇发白了，身上脱得只剩一件背心，膀子上油油地发着光，她越说越伤心起来。她要叫小小高泡一碗白糖水给他喝，可是他不要。他只一个劲儿溅着白沫嚷着：

“哼，你做了官！——连自己家里人都看不起了！……你看我闹到你们部里去！看你还摆这个臭架子！……”

“你们看看瞧！”文侃指指他。“吃了酒——跟我闹这个酒疯!"

"我醉了啊?我醉了啊?"文侯老三要跳起来——可给老太太捺下了。"祖田也并不是我一个人的:我是替大家说话。……哼,酒疯!你问问小凤子看!你问她!她就跟我谈过:你问她!……小凤子你说!你说!"

那个把脸一撇,嘴一堵:

"嗯唷!你真是!"

丁文侃坐在椅子上,用手抹着小褂子扭皱了的地方。身上不住地沁着汗,可是鼻孔里胜利地冷笑一声。

"哼,问小凤子!你当小凤子跟你一样的荒唐?"

"小凤子你自己说!你自己说!"

"说什么嗄!真是!"

一下子大家都闭住嘴。文侯老三眼珠要爆出来似地蹬着小凤子,嘴唇用力缩着。别人看得见他腮巴上隆起了一条肌肉——抽痉样的在动着,好像咬着了什么东西。

"嗬!这个样子!"他停了会儿。没刚才那么兴奋了。可是还使劲缩着嘴唇,"这贱丫头!——你怂我一个人来闹,你在旁边做好人!……"

小凤子预先逃了开去,带着哭腔叫:

"我怎干怂你,我怎干怂你!我只说家里钱不够用,老太太当家当得苦。我叫你打架的呀?我叫你打架的呀?"

丁文侯可什么也没再说,很安静的样子,好像这件大事已办停当似的。他拿起脱下的小褂子，一站起身就走，对谁也不看一眼。

他们都突然预感有一个大祸会要到来。老三向来这样：一横了心他就什么都干得出，说不定他简直会杀人放火。看来他如今已经打定了主意要怎么对付：这时候他总是来得特别沉着，仿佛已经消了气一样。于是老太太感到有股冷气透过全身，打了个寒噤。她怎么也得把他揢回来。

“老三！老三！……”

角落里那位芳姑太哆索起来，求救地抡起眼珠子——看看这个，看看那个。她觉着这屋子在那里打旋，有许多花纹在那里飞舞，她身子几乎要倒下去。

“怎么办呢？怎么办呢？”

一个怪可怕的念头老钉住了她，叫她想到这娘家的人都会流散，这所房子也成了平地。她带着祝寿子在破瓦堆里哭着，耳朵边只响着老三那种粗嗓子的叫声。可是他不能够回到唐家去：一跨进那家的门——大太太跟唐老二就得……

她眼面前一阵黑，脊背往后一靠，身子软软的一点也不能动了。只有祝寿子还紧紧地偎着她。

“唉，怎么的嗄，”五舅老太自言自语地，“唉。”

文侯老三可站到了房门口：

“好得很，好得很！大家都只认得侃大爷认不得我——哼，一个人发了财就什么都是对的！……我偏不管！——我闹给你们看！我到京里去！看他还有没有这个脸子干下去！看他站不站住脚！我有我的朋友，我有我的法子！你看看！……我说到就做得到，嗨！我不到京里去闹的是这个！”——他把膀子一伸，使劲挺着一根中指，其余四个指头凌空爬了几爬。

那位大哥非常疲倦，手脚都软软的。不过他还努力撑着劲，用种镇静的样子答：

“你去闹好了，你去闹好了！——我怕你？”

“老三！老三！……”老太太叫。

老三显得更加沉着，一个个字好像都是一直从肚子里发出来的音：

“我反正不讲什么臭面子，我也不要命：有这两桩——你怕我干不了你，哼？反正我不是这个家里的人——我倒要拼拼命看！……我一干完了我就——”他横了小凤子一眼，“我就再跟这贱丫头算帐！”

“老三！老三！”

可是老三已经冲出了房门，一个劲儿回到了自己屋子里。他眼睛发着红，闪着光，仿佛爆着火星子似的。他翻着箱子，把值钱一点的衣裳全拿出来，一面告诉他老婆：

“今儿个晚上我就走：我不把他闹下台我不算人！”

三太太在拍着孩子。现在她停住了动作，愣着瞧着他，那孩子就哇的哭了起来。

“事情不办好我不家来，”他说。“我只好委屈你守活寡。这块要是住不下去——你就到你家姑妈那块去，孩子要好好地带。……”

这时候老太太他们都拥了进来。几张嘴里迸出一些断断续续的话，又埋怨又伤心地劝着他。五舅舅似乎发了脾气，手指着嘟哝着，可是谁也听不见。那位五舅老太太可只叹着，昏乱地往四面瞅着，好像一肚子心事要找个人发泄似的。末了她把视线停到老太太脸上。老太太只顾自己擤鼻涕，哭丧着脸对小儿子嚷着一些话——连她自己也不知道说些什么。

房门外面站着芳姑太一个人：她的祝寿子已经交给温嫂子带去上床了。她怕有什么脏东西惹到身上来的劲儿，伸长脖子慌张地往里面看，嗓子里反复着——“怎么办呢？怎么办呢？……”

小凤子眼泪巴巴的埋怨三哥哥：

“怎干吵到我头上来的嗄！——我又没有触犯你！”

她三嫂什么也不说，抽抽咽咽哭了起来。

“哭什么！”文侯老三吼。把老婆一推——她跌得倒退了几步，脊背撞到门上，訇的一声响。“哭有什么用，哭！……你哭给哪个听，你这孬种！……如今——嗯，哪个狠点个的哪个活得长！当我不晓得！——假妈假妈的倒是好人，只许自己放火，不许人家点灯！哼，大家倒来教训我！”他猛地掉转脸来，蹬着眼扫大家一转，谁都畏缩地退了一步。“我偏不买这个帐！我拼这条命跟他来一家伙！——看哪个玩得过哪个……我气受得够了！受得够了！我倒要望望这些势利鬼瞧！——看你快活得几天！嗯！哼！好得很！只有当秘书长的才是儿子，才是哥哥！……我就不是人——这样也是荒唐，那样也是荒唐！……什么东西！这个世界我看得亮得很！……”

“呃，老三！呃！”五舅舅打了个捉摸不定的手势。自己的话一给别人打断，就咽下了一口唾涎。

老太太抹抹眼泪，带着慌张的样子对大家诉苦。话还是来得有条有理，打怀着文侯的第二三个月说起，想拿来打动这个儿子，她脸子一会向着这个，一会向着那个，要叫别人专心听她的。可是谁都没什么反应：各人只是发挥着各人自己的道理。

五舅老太太也忍不住叫了起来：

“这是亲兄弟哎，唉！……和气生财。……”

那个老三一个劲儿摆出那付横相，好像连刀子都斫不进的。他发愤地甩甩膀子脱开别人的搭扯，一个劲儿理他的手提箱，把掏出来的衣裳乱塞进去。看来他已经决定一下子不家来了的：连那件狐皮袍子也给装到里面了。

随后他用种斩铁截钉的声调命令他太太：

“你那付镯子拿出来！——拿出来！”

不知道什么时候连老太爷也进了房门。他老人家挤开了别人，走到前面顿着脚来发急：

“什么事！什么事！——这样闹法子，啊？连我——连我——表都震破了！你们两兄弟——啊？你们简直是逼我死！你们你们——啊？这这！——成什么话！……”

有谁叹了一声：

“唉，真的。成什么话嗄——要给人家听见了……”

“我不怕！”文侯把太太的镯子往皮箱里一摔。“你们怕丢面子——你们要这块假面子——我偏要撕破它！我敞开了说：我不要面子！……面子！顾了你们的面子叫我来呕这口闷气呀？……”

全家的高妈们跟听差们都挤到了这屋子外面，带着又好奇又害怕的脸色互相瞧瞧，又压着嗓子问着：

“什么事？什么事？”

只有高升满不在乎，好像办差一样听了一听，就干完了正事似地走开去，冷冷地说：

“哼，留神点个！给三老爷看见了——又好赏你几下子洋火腿！”

那位温嫂子身分到底高些，推开了他们让自己挺了进去。不过她没进房，只紧靠着芳姑太站着，似乎一半为了好保护这位主人，一半为了怕自己这虚弱的身体受不起惊吓。她鼻子边勾起两条皱纹来表示不忍的神气，把上唇吊起了点儿——露出那崭齐一排的光油油的黑牙齿。

她不知道她该说什么才好，嗓子里轻轻地哼了几声。直到丁秘书长出现了，走过她身边的时候，她这才咕噜了一句——

“嗳唷，我的妈！这样闹法子！”

屋子里有一股说不出的坏味儿：不知道是太太没把孩子带干净，还是那些皮袍子的臭气。丁文侃一走进来就给熏得脑子发涨，恨不马上就打转身。仿佛这种味儿就够表示老三的做人，他觉得他天生的有种什么发霉发烂的东西巴在身上。这家伙走了倒是家庭的幸福。

几个人都安静了些，话声跟风一样的息了下去。所有的眼睛都巴巴地看着丁文侃，好像一些事务官碰到了一件难办的事，忽然看见主任长官到来了似的。

然而那个只是记挂着老太爷，他怕他老人家在这里遇险：

“呃，爹爹，爹爹！”

文侯走的时候倒没出什么乱子。一鼓作气冲出了门，对谁也没看一眼，只沉着地对他哥哥说了一句——

“你留神！”

外面张望着的人赶紧逃开。老小高落了后，缩着脖子安顿来挨揍，可是三老爷没理会一下就走了。

屋子里三太太愣了会儿，瞧瞧打开了的衣箱，瞧瞧房门，忽然——一下子扑到老太太跟前跪下，痛哭了起来。

二十二

“他会做出什么事来呢?”芳姑太耽心地问。

大家反倒安心了许多。先前老三那种凶劲儿——谁也不敢想像他会干出些什么事来。如今他这么一走，他们往实际上面想一想，觉得他故意要去捣蛋倒是不容易的。

丁文侃很放心地说:

“怕他!——他会怎么样?”

他断定了老三这回是发酒疯。他用做哥哥的身分下了一个考语，他认为老三人倒是厚道，有时候还会上人家的当。他并不是不明白事理，可是一醉了就乱来了。

小凤子马上插嘴:

“好玩哩:他跟我都吵起来了!我跟他说了什么嗄!——姆妈晓得的，我说了什么说没有。我不过说家用不够……”

这里老太太摆了摆手，证明小凤子这句话不错。她细细对大儿子报着帐，叫他知道家里开销不过来。

丁文侃抽着烟，皱着眉毛。他咳一声清清嗓子，谈公事似地谈开了：

“这个我也晓得，钱的问题的确是个大问题，教育不教育倒还在其次。这个话我也跟梁冰如说过。不过你们不晓得——如今不比从前。如今是——咳，只能靠这点个呆薪水。办事情固然不在乎钱，但是这个生活——生活——唔，大家也都是穷干。……老三总当我有钱。硬说我替自己留下一笔家私。我哪块来的钱嘎？我怎么会有钱嘎？……这真是笑话！他一吃醉了就这样瞎说八道！”

“不家来怎么办呢？”芳姑太太一直在想着什么，突然抬起眼睛来。

“你放心：他醒了酒就家来，他顶多是到省城去嫖窑子。”

过了会儿丁文侃又抬起眼睛来看看芳姑太，确定地加了一句，好像这件事已经证实了似的：

“唔，他到省城去嫖窑子。”

小凤子打烟罐里拿起一支烟来，似乎怕人责备——悄悄地擦了一根洋火。她瞟一下文侃的脸色，又对老太太瞅一眼。她想随便插进点嘴去，跟这位不常在家的哥哥谈谈闲天，可是老找不出一句话来：这样那样都仿佛有点顾忌。

“三哥哥真是个孬种!”她把堵起来的嘴巴动动——没发出声音。

这时候——不知道他到底是有意还是无意——哥哥眼睛钉到了她脸上，简直要勾出她心底里什么秘密的样子。一面他还满不在乎地抽着烟，跟大家哇啦哇啦着，他跟他们谈到了田上的事。

她脸子发了热。她拿出平素在街上对付那些讨厌男子的办法来——避开了她哥哥的视线。她只瞧着手里的烟，连两个眼珠成了鸡眼也不管，好像她在研究那一卷烟草似的。可是心总定不下来，隐隐地总觉得自己赌输了一笔钱。

“嗨，都是老三!”

已经巴望了好久的，打算了好久的，给那个冒失鬼一下子搅糟了。他怎么要打架嗄！这里小凤子很重地拍下烟灰：哼，他还要怪到她做妹妹的身上来。在这么个局面里——她当然要派三哥哥的不是，她当然不服：她宁可帮着大哥哥来说几句公话!

可是侃大爷全没顾到。他还是发他的议论：那些字音一个个像小石子那么往她耳朵里跳：

“况且我是没得钱！就是有钱——如今这年头还能够买田啊？……老三不懂嘛。”他瞅了小凤子一眼。“胡闹嘛!”

那位小姐吃了一惊：怎么他凭空这么瞅她一眼呢？

"田是个祸，田是个祸！"丁文侃把熄了火的雪茄抽几口，看一看，很失望地喊着。"部里有好些同事——家里田送不掉，贴人家钱都送不掉。"

芳姑太害怕地问：

"什么道理呢？"

"又是天灾，又是人祸：这个年成田上还有东西啊？年成一好点个呢——稻子多了不值钱。钱粮可年年要完，比如甘肃陕西——"

有谁在嘴里"啧啧"了两声，还悠长地叹了一口气。这是那位温嫂子。

老太太点点头：

"甘肃陕西的确是这个样子：我看见报上说的。不过我们这块好点个。……"

"好什么！"丁文侃大声说。"我们这一带——乡下没得土匪啊？没得大水啊？前年年成好，稻子不是不值钱啊？"

芳姑太可发起慌来：

"这个——这个——"

她欠欠身要站起，又倒了下去，看看这个，看看那个。她身子里面什么都给掏空了：觉着她辛辛苦苦造好一座什么东西，费了许多心血的，如今可一下子塌了下来，摔得粉碎。她想再多知道点儿，可是她不敢向侃大爷发问。仿佛他是个不吉利的东西，一碰着他就会背时的。

随后她用着报警那样的忙乱劲儿喊起她儿子来。

“祝寿子，祝寿子!”她拿眼睛四面找着。她没了主意，似乎要找她少爷来商量一下。“你在哪块，你在哪块?”

那个孩子正坐在她椅子后面。他手里拿着一把杭州剪刀，用心用意在椅背上刻画着。他想要刻成一个“唐”字。可是那上面很滑很硬，刀尖子老是吱的一声溜了开去，他给搅得很不耐烦。

他母亲拖开了他：

“呃，这个不能画。……呃，祝寿子！……”

祝寿子眼睛发直，嘴一扁一扁的：他有什么不如意的事就先来这一手。

芳姑太太叹了一口气，她生怕这孩子气出病来。

“你到下房里去画罢。那块的椅子随你画，好不好?……来，放乖点个。……叫温嫂子陪你去。”

不知道怎么一来侃大爷他们谈到了史部长。老太太带着关切的脸色——很仔细地问了许多话。史部长怎么会那么胖呢?他也爱打牌么?他看见了部里的同事是怎么个劲儿呢——笑不笑?还是大模大样摆出一付大官派头嘎?

侃大爷很小心病的样子回答了她。他沉思地说：

“唉，他那个很讨厌。医生说的：他以后随时有那个的危险。”

说了他又瞟小凤子一眼。他觉得她们这种漠不关心的神气很可恶。

“我怎么说这些话呢？……人家还巴不得部长中风——忽然死掉：我的政治生活一定完结，人家就高兴！……”

可是小凤子关心着部长太太：

“史太太年纪不大吧？烫头发不烫？”

“怎干老说这些的嗄！”芳姑太太想。她掉转脸来瞧一瞧：温嫂子跟祝寿子都不在这里。她心底里忽然涌出一种凄凉感觉，好像她的那块肉跟她离别得很远似的。

这天——她又没有机会跟文侃谈那件事。

“叫我怎么办呢，我们孤儿寡妇？”她悄悄地脱了衣，悄悄地睡上床。耳边又飘起了三太太的哼声。仔细一听，可又不大像。黑地里她又看见乱七八糟的一团，叫她眼睛发涨。她极力叫自己定一定心，好好打算一下，可是不知道要从哪块想起。一切越来越不顺手，仿佛天地万物都结成了帮——一个劲儿来欺凌她跟祝寿子。

“田是个祸——就尽让唐老二去卖啊？”

隔壁老太太在那里打鼾：她听来竟成了一种威胁。外面似乎有一点风，搅得院子里两棵树沙沙响了一阵，然后打屋顶上飘了出去。于是三太太那个不成调的哼声又荡了起来：永远不会停止，永远是这么捉摸不定，仿佛并不是真的有人哼，只是打你自己心里迸出来的。

现在芳姑太太看见了文侯老三那张红脸。他打着三太太，把桌上什么东西都打碎，跳着发着脾气。接着他点个火把这屋子烧起来。

旁边静静地站着唐老二——嘻嘻地笑着。一面掏出田契给何云荪，还说明着：

“我这个田——是侃大爷叫我卖的。”

她冲过去抢着打着。……她醒来了，她满身的汗。

“温嫂子，温嫂子，”她轻轻地叫。

四面静悄悄的。她打了个寒噤。

叹了一口气，自己听着这声音忽然害怕起来，她老实想要叫几声，叫醒随便哪个都可以。她要找一个人说几句话，找一个活人，就是几句不相干的话也好。……

这时候文侯跟唐老二的脸子又在眼前显现着，她全身的肌肉一阵缩紧，又松了下去。

“我受不了！”她说呓语似的。“我马上——我马上——嗯！”

她一下子坐起身，把衣裳一披。她下床趿着拖鞋，往前跨了两步就停住了，渺茫地看看四面。指尖像浸在冷水里一样。胸脯一起一伏地在喘着气。然后慌慌张张走到窗子跟前，把窗挡掀开一角——往外面望了一下。

一个冰冷的月亮挂在屋檐上，发着青灰色的光。这世界上好像只有她一个人：

她生命里的一切东西可给谁抢走了，给剥光了。

她往床上一倒，抽抽咽咽痛哭起来。

什么都没惊动她。她哭了很久。末了她给搅得很疲倦，闭上了眼睛。心里可平静了许多。

"唉，马上就要谈。……要快点想办法。……"

娘家这些人可满不在乎，还是热热闹闹打牌，还是不断地有许多客人。他们竟好像故意要叫芳姑太没法子谈这件事——免得听着这些背时话来扫兴。唐老二也常来拜访他们，简直显得有点骄傲的神气。

晚上客人散了之后，她一想到她现在就得开口，她忽然就莫明其妙地害怕起来。其实要说的话她早准备好了的，可是心总跳得很厉害。她迟疑着。

"等下子罢。"

等下子大家各人回自己屋子里睡觉去了，她这就焦急得脸都发了热。怎么又不开口！——等到哪一天呢？老太太跟小凤子也真是！——这个事她们分明晓得，可是她们不提一句头！连提醒她一下都不！还有侃大爷——她就不相信他连她的委屈都不明白！

那位侃大爷也不向她问起。他并且还——故意要避开这个麻烦似的，马上就要走。

梁秘书搓搓手告诉新闻记者：

"是的，是的。我跟秘书长明后天就回京里去：部里事情忙得很。"

于是芳姑太毅然决然地叫，脸色很严厉：

“祝寿子，来！”

一会儿又摆摆手：

“唔，莫慌子！……我先去照应一声。”

她走到外面厅子门口张望了一下：那里坐着许多男客在抽烟，嗑瓜子。她冲着走过来的高升问：

“老爷呢？”

“在后院书房里。”

走到了后面院子，她可踌躇起来：要不要马上就进去呢？她听着侃大爷那很忙的脚步声，似乎在那里找什么。可是华幼亭老先生的话声慢吞吞的，好像想要把那个的忙劲儿调剂一下。

“股票不值钱的话——顶好是暂时不要声张开去。如此——如此——或者股票还能够押几个钱。……我想姑且一试……”

终于芳姑太很快地走了进去，呼吸有点急促：

“你明后天真的就走啊？”

丁文侃要打书架上拿什么，这里把手停到了半路里临空着。看见芳姑太脸色发白，老实吃了一惊。

“怎么？”

“我——我——有话跟你说。……你来。……”

那个用大步子跟着她，眉毛轻轻皱着。他一面在那里猜疑，怎么，他们叫姑太太出面来跟他谈判么？于是他拼命摆出付满不在乎的样子，也不打算先向她探点儿苗头。到那时候他可以拿出他来常用的办法来："一笑了之。"

他瞧着姑太太那种紧张劲儿觉得好笑，他几乎想要劝她一劝。

"大将临阵——自己先要镇静点个才行呀。"

他微笑了一下，步子故意跨得再长些，就显得他是慢慢跨着步子的。一跟着她进了老太太的屋子，他忍不住装出付轻松的样子问：

"唔。就在这块说啊？"

一面很安闲地插一支洋火——点起烟来。

那位姑太太可在那里布置：她逼着侃大爷坐下，还叫温嫂子带祝寿子进来。那孩子齐他母亲肩膀那么高，可是偎在她身边坐着，仰起那张苍白的脸来瞧着舅舅。

老太太她们在那里找她：

"姑太太呢？姑太太呢？请姑太太来打牌，小高，小高——呃，老小高！"

还不到一分钟她们就找到这里来了——

"在这块呀？"

可是一看见屋子里那几张作股正经的脸子，老太太就发了愣：进也不好，退也不好。不过小凤子很大方，把身子一扭歪就跨进了门，她后面紧跟的梁太太在门口止了步子，张头探脑的。她认为她现在要是进去了很不方便，就好像嫌这扇门太小似的——索性让自己那一大坯移开了些，听他们一家人谈什么。

侃大爷很镇静地告诉自己：

“唔，阵势摆好了。”

这是由芳姑太发难的，她稍微迟疑了一下，瞧瞧老太太她们，这才开了口。她跟做序子一样——先谈了几句不相干的话。她告诉对方：她早就想跟他商量，老等着他回家。可是这几天大家又一直没工夫。于是她抓着祝寿子的膀子，似乎怕他逃走，这才搭到了本题。她声音有点打颤：

“我跟你商量商量唐家的事。……”

丁文侃吃了一惊，跟着自言自语：

“唐家的事？”

真想不到是这么一着，他刚才那些猜测竟是错的，他刚才准备着的一手竟全都没用处。他简直觉得有点扫兴，怪人家小题大做似的——瞅了她一眼，一面他又感到对不起她。于是他真的轻快起来，很长地吐了一口气。

大家都看着芳姑太太等她张嘴，她嘴发了白。

侃大爷拿出了他那付办事精神，皱着眉很忙地催着她：

“唵，你说，你说。”

芳姑太太用力抿着嘴，眼睛渐渐发了红，她瞅了祝寿子一眼，挂下了视线。

“自从他爹爹死了，唐老二……我们孤儿寡妇……”

她什么也说不出来。她预备了好几天，预备了一肚子的话——全给哽住了。她淌着眼泪，拼命咬着牙忍住，可是办不到。随后她痛哭起来，肩膀跟抽风样的耸动着。

结果还是一句也没谈。

老太太抹抹眼泪替她说明白：

“唉，是这个样子的：哪，你也晓得。我生她的那天，你到芦花巷找刘婆子来接生。到吃过中饭，过了一个时辰，她生下地来了：是个女孩子。她稍为大点个，大老太爷就很欢喜她，常常说着玩：‘给我做女儿罢，给我做女儿罢。将来我代你说个婆家。’后来呀——你也晓得的：哪晓得真的是大老太爷做的媒。……”

“我晓得，我晓得，”丁文侃打断她，“我都晓得。”

“是哎，你都晓得。后来呢——唐家三老爷到城来的时候，大老太爷就跟他谈起……哦，不错！那天子还是唐家三老爷生日哩，四月十一，我想起来了。那天子我到五舅舅家去的……”

大儿子摆摆手：

“我都记得，我都记得！”

“你自然记得哎，是啊，你听我说嗄：到了——到了——嗯，怕是五月初二……呃，可是五月初二？……哦，不是的！我想起来了：是初八，五月初八。过了端午才去的。唉，你看看我这个记性！——还说初二哩！——五月初八那天——大老太爷亲自到柳镇唐家里去看看那个孩子。那天你在书房里挨了老师的打，哭家来。初九——我想想看：初九我做了什么事的？……五月初十大老太爷家来了，说的：‘孩子不丑哩。’后来我叫你上街买头绳：我关咐你要买红的，要买红的，你买了紫的。就是那天子晚上——我们把小芳子的亲事商量定规了。……”

丁文侃很痛苦地等她老人家说完。他不敢看她一下：怕两个的视线接触——她会想起更多的话来。

那位老人家可没住过嘴，把这段事情报告了将近一个钟头。她叙述了芳姑太出嫁的情形，又谈到唐大少爷这个人品，只可惜有痨病。然后那位姑太爷去了世，唐老二可就动手欺侮这位寡嫂：他卖田，他拿家里藏的字画玉器去抵债，叫芳姑太将来分家的时候捞不到一点东西。

“她等你回来想一个法子。我们早就商量过的。……唉，真是！真想不到！”

于是芳姑太重新哭了起来。

她们都盯定了侃大爷的脸。小凤子还显出一种得意似的神色，好像说：嗯，这回可把哥哥难倒了！

在外面的梁太太到门口来露了露脸，她认为现在该来安慰安慰芳姑太太。她走着湾湾曲曲的路线把身子挤进来，用手抹抹眼睛：

“不要伤心了罢。……唐老二这个混蛋！——我们一起来结结实实对付他一下！让他晓得我们的厉害！”

“老爷，老爷！”忽然高福在外面叫。“县长来拜会老爷。”

这位老爷马上站起来——找着洋火点上了烟，又坐了下去：

“我现在正有事。叫他等一等，嗯？”

他用种紧张的样子听着高福走了出去，这才移正了身子，舔舔嘴唇，准备宣布他的办法。可是他还扫了大家一眼——看看她是不是全都提着精神要听他的。然后挺直脖子干咳一声。

“这个事情——我看是很容易办的。今天晚上找唐启昆来，我们开诚布公谈判一下。”

可是这里他又想起了什么，手一扬：等一等！他把脸子对着窗子那边喊：

“高福！高福！……高升！……你请梁秘书来！快去！”

接着他又——

“呃，高升！……梁秘书在不在那里陪客？”

“是的，老爷。”

“好，你去罢！不必请他来了。”

想了一下——还是不放心。他一起身就走，刚跨出房门，他掉转身来很匆忙他说了几句话：

“我回头再跟你细谈。总之我的主张是这样：家是要分，但是田不必留。田真是个祸：能够卖得掉就卖掉。今天晚上呢——我们就找唐启昆来：大家商量一个卖田的办法，我们跟唐家通力合作。田一卖掉，你们两叔嫂再分家：分现钱。我老实告诉你：如今顶要紧的是留几个现钱。比如——比如——”

一面说一面回到了房里，右手两个指头夹着半截雪茄打手势：

“我早说过这个道理。你要是分到了田，你生活还是要困难的。现钱可就不怕。并且你们唐家还有许多骨董字画，这个——这个——也跟现钱差不多。至少比田总靠得住些。……唐老二一定要卖田啊？”

“一定。这是丁寿松说的。说是都谈好了：何六先生去筹钱去了。”

“那好得很，那好得很，唔，”侃大爷挺有把握的样子。“那容易办。……我们找唐启昆来正式开谈判。我要他先签字——分家。等田一卖掉就给你钱：每人分二分之一……等下子，我有一点事要办。总之你放心：你的交涉由我全权负责好了。……”

他东看看西看看在找什么，大家的眼珠子也跟着他转动了一会。他“唔”了一声，叫道：

“高福！高福！……”他自言自语说了一句“我马上就办”，又提高了嗓子——“高福！……岂有此理！

叫你不听见么……你快去请唐启昆二少爷！——请他来吃便饭！”

等到侃大爷一走出了这里，小凤子忽然有一肚子脾气实在想发出来，连她自己也不知道为什么。她总想要借个题目发作一下，于是冲了出去。她到外面厅子上看看，又到里面厅子上看看。然后挺着脖子闯进了三太太房里。一会儿她嚷开了，跳着脚骂着。她要跟三嫂嫂拼命：她好意劝三嫂出去陪陪客，可是人家看她不起，瞪着眼不睬她。

“唉，”老太太进来排解着。“跟三嫂闹什么嗄——她这么可怜巴巴的。”

“哼，可怜巴巴！我不是你养的，她倒是你养的！……她是个好货就不会让男人那个样子！……”

大家咕噜着，叹着气，把她劝走了。只有芳姑太落在后面，站在那里傻瞧着三太太。芳姑太四面张望了一下，偷偷地掏出一张五块钱票子塞到对方手里。她还想说明一下，声音可给压在嗓子里。

三太太猛地一倒，跪到了芳姑太跟前，抱着她抽咽起来。给放在床上的孩子就“哇!”一声哭了。

二十三

晚上十二点钟上下，唐启昆走出了丁公馆。

“我真想不到解决得这么快，”他轻松地想。

起先他坐在丁秘书长对面很不自在，结里结巴说不出话。他感到脑顶上重甸甸的有东西压着，脸上一会儿冰冷，一会儿可又发起热来。可是文侃很客气，于是当两家亲戚的面——把这件事谈妥了。十爹跟丁家的五舅老太爷也都在场：他们都认为这办法很对。所有的田当然全都卖掉。大少奶奶还住在娘家等分家，将来就带着祝寿子另外住开。那些骨董字画呢——由他唐启昆开个清单请他们来查。

唐启昆胜利地告诉自己：

“我没有吃亏。家反正是要分的。只有那些骨董字画——我要想点个办法。还有是债务。”

可是有一件事叫他不舒服：他想到了丁寿松。

“真该死！——这个臭混蛋！是他说出来的！他告

我的密！”

当时他就老实告诉了他们——丁寿松说了丁家一些什么不堪的话。可是这一手总还报复得不够。他恨不得一回家就几拳揍死那个家伙。同时又忽然觉得有点伤心。他打了寒噤。到家门口下车的时候，他竟莫明其妙地有点害怕了。

“丁寿松，丁寿松！”

“他还没有回来，”老陈闩上了大门。

二少爷咬着牙叫：

“把他的东西扔出去！——叫他滚！”

老陈并没有照办。他两手抱着膝头，静静地等到丁寿松回来。他眼珠钉着丁寿松，老半天才指指对方的脸，又翘起大拇指指里面：

“他请你滚。”

“什么！什么！”——那个睁圆了右眼，脸子冲着老陈越凑越近。

怎么，老陈这是什么意思！——一个门房跟他开这个玩笑！他把下唇窝了起来，抓紧着骨头稜稜的拳头。他要给对方一点颜色看看！

“哼！”他说。愣了会儿就往二少爷书房走去。

二少爷正出了房门要去看大太太，在厅子上截住了他：

“哪个！”

"我……二少爷。"

书房里的灯光斜射出来，打砖地上又反映了点亮光到他们身上。他们面目很模糊，彼此只瞧得见眼睛在闪烁着。

唐启昆忽然畏缩起来。他平日简直把对面这个人小看了，再也想不到他竟有一手厉害的，竟能够破坏他，在暗地里叫他上当。他一想到这个人这么可怕，他这就什么威都发不出了。面对面盯了五六秒钟，二少爷用沉痛的声音说：

"你太对我不起，你太对我不起！哼，这未免太无情了，太可怕了！你好，你好！你——嗯！"

"怎么呢，我……"

"好好好，你走罢你走罢。你现在就走，不必住在我家里。"

那个的身子矮了一截，渐渐弯了起来，好像竹篾子在火上烤着似的。他哭丧着腔调：

"二少爷……二少爷……"

二少爷一抽身就退了一步，大叫道：

"来人！来人！……桂九，桂九！……韩福！……"

厅上的电灯一下子亮了。许多人奔了出来。连大太太跟五二子也一拐一拐地赶到了门口，她们用种看把戏的派头往这边看着。五二子还有点忍不住要笑的样子，好像她早就知道会演出一套什么来。

直到那个丁寿松带着包袱着给赶了出去，唐启昆才消了气。

那位客人从春天一直到现在初秋，把夹袍夹袄什么的全打在包袱里，那块灰黄的布单就裹不住，散了下来。他正要捡起来重新打包，二少爷可一把抢了他的——往外面路上一摔。接着使劲一推。叫老陈关了大门上了锁。他把钥匙装到了自己口袋里。

“再也不许他上门！哪个要是放他进来——就是通贼！办！”

“什么事嘎？什么事嘎？”大太太跟他走到她房里去。“他倒着实肯替你出力哩——你发他这个脾气……”

五二子在后面装了个鬼脸，好像是在向对面的谁打眼色——“爹爹少了个帮手！”忽然发见爹爹瞟了她一眼，她赶紧沉着脸，吸了一下鼻子。

看来今晚上爹爹一定有话谈。她虽然给大人们逼着上了床，可是还睁着眼睛，一面小心地呼吸着——不叫放出点声音。

钟摆老是不快不慢地在那里摇，显然很冷静的样子。外面有时候咭咭咭的，仔细一听——可又没有响声。不知道到底是老妈子们在那里捣鬼，还是虫子叫。于是五二子脑袋从枕上抬起一会儿又放下去，接着又侧着耳朵注意一下。她很想要知道那鬼头鬼脑的声音是怎么回事，可是她舍不得丢了隔壁的密谈。

爹爹的嘴里好像衔着什么似的，听去总有含糊。他跟大太太在那里计议那桩大事：他们要把家里的骨董字画运出去——藏到一个妥当地方。

“这个样子我们才不吃亏，”他压着嗓子。“我这个——都是为你打算：我呢我自己不在乎这个。”

大太太把声音略为提高点儿：

“当然哦。不管为哪个，这些个总不能分给她：这是我们唐家祖上传下来的。可怜我辛辛苦苦收好，搬好，花了那些个心血——什么事要分一半给那么寡妇嗄。她孝顺啊？”

不过做儿子的可想得老到些。他认为一点都不给——可也招别人闲话。他主张拣几十件不相干的来上账，照这一笔账对分。这里他毅然决然站了起来：

“这样子塞住他们的嘴，免得麻烦。不然的话——我倒不要紧。你年纪这么大了为什么叫你来呕这个闲气呢。我是——我一定要替你想得周全点个。藏也要藏个靠得住的地方。”

那个盯着他的脸。沉默了十来秒钟，她这才试探着问：

“你想藏到哪块嗄？”

二少爷在那块想着，低着脑袋瞧着自己的脚，对不时飞一眼过去偷瞟母亲。他嘴唇动几动，搔了搔头皮。末了还是——

“娘你看呢?”

“我说——”大太太显见得早就有了主意，“只有藏到大舅家里去。”

于是这两个都闭了会儿嘴。唐启昆很为难地瞧瞧大太太，觉得这件事还得仔细想一想。他用手指在胡子上擦擦，那种毛茸茸的感觉很有点舒服。随后右手呆滞滞地放到了大腿上，仿佛拿着了十来斤的重东西似的。他这才抬起脸来点点头，他说：这个办法很对。

真是的。他也知道大舅舅是个好人。那位老人家只是对他有过一点附会：骂他混账，骂他没出息，还劝大太太别相信这个儿子，硬指这个儿子将来总有一天会逼死她。不过他这个做外甥的不见怪：大舅舅太爽直，并且有许多情形还没有晓得。这位老人家的确靠得住，总是处处替大太太打算。然而——这里唐启昆把字音拖长着——然而大舅舅近几年家境也不好，这就讲不定会要——

“要是万一钱不凑手，卖点个，那——那——”他舌子发了麻。“大舅舅又住在北门外，太近了。这个——给人家晓得了又是不得了。”

“你说藏在哪块呢?”

“我看——我看——运到省城里去倒妥当。”

“省城里!”

“呃，娘!”他苦痛地摆手。“你又多心，你又多心!

省城里……”

突然——大太太脸上那些皱纹全都扯动起来。她跳起来舞着手嚷着，叫人一下子不敢相信她有这么大年纪。

“你杀掉我罢，你杀掉我罢！——你巴不得我死，免得多吃你一份饭！……反正什么东西都是你的！我这个老太婆就活该穷死饿死！你杀掉我，杀掉我！你杀！”

“啧，呃！人家听见了成什么话……”

做母亲的可嚷得更加响了些：

“我不怕！——到这个田地我还怕人家笑话啊？……你运到城里去——就随你摆布！你卖的钱去嫖堂子！做娘的活该饿死！五二子也活该饿死！我死好了！我死好了！——家里东西都是你的！我那份养老田也不要了！我让你杀！我让你杀！”

唐启昆的眼珠子几乎要透过眼镜突出来。忿忿地起了身，把刚拿到手里的烟使劲一摔：

“这是算什么嘎！你要把我怎么样罢！”

“你早就要把我跟五二子都饿死！——你当我不晓得，你当我不晓得！你借了华家里一千块——我的东西就不赎！账也不还！好让债主逼死我们老小两个！你拿钱去嫖！……省城里！省城里有你的亲生娘！”

越是这么着——他越是不怕，她总是这么一套。于是他横一横心，喷着唾沫星子叫：

“我偏要运到省城里去！我偏不叫外婆家的揩我

的油！”

“你敢！你敢！”她发了疯地把站在门口的五二子拖了过来。“今个儿晚我们两个在你面前死！在这块——在这块——”

她老人家大哭起来。

“皇天呀，皇天呀！……他老子死得早，我把他养到这么大，他倒待我——待我——啊呀！皇天呀……我这个苦命！……他逼我……五二子……我们今天死给他看！死给他看！嗯！我们走！”

五二子一把拖住了她，哭丧着脸——“太太，太太”，很平淡地喊着，仿佛这些是每天照例要办的家务事，并且还知道马上就得结束的。扶着太太坐下，她还悄悄地在房门口张望一下——看看外面有谁偷听没有。

她爹爹似乎要在她面前做点好榜样。声调放软下来，先叹了一口气。

“唉，真是的。何必嗄，弄得一身大汗的。”

“那么你说！你说！——你怎干打算？”

“啧，又来了！只有省城里摆得住哎，我的亲娘！”

“好，好，随你怎么办吧！我不管你！我们老小也不要管！五二子你睡去，明儿个早点个起来，我带你去投邻访友，拜亲会戚——要他们照顾我们老小两个。我要把我儿子的事一老一实告诉他们！——抢我的首饰去当，卡我的钱，养老田卖了稻子他也把钱勒住！好，你做你的，我做我的！我叫地方上都来看看我这个孝顺儿子！”

做儿子猛地觉到一阵冷气，全身的肌肉一缩。他记起从前在柳镇时候的一件事：那次他吵过了就平静了，她老人家第二天可起了个大早——一房一房跑去哭诉，只除开五房里。

“她真急了，”他想。大太太就只有这么一桩坏处：一使起性子来——就什么面子都管不着，仿佛打算以后再也不出来露脸了似的。

“我要他们看看我这孝顺儿子，唵！你看看瞧！”

嘴里重复着，她又哭了起来。

唐启昆跟发热的人一样——干巴巴地咂了咂嘴。脑子里有一种捉摸不定的东西在那里梗着：似乎平常他不敢去想的，不敢提到那上面的一些什么，现在他可非去想一下不可，可是他定了定神之后，又困惑起来：他抓不准心底里隐藏着的到底是些什么。这仿佛是一种厄运，又仿佛是一种好运道。他感到他的头盖骨在往下压着，觉得脑顶上戴着了一顶好几斤重的铁帽子。身上可热痒痒的，好像在里面酿着喜气什么的——关不住地打汗毛孔里流出来。

其实他近来许多事都还算如意，办得都顺当。为什么怕要他让大太太来闹蹩扭，来烦他的心呢？于是他悄悄的抽了一口气。他怕这件母子中间的蹩扭会打断他的好运。他在肚子里占着卦：

“和平解决呢——就都好。”

五二子拿一张小竹椅坐在祖母旁边，轻轻地替她老人家捶着背，黑溜溜的眼珠子不住地往她爹爹脸子转动着，显得幸灾乐祸的样子。

唐启昆弯下腰去，摆着一副犯了罪的脸色，软着嗓子劝她别生气。老年人血气已经有点衰了，该让这点儿血气好好地留着，一来火就得动用了好许多。

“娘要是不康健，不那个——我活着有什么意思呢！”

“嗯，我老了：我血气衰，血气衰！”她声音给五二子的小拳头震得一下子粗，一下子细。“我血气快要用光了，我快要死了：你说的一点不错，一点不错！我快要死了，好得很哩，好得很哩，我就会死！”

“唉，我不过是记挂你的话。我怎么会咒你死嗄，怎么会嗄？我不过劝劝你……”

“劝劝我，哼！只要少叫我作气就是好的喽，唉。”

“我哪里是叫你作气呢？我是跟你商量商量的。”

他很谨慎地舔舔嘴唇，眼珠不动地钉着他娘。

“娘，你说呢？那些个——要是放在——”

“我不管，我不管！你做你的，我做我的。我有我的法子！”

儿子很响地叹了一声，重甸甸地站起来往外走。他步子跨得很慢，脑袋低着，仿佛怕那些地板出了毛病——一个不小心就会陷下脚去。眼珠子可往两边溜，想看看别人的脸色。

就这么着走出去么？做娘的一点也不爱惜她儿子，不喊他回头么？凭他的经验——他知道过会儿会打发五二子到他书房里去叫他的。不过——

"不过她如今肝火太旺。"

末了——他自己打了转身。

"唔，"他打个手势表示这件事有了转机，因为他们母子向来很融洽的。"我们商量下子看：到底是大舅舅家爷好，还是——还是——还是别的地方好。"

唐启昆站在那里，一直到大太太张了嘴——他才坐下去。他又恢复了先前那种精细劲儿，机密地跟他母亲谈着。随后他放心的样子点点头，行了一下深呼吸。于是他踌躇了一下，就更加秘密地凑过脸去。

这时候五二子捶着背的两只手临了空。她侧着脸听了一下。悄悄地跑到房门口往外面张一张，把门关上了回到原位。

"这样子，"二少爷小声儿说，"那就这个样子好了。那——那——唔，一定是大舅舅家了？明儿个就送去？"

他们动手得很快。唐老二一到自己房里拿了电筒，就跟大太太开了那些锁着的房门，翻起箱子来。五二子守在门口，冲着黑地里东看看西看看。有时候小心得过了火，她手一张，压着嗓子叫：

“慢慌子！”

“怎干？”

“好像有声音……”

里面的人赶紧停止了动作，面对面瞧着。院子里似乎有蟋蟀叫。什么地方鸡啼了起来，嗓子是嗄的。

“哦，没得什么，”五二子又说。

到大亮五点钟的时候，他们已经打好了包。大件的给装进了三个蔑箱子——外面看来很不值钱。大太太主张这些由她跟雷老太太送去，还带着五二子。启昆老二该到丁家去送侃大爷的行，这么着不打眼些。

五二子把嘴一扁：

“嗯，雷老太太——一叫她同去就坏事！”

唐启昆可很很地瞅了他母亲一眼：要让老年人去做这些事——没有做儿子的照应，那他不放心。

“先把这事办完了，丁家我下半天去。”

“小侯，小侯！”一吃了早饭他就叫。“去喊五挂车子！大舅老爷寄放这块的东西——今天要送去！”

二十四

有一个人在丁公馆门口窥头探脑的——想法子要溜进去。

可是外面站着好多警察：

“走！”

这个人巴结地笑了笑，然后小声儿对警察们说明着，腰板老弯着像在鞠躬。他眼睛霎呀霎的，时不时拿手背抹着嘴。他大概没洗过脸，眼眶下面有点发黯，叫人猜他有好几个晚上没有睡觉。要是他没挟着个包袱，那简直想不到他就是丁寿松。

“我是姓丁的，我是秘书长一家人。……”

对面那大个子警察什么也没有表示，也没哼一声，只冷冷地打量着他：从头到脚上，又打脚上到头上。然后盯着他那个包袱。

丁寿松不知道自己该不该说下去。把下唇缩到牙齿底下刮了几刮，他又转向着旁边那位红鼻子警察——比何六先生的颜色浅些，尖尖的耸在那里，好像对他冷笑似的。可是他还把脸子凑过去，挺吃力地笑着：

“我跟你这位先生打个计较好不好？——我是秘书长喊我来的，还有那位姑奶奶……”

他怕大门口那些包车夫听了去扫他面子，声音放得很小。一发见他们有一两个走过来了——他赶紧装出付安闲派头，在鼻孔里轻巧地笑了一声：一看就知道他是闲得没事做，跟警察朋友撩天儿消遣的，并且还把那几个车夫瞅一眼，仿佛连他们东家都跟他是很熟的样子，点点头说：

“辛苦啊？……在这块怕的要多等下子哩。”

忽然——叮当叮当！三辆车子一阵暴风样的刮到了丁公馆门口。

姓丁的赶紧一让，差一点没摔一交。他希望车子上的是他的熟人：跟他使个眼色或者打个招呼。同时他又老实有点怕。他决不定自己要摆出付怎样的姿势。他很不在意地撇开脸去：似乎对自己表示这只是个偶然的动作，并不是要逃开这个难关。

那三位老爷的脸子竟看也没看清一下——就走进去。

“我怎么不招呼一下子呢？”他怪自己。“不管怎么样——总归是丁家的客人哎。”

他颠起脚来冲着大门里张望一下，左膀子把包袱挟紧点儿：怕在他分散注意力的当口给谁扒了去，嘴里自言自语的：

“唔，一定是三先生跟那位仁兄。那一个就看不出。”

公馆里哄出了话声跟笑声。接着听见哗哗的牌响，有个女人嗓子尖叫了一句什么。

这也许是小凤子在取笑什么人。可是并没听见太太们打哈哈，大概晚茶端了上来，她们专心吃东西去了。

为了怕再碰钉子，丁寿松没请警察放他进去。他只是问：

“如今几点钟了？”

等不着回答。他自己回答：

“怕有三点多四点。”

手搭在额上抬起头来看看天，咕哝了几句。他这就好像有什么大事赶着要办似的——很快地往巷口走去。跨了十几步他又记起一件什么，立刻打转身，维持着这种忙劲儿往丁家门里冲。

“嗨！”一只手一拦。

“呃呃，不要！不要！……我真的找秘书长有事……”

“滚！秘书长刚才吩咐的：不递片子不见！”

“唉，真是的！那——那——我找姑奶奶。”

那位警察动了火：

“你找姑奶奶就找姑奶奶！——跟我说什么！你找门房说话！”

丁寿松要进门找门房，可仍旧给挡住了：这时候门房不在这里，要等他出来了再说。

“这个——”丁寿松咬着牙，瞪圆了右眼，恨不得一掌劈过去。一会儿他又陪着笑，抽一口气，喃喃的连自己也不知道说了些什么。

随后他索性退到路边等着。一有什么车子拉到——他就转开了脸，仔细地瞧着照墙，仿佛在研究那上面那个“福”字的书法，手指在包袱上乱画，一直到看见了老高升，他才进得了丁公馆。跟温嫂子说的头一句就是这回事。

“哼，什么东西子！——连自己家里都不许进门！阎王好见，小鬼难当，真是！哼，他能够叫我不姓丁啊！——娘卖屄的！”

温嫂子今天脸上粉抹得更加厚了些。腮巴上一边一搭胭脂——擦得圆圆的像个红鸡蛋。她似乎正害着眼病，没力气睁大点儿，细眯眯地瞧着他。两个嘴角稍为弯下了些，静静地等到他闭了嘴。

“嗳唷喂，好玩哩！”她马上接上来说，显然这句话她早就预备好了。“你还认这个自己家里人做什么！嗄！——老太爷糊涂，侃大爷没得出息，只有唐二少爷是好人哎！”

那个不断地霎着眼，好像对方有唾沫星子溅在他脸上。霎一下，眼睛就大一点，叫人想到他是靠眼眶子的弹力来把眼睛睁大了的。他脸色发了白，挟包袱的那条膀子颤得了没力气，发酸发疼起来。嘴唇抖动着什么都说不出：感到给人老重地打了一拳。他一辈子没吃过这样的亏。

怎么搅的呢！他该怎么办呢？

刚才他竟不留情面地骂了那些警察一顿，还是在温嫂子面前骂的。现在看来——大概门口那几位副爷还是经了他这房自家人关咐的：不许放他进门！唉，真是！他嘴太快了点：没看准苗头就大模大样的出口伤人。于是一股热气升到了他脸上，他竟跟一个小姑娘一样害了臊。

可是温嫂子算是已经交代好了。冷冷地射了他一眼，一转身就走。

丁寿松一下子惊醒了过来，伸手去揩她袖子，他九死一生地叫：

“温嫂子！呃！”

女的一挣开膀子——拍！狠命地劈下他一个嘴巴。

“你想怎干！你想怎干！”她嚷，“这个千刀万剐的死不要脸的乡下货！还了得！——你当女人个个都像你妈妈一样随人拖拖拉拉的啊？你睁开眼睛望望瞧！我是什么人！这块是什么地方！你看看仔细！你要撒野家去到你祖奶奶那块撒去！……这死不要脸的乡下货！——在这块倒撒他的雄狗劲！”

打牌的客人都跑了出来。好几个嗓子同时说着，叹着气。丁老太太往前面伸出了两步，公事公办地问：

“什么事，什么事?”

说了就挺沉着地等着别人回话，好让她来判决。

“我不过想找侃太爷——”丁寿松低着头，声音也低得听不见，“我想请他替我找个事。……”

“哼，找事!”小凤子下唇一披。

梁太太似乎很害怕。她紧紧地挽着她丈夫，身子往他那边靠。他经不住似地倒了两步，好容易才站稳。梁太太这才放了心，动手来打量那个姓丁的：

“找事?你要找什么事呢?——你学过什么东西，你能做什么工作：你倒说给我听听瞧。”

这里温嫂子跳出来：

“梁太太你不晓得。这个家伙啊——哼，我还不好意思说哩!”

不过她仍旧说了下去。她告诉别人——这个丁寿松在外面捣丁家的鬼，满城里去说他们坏话，造了许多谣。她手指差不多指到了丁寿松的鼻子上：哼，想得起来说的!——找事!她挺着肚子确定了一句：侃大爷一看见他就得把他脚镣手梏钉起来。这里她气得直发喘，用手摸摸胸脯，把嗓子提高了些。

“我们还想抬举他，叫他打听点个事，他倒——他倒——这个不识好歹的贼胚!——他两面捣鬼!你当只有你有这个本事，只有你才会打听啊？如今才用不着你哩：你放心！你的鬼名堂我们早就晓得！……今天他还——这个瞎了眼的青天白日向我拉拉扯扯！”

“啊呀真是！”老太太叹息。“大家都姓丁，也用着这个样子破坏我们哎！如今这个人心啊！”

大家的眼睛都钉着丁寿松，叫他感到有刺在刺着他。他在鼻孔里哼着：要说的话给卡在里面，给他们那种气势压得迸不出声音来。他想要走——可又不敢。他似乎知道他该给他们对付个痛快，要是他逃开了一扫了他们的兴，那就得有更大的祸事。

可是他头脑子发昏，简直摸不准会有怎么个结果。他看见了芳姑太，这就转过身去，腰弯得像只虾，哀求他说明他的来意：

“我没得地方安身，姑奶奶，姑奶奶！”

找事的话他不敢再提了。他只是想来求他们给他住几天，哪怕狗窠里都好。他为了他家姑奶奶的事——竟得罪了唐老二。他给撵了出来。

“住在这块！”温嫂子大声插进来。“你是什么东西！——住在这块！”

丁寿松霎着眼睛——挤出了泪水。这下子他连借铺的事都不敢再想，只求借几个盘缠回乡里去。

“挨饿也到回乡下去挨。姑奶奶，做做好事放我走罢：救人一命，胜造七级浮屠。……”

那位姑奶奶没了主意。看看这个，看看那个，于是退了下去。

“温嫂子”，她轻轻地叫。“要不要给他点个钱嗄，照规矩是——”

“嗳唷喂你真是！给钱哩，还！”

芳姑太用手慢慢抹着衣襟，手指慢慢捻着。她老远地想了开去，不出声地嘘了一口气，看见打牌的人已经一个个回了进来，笑着说着话，她就仿佛从他们身上得到什么的样子，用试探的声调跟温嫂子商量了一下：

“唉，其实就是这个样子，你看呢？……有点个可怜。……”

她掏出了三块钱，带着怕温嫂子不赞成的神气交给温嫂子。那个吃了一惊，可也接过来塞进衣袋，还瞧见她手在衣裳里面不安地动着。

“走！”温嫂子把发着晕的丁寿松一推。“这是你家姑奶奶给你的五角大洋！”

“不过我——怎么够呢。求姑奶奶再——再——”

“滚你的臭蛋！好玩哩！——人家布施你，你倒讲起价来！”

丁寿松哆索着腿子走了两步，他觉得还有一线希望。芳姑太心很软，做事没主意：他怎么不当面去苦求一下呢。并且她一有机会就要替祝寿子积点福的。于是他站住，暂时可还不回过脸去：他知道温嫂子在他背后瞧着他，他只嘟哝着：

“我到姑奶奶那块去谢一谢……”

“滚你的哦！还谢哩！——姑奶奶喜欢你得很哩！还不走！滚！真不晓得你娘造了什么孽，唉！”

那位客人愣在那里瞧着她，莫明其妙地动了一动：好像是想要走，又好像要招呼别人一句什么。时间仿佛已经停在这里没往前进，要等他打算好下一分钟下一秒钟他怎么办——才再走下去。

“五角大洋……五角大洋……”他喃喃地说。

就这么回家乡去啊？念头一触到了他家乡，就似乎想到了一条蛇，身子打一阵战。他想不透，什么事都想不透：这一切总有个什么东西在那里捣鬼，所有的蹩扭都是它弄出来的。

“怎么的呢，怎么的呢？……这是我的命不好。”

可是他决定回家：他能够走的只有这么一条路。他现在忽然有种温暖的感觉在心里烘着。他恨不得叫起来——“回乡里去，回乡里去！”唉，真是的！乡里！他再也不去想到它那种穷劲儿，不去想土匪，不去想饿得逃荒的那些日子：连他自己都不知道是故意不去提她，还是真的想不到。他只是模里模糊觉到了青草的气息，家里那条狗的亲热叫声。只要吸吸鼻子，还闻得出肥肥的粽叶香，闻得出他那本账簿的油腻味儿。

他转身走的时候，眼泪就再也忍不住了。

"我回去。……饿也要在家乡饿死。……几点钟有船呢？……"

要是今天没有船了——晚上到哪块去歇呢，身上只有这几毛钱！

他回头瞟了一眼，好像他有什么东西丢失在后面。

温嫂子站在那里，看着他走到了外面院子。他仿佛什么也没瞧见，什么也没听见，那些女客男客的谈声笑声都织成了一片——嗡嗡地响着，叫他觉着自己好像在一艘小火轮里面。地也在那里荡着，分明是在水上漂着的。

如今有一些实实在在的情景——他得好好地去设想一下。他步子放得更加慢起来。

像他这么一个丁寿松，特为到城里来谋财路，回去不带一点东西么？那些个泥腿子准没句好话：

"嗯，松大爷不过跟我们一个样子：到城里去了快半年，还是挟了老包袱家来！"

"他告了半块钱帮才走得动的哩。一向看我们不起——如今夹着个尾巴家来，看他还作威作福！"

"该斫的家伙！挡炮子子的！"丁寿松嘶嘶地骂，好像对面真有几个泥腿子似的，左手不知不觉把包袱挟紧了些。

正在这时候——响起了一种很熟的脚步子。他赶紧让开，还转开了脸。

那是唐十爷跟二少爷。那个对头！——什么都是他闹出来的！不过别人只瞟了丁寿松一眼，就怕引起正面冲突的样子——装做没看见地走了过去。

跟手就是老太爷打他自己书房里冲出来：

“我的眼镜呢，我的眼镜呢？”他对前面叔侄俩招了招手，“呃，呃！”一下子就发觉他叫错了人——“哦，唔。”于是一面东看看西看看找寻着，一面到里面厅子里去。

“老太爷书房也没有关，也没有一个人。”

丁寿松眼睛一亮。有种什么东西在里面烧着推动着，他眼睛很快地往四面一扫，身子像影子那么一掠——闪进了那个书房。

墙上挂着的许多表在响着，听来它们简直是在比赛谁走得快。有只把太性急了点儿，连身子都震得不住在那里摆动。只有几个闹钟摆出付庄严派头站得挺直：响音比它们大，就显得可以渺视一切的样子。不过座钟并不打算跟谁比赛，它只顾自己慢条斯理的——的，达。的，达。的，达。

哪一只值钱些呢？

现在丁寿松没有工夫来替它们估价。他一眼就看中那几只小的。他心狂跳着，差不多要蹦出嘴里来。手没命地哆索着，连东西都拿不住。他要把这几只表装进口袋，一下子又记起他衣袋里破了一个洞，于是他忙乱地往包袱里塞。

突然——

“偷东西！偷东西！”

谁这么一叫——公馆里的人全都哄了起来。

丁寿松眼前发一阵黑，耳边有放汽似的尖叫。他手脚软软的简直站不稳：仿佛刚才那种紧张劲儿——把他全身的力气都消耗光了。那些高升高妈跟警察们在他跟前嚷着，七手八脚抓住了他。

不知道什么时候老太爷也跑了过来，他老人家跳着发脾气：

“你什么都容我不住，啊？连表都要拿我的走！你到底是何居心嗄，你！我什么事你们都看不得！你们怎么不去封茶店的门！怎么不把报纸都烧掉！啊？”

他眼睛偶然瞟到了一个警察脸上，那个赶紧立正：

“是！”

“什么事——哇啦哇啦吵什么！”丁秘书长露了脸，手里夹着一支雪茄。

那几个警察刷的一声：脚跟靠脚跟，小肚子吸进，胸部挺出。

“报告，这个人偷老太爷的表……”

侃大爷咆哮起来：

“我又不是巡官！——告诉我做什么！……高福，高福！来！赶快打个电话到长途汽车站定小汽车！……

真不晓得办的什么事！到这时候还不去定车子！什么事都要亲自吩咐！”

“回老爷！小汽车早就定好了。”

“什么！”老爷一下子感到了失败似的。“不早来回我的话！你办的什么事！”

秘书长一转身进去，这些警察就把丁寿松推到院子里，一面揍着踢着，一面抓他走。

“走！局子里去！”

丁寿松脸上两片青的，眼睛下面肿了一块，那旁边还有几条红印。鼻孔里淌着血，手给抓住了不好去抹，只好勉强凑下脸去就着手背擦几下。腿子老弯着，带跌带拐——好像他是给抬着走的。

这时候他反倒安静了许多。嘴里小声儿央求着，仿佛给搔着痒——叫人别开玩笑的样子：

“呃呃，不要打不要打……”

他拼命赔着笑，看看左边一位，又看看右边一位。可是谁都没睬他。然后他觉得有点扫兴似地想：

“这个——要吃多少时候官司嗄？”

二十五

这回事唐启昆全从玻璃窗里瞧得清清楚楚。

“做坏事的人总逃不过王法，”他自言自语着。“嗨，真该死：竟偷起东西来！”

他挺闲散地踱出来，瞧瞧地下——看丁寿松有血滴在这上面没有。接着感慨地摇摇头，走进了里面客厅。他决计跟她们谈论谈论这件事。

温嫂子吓得几乎昏过去，把身子斜靠墙上，不住地摸胸口：

“啊喂，我的妈！怕死我了！不晓得怎干的，我一听说有贼就吓软了。……哎唷，哎唷！……这个倒头的，这个——这个——啊唷喂！……啧啧，一个人下流到这个样子！——偷东西！……啊唷，我真再经不住吓了。刚才他不规矩——往我身上动手动脚——我已经吓得没得魂……嗨唷！……”

那位小凤子有点不服气的样子。

“那个丁——不过是想跟你商量下子吧，”她瞟了唐启昆一眼。

“哪里！”温嫂子叫。“凤姑娘你晓不得：如今那些个男人才坏哩。只要稍为看得上点个的——他们就钉着你望着，有的还来拉拉扯扯的。真是不要脸！你年青还不晓得哩。”

一听到别人说她年青不懂事，凤姑娘就扭了一下脖子，全身都带着活泼劲儿——又嚷又笑地跟梁太太玩闹起来。她点着一支烟塞到梁太太嘴里硬叫她抽，一会儿又怪别人把它衔湿了，堵着个嘴直顿脚：

“唷！你赔，你赔！我不管！……喂，你们大家小心点个！——梁太太摸着一对红中。”

老太太嚷了句“这倒头的丫头！”梁太太这就怕痒似地笑得全身都发起抖来。

这边唐启昆还谈着刚才那回乱子。他身子挺着，满脸发着光：好像发见了丁寿松的阴谋，抓他交给警察局——都是他唐启昆亲手办的。

对面那位大嫂可总是很仔细地避开了他的视线。她虽然什么大事都跟老二谈停当了，两叔嫂已经站在一条线上来挣扎了，她可总有点不自然。她眼珠子四面溜着，好像要找个地方躲身。一看见她儿子正站在阳光下面，一些白点子的灰尘慢慢扬着，她就叫：

“祝寿子，不要站太阳底下：太阳底下有灰。”

唐老二叹了一口气：

“唉，丁寿松无聊到这个样子！起码该判个一等有期徒刑才对。”

“是的哎，”温嫂子附和着。一面把头昏膏药撕下来，哈了哈热气又贴上去。

这些——他们的意见竟是一样。唐老二感到从来没有谈得这么痛快过：越说越顺嘴，肚子里意思也越多。他不断地抽着烟，不断地打着手势，身子觉得飘在天空中间的样子。直到高升过来请他的时候才住了嘴，还很不愿意别人打断他似地问：

“请我去什么事？”

“不晓得。唐十爷跟华老爷请二少爷过去。”

他带着抱歉的神气打个告别的手势，这才跨起很大的步子。那个华幼亭迎上了他。

华老先生已经穿上羽纱袍子，还是摇着折扇。他很恭敬地打着拱，要到隔壁那间屋子里单跟唐家叔侄两个谈点儿天。他对站在房门口踌躇着的唐老二客气地做做手势。

“请，请。”

唐老二吓了一跳，稍为踌躇了一下，用种不自然的声调谦逊着：

“嗳，华老伯先请。”

“呃，没得这个理，没得着个理。呃，呃。”

里面十爷已经在那里踱着。一瞧见他们进去，似乎吃了一惊。可是华幼老硬请大家先坐下，他慢条斯理摆动着肩子，谈到了唐启昆那笔债。

“兄弟每月替二先生贴点子利息——倒是应份的。然而如果到期不还——”

他生了根似地把视线钉着斜对面那张长脸，他表示他万分抱歉，钱店的债可延宕不得。

唐启昆的回答挺干脆：

“到期不还，就照借字上的办法好了。”

“是，是。借字上面固然有此一着。然而为了我们私交——我不得不提醒二先生一下。季翁以为是不是？……如今我们就一定这样。……”

那个债户嘴角上闪了闪微笑：

“哼，他还当他上算得很哩！”

随后华幼亭先生换了题目，扯到了吴昌硕的图章。那位老艺术家生前跟他是好朋友，他常跟他那个中了举的族叔在吴老先生家吃饭的。

“吴俊老送过我八方图章，四堂屏：真是希世至宝。他老先生常常送我东西，我那个墨盒就是他送的。”

接着他就拿许多种墨盒来批评一下：他认为北平的——如今刻工不及从前。

“季翁你看，”他说。“世界真不同了：这些东西就没有人来玩赏，心里一天到晚只记得一些俗事。我倒要托何云老定几个墨盒看看。……不错，何云老到北平去了——季翁还不晓得吧？他是筹款去的：说的要买田。”

唐二少爷跟着说了一句：

“筹款买田？”

他心一跳，这的确是个好消息。如今什么事都顺手，气运这东西仿佛在那里拼命巴结他，把一桩桩好事凑上来。他得趁这个当口多安排点事情，照他的话说起来就是——

“只要有一两件事转了好运，件件事都会称心如意。这个像走船一样，我该趁着顺风多赶点个路。”

于是他索性去找丁文侃谈几句，他一点拘束的样子都没有，似乎有鬼使神差着的，用种又大方又客气的口气表示了自己的意思：他想要这位当秘书长的亲戚替他找事。他连自己都有点奇怪——为什么说得这么顺嘴。

侃大爷马上就答允了他：

“好好好，我替你留意，我替你留意。有机会自然要借重你。呃，这样子罢，你跟梁秘书说一说罢。冰如，冰如，”他很忙的指指唐启昆，“哪，启昆二哥想在部里找个事，你给他注意注意。”

那个很热心地搓搓手，掏出“怀中记事册”来写上了名字。然后带种精明的派头看着唐老二：

“唔，唔。那——那——呃。请你开个履历好不好？我们的手续是这样。……”

“不必，不必！”秘书长好像因为事太多，有点烦躁似的。“等有机会再开履历吧，你等我的信好了。”

匆匆忙忙走开了，忽然又回头加了一句：

“机会一来——我就叫梁秘书写信给你。”

“唐二先生学的是——?”梁太太很客气地插嘴，“科学还是数理?”

唐二先生认为他该跟这对夫妇谈几句，于是叙述了些他在北京学法政时候的情形。从前的学堂程途都很高，功课也紧得很，不像如今这些学堂吊儿郎堂。他等别人叹了一口气之后，又很庄严地表明了他找事的意思：

“一个人总要做点个事，家里就是有钱也该做点个事。国家把你培养成一个人材，怎么不做点事呢?”

“是的，是的，这个就是教育的意义，”梁秘书沉思地说。“是的，顶要紧的还是教育，这个教育……”

“所以嗄！”

随后唐启昆一直不住嘴，对世道人心发起议论来。于是他又提到丁寿松。他挺愤激地告诉别人：那个家伙竟想要欺侮他的大嫂——那他怎也容不得他！他斩铁截钉地叫：

“决不容他！决不容他！”

他庄严地扫了大家一眼。

这天他特别爱说话，仿佛有种什么热烫烫的东西在他肚子里膨涨着，不管在什么地方，不管对什么人——

都不知不觉要迸出来。别人谈着的时候他老是插进嘴去，再不然就很响地咳一声叫别人注意到他。他一会儿走到外面，一会儿走到里面，听听那些女客男客发表了些什么意见。听完了他就得想一想，好像他负着这个大责任来评判似的。

"对，对，"他说。"好嘛，这个话就说对了。"

直到他跟大家送了丁文侃的行，回到自己家里，他还带着这松快劲儿。他到大太太那里去——几乎是飘进去的。叫母亲看了他这付得意样子有点不放心：以为他已经抓到了她的什么把柄来跟她开玩笑。

"田是卖得成了，"他透了一口气。"叶公荡这笔整的一卖掉，其余的就不怕。"

大太太可把念头转了开去：

"你跟那寡妇分家——那些个债呢？"

孙小姐一瞧见她爹进来，她就偎着祖母坐着，似乎怕他害她。她刚才张张嘴要打呵欠，可赶紧忍住了。她把声音放低，不过她父亲可以听得见：

"真的，光把家私分给人家，债都放到我们头上啊？"

唔，对。唐启昆早就想到了这一着：他有他的办法。可是他故意装做吃惊的样子，表示他不能想得这么卑鄙：

"债？债是我一个人欠的，怎么好叫大嫂子分呢？"

他静静地等着回答，瞧瞧别人的脸色。随后他不大自在起来。怎么她老人家不开口了嗄？——他有种失败了的感觉：好像赌宝没赌中的样子。他慢吞吞地点起一支烟，慢吞吞地摇摇头，转湾抹角地来证明——分了家他就不得了。他们没办法去对付那些债务，说不定他们简直会破产。

“有什么法子呢？”

孙小姐死盯着他，想看出他这句话是真的还是假的。然后她又带着问话的眼色瞟瞟祖母。她老人家可忍不住要笑似的扯动嘴角，显见得在那里卖什么关子。

这个老二真没得记性，竟说想不出办法。老房分家的时候他其实也帮着商量出主意的。他们大房里也欠了私债，可是他们两母子偷偷地写了几笔借据，盖上老太爷的图章，托大舅舅他们拿着来算账。这些债务这就成了祖上的，哪一房都摊派到了责任了。

“好在是我们这房当家，”大太太得意地想。“如今也差不多。”

然而唐启昆只是没主意地叹着气，用种呆滞的手势拍拍烟灰。他仿佛怕五二子会要判他有罪似的——他一个劲儿等着大太太来出面，来开口提出。一面他又觉得事情有点僵，提心吊胆地问着自己：

“她怎么还不提呢？”

到底还是大太太忍不住。把脸子凑近他，手指抹着茶几——有条有理地说明了他们该怎样干。她显得很骄傲，抿着嘴巴翘翘下巴：你别看她做娘的年纪大，对付事情还是有办法。

“空着急有什么用嗄。只要心里灵活，法子总想得出来的。”

“唔，唔，”二少爷轻轻皱着眉，眼珠子呆滞滞的，答允得十分勉强。“那么——那只好照着你的法子办。爹爹的字我倒还学得像，图章也便当：我依你的话就是了。朋友也有几个老靠的，可以托托他们。”

“还有大舅舅那块——这回子再请他帮回忙好了。”

“嗯，”唐老二咽下一口唾沫。

回到了自己房里他又懊悔起来。嗨，真该死！这个计划怎么不由他自己来提出呢？他得把这件事打算得周周到到，让她老人家插不进嘴。娘总是相信大舅舅：这回又要拜托那位大舅舅。这里他开了灯，坐在桌子边发起楞来。大舅舅是什么人嗄，她老人家这么相信他！

“他专门揩我们唐家的油！老痞子！——不晓得给他痞了多少东西！”

书房里好像用冷水洗过的。秋夜的凉气打砖里侵了上来。外面有只把蟋蟀嘘嘘地叫着，听来又单调又寂寞。

一个人只要有一点个不称心，许多不如意的事，就会钻到他脑子来。他想到押着债的那些田契，又想到叶公荡以外那些田的买主——渺渺茫茫的落不到边际，仿佛一个人在水里漂着，抓不到一块木头什么的。

他把骨牌倒到了桌上，打算占一个神数问问看。三十二张都给仆得整整齐齐的成了一排：他可不敢去翻开来。

“真该死！事情都安排得好好的——做什么求神问卦的嗄!”

决计不去看它！要是他还没有静下来，还没来得及正心诚意的，占着个倒楣卦——徒然叫自己不快活。虽然不诚就不灵，心里可总难免有疙瘩。

他逃开似地站起身——走开去。可是总有点不放心的样子，有谁催逼着他一样，忍不住要翻开那些牌来看一看。他食指在胡子上抹一抹，带着十分决断的派头要去把那一排倒楣东西推散。于是右手就按到了那排骨牌上面。

稍为翻几张来望望瞧——其实倒并不碍事。他对人辨解一样的在肚子里说：

“反正我并不是问卦，我不过是玩玩。”

很小心地翻开几张瞧了瞧，只掀开一小半又仆着，似乎怕有谁看了去，然后把它们一推。

“还是要靠自己干，”他想。“就是流年好——也要看看自己有没有本领。”

就这么着。第二天他发了一封信给管田先生，详细说了要卖田的事。他照常到十爷家里去，劝他买点好膏子来养养身体。丁家里他差不多每天都去打一转，用种满不在乎的神气跟他们谈着闲天。他对丁老太爷声明他也是个爱玩表的。他心里从来没这么轻松过，不过脸上不叫露出来，仿佛怕别人看见了他的好运——就会把它抢走似的。

他可还要把这好运留着慢慢的来用。

“不忙，不忙！债务的事要慢慌子跟大嫂谈哩：等田卖定了再开口，慢点打草惊蛇。……等事情都搅好了，我要上省城去。”

天气一天一天冷起来，树叶子在风里面沙沙地摇着，很经不住的样子。二少爷那种轻松劲也渐渐变冷了。要进行的事情好像经了这种凉气——凝固了起来，板了起来，一步都没有往前走。

每天一回家他就问：

“有信啊？”

老陈只是交出一两封不相干的邮件，不单是何云荪没个讯息，连管田先生都没有。

“真该死！怎么搅的！”唐启昆发了急，好像这是何云荪跟管田先生串通好了的。“稻子要卖了，怎么说法子呢！”

然而有一天到了十爷家，可就听到了消息。十爷很着慌的问：

“这几天你看了报没有？”

“报？”——虽然他定了一份本地报，可是他没有工夫看它。

“唉，真要命！报上说乡下人又闹抗租。我没有看见报，我是我是——启文有信给我……”

“怎么说怎么说？”

十爷一面找着信，一面哭丧着脸：

“真是不得了！这回闹得才凶哩！管田先生失踪了，乡下出了人命案……”

二少爷跳了起来。很很地横了十爷一眼，仿佛疑心他故意拿这些来斗幌子的。那七八张信在他手里颤着，发出轻轻的哼声。他看得很慢很仔细，可是头脑涨得昏昏的，信上的字都在幌动着想要跳开去，他睁大了眼睛老在字里行间打来回。

那个可一直不住嘴。

“完了，完了！都完了！孩子们再也没得法子上学，没得法子吃饭，唉！我们又不晓得田上的事，连哪块的田是我们的都不晓得。我又不认得佃户。管田的没得了——怎么办嗄，怎么办嗄！……什么事都逼我上死路：榔头又不好过……榔头！榔头！”

外面车夫远远的回话：

“小少爷在后面塘里摸螃蟹哩。”

“什么，什么！”十爷顿着脚，拖住十娘冲着她吼。“你不管！你不管！你巴不得这孩子病死！你你！……”

唐启昆可瘫到了椅子上，太阳穴在那里一下一下地跳着。他脑子里忽然有个奇怪的想象，似乎看见一双手在田野上一抹，就成了模糊一片，怎么也看不出他自己的田在哪一方。他的产业跟他本来有条什么东西联着，现在可一下子割断了。他觉得那一丘丘的田好像脱了锚链的船——摇摇幌幌地飘了开去。

“我下乡去!”他吼得不像是人声。

一会儿他连自己也诧异起来——为什么竟说了这么句话。他下乡去干什么呢？并且说不定还会遇到点儿祸害。他似乎为了要改正那句话，喃喃地说：

“这个消息北平恐怕还不晓得……”

这件事来得太重大，太突然，反倒来不及去着慌，去发急发脾气。顶要紧的是马上想办法：马上把田出了手。他请十爷到华幼亭那里去打听一下何六先生的音信，一面他自己赶紧去找大嫂。不过两个钟头之后，大嫂就洗完了脸，带着祝寿子也跟他到了华家里。

“何云老要买的田是你们府上的呵？”华幼亭吃了一惊。他图章似乎玩腻了，手里只拿着一只佛手在摸着捏着。送到鼻边闻了闻，于是沉醉地闭上眼，深深地哈了一口气。

这种满不在乎的劲儿几乎叫唐启昆冒火，他拼命压制着怒气，带几分胆怯的样子颤声问：

“怎样呢？”

那个万分抱歉地摇摇头：

“唉，难得很。上月我到省城里——遇见了他那位大世兄。他们正缺现钱，借债都来不及哩。况且田——唉，难得很，难得很！”

不过事情也并不是没有转机。何云老托他这个当小弟的向丁家说媒：那位何家的世兄要配上小凤小姐真是再合式没有。可是一谈到陪嫁，侃大爷就回了个绝。

“要陪嫁？——那是封建思想！况且我根本就没得钱。”

这头亲事大概谈不成。然而——然而——这里华幼亭声明着，这是他推测的话：假如丁家肯出万把块钱陪嫁——

“那——那——”他慢慢地幌着脑袋，“何云老一有了钱，或者会买点个田地的。不过这个——当然还是顾全彼此的交情：他有余力的话，自必要帮府上的忙的。其实如今的田——唉，拿现钱来置田产，那真是所谓——缘木求鱼了。”

他重新举起佛手来闻一闻，闭着眼哈了一口气。

唐家大少奶奶好像没有听见别人的话，也没有看见别人，只是轻轻地哼着：

“怎么办呢，怎么办呢？”

二少爷嘴唇发了白，变成了石头一样。他手脚发了麻，连脑子也发了麻，糊里糊涂觉得有把刀子在他太阳穴上斫着，可是并不怎么疼，只是感到了有这么回事似的。华幼亭的话声成了一根根的针——直往他心窝里刺：字音越拖得长，就刺得越深。他忽然对那位老先生嫉妒起来，怀恨起来，同时又有点儿惭愧：连他自己也不知道是怎么回事。

突然——十爷装着要向大嫂那里扑过去的姿势，嘴里大叫：

“怎么，怎么！”

那位大少奶奶倒在椅子上了，脸白得像石灰。

大家都奔了过去。华家两位姨太太慌脚慌手地忙着，一面求救地看看她们丈夫。华幼亭老先生可绷着脸没了主意：仿佛怪唐大少不该来这么一手——叫他家里不吉利。

唐启昆倒有办法。他嚷：

“要吃童便！要吃童便！祝寿子！赶快尿泡尿！尿泡尿！”

二十六

快要过年了，唐启昆二少爷一个人到省城里去，他没有带眼镜。在长途汽车上，在渡轮上——他总是小小心心地把大衣领子翻上来盖着脸，帽子也嵌得很低，提防着瞟瞟四面，怕有什么债主跟着他，耳朵边似乎还响着大太太的嚷声：

“你要逼我们老小！要逼死我们老小！皇天呀！”

只要一在自己房里，五二子就悄悄到板壁外面听着他。她还用种种的话去套小侯——问二少爷到了些什么地方。她还叫她哥哥拖小侯出去听说书的时候，就便盘问盘问那个车夫。哥哥老是没有办到，于是她到大太太跟前捣着鬼，嘴巴像雀子啄食似的，眼睛灵活地转动着：

“哥哥没得良心：家里的事他全都不管！”

顶奇怪的是——大太太带着五二子常去找十爷，找华幼亭，还去找大嫂子。

这算是什么嗄，这算是？她去看大嫂子的病么？她告她儿子忤逆么？她要跟那些外人打在一伙——来对付儿子么？她动不动就哭着叫着：

“啊呀我苦啊我苦啊皇天呀！……这么一笔家私他把我败光了，要我——我我——死呀！……他容不得我们老小——我们老小——哎呀皇天呀！”

她一桩桩数着：他骗走了她许多东西，抢了她的首饰去当。并且连大嫂生病——都怪到她头上：好像她竟替“那个寡妇”抱不平似的，接着她跳了起来：

“你做的事你去担当：你欠的债你去还！……噢，你过不得关你就往省城一跑，要债主子逼死我们啊？……偏不放你走！只要你有这个本领走！”

“哼！”做儿子的咬着发了白的嘴。“你把我关起来好了！笑话！”

她老人家可斩铁截钉地宣布了她的意思，做儿子的怎么也得料理这些账：今年田上收不到租，又挪空了两千多新债。家里也得想法子过年，把茶店馆子什么的零碎账目算一算。她的首饰也得还清。不然的话——

“你不要想动一动！田你也不要想，寄在大舅舅家的东西你也不要想！——我跟大舅舅商量好了的。……我到处去告你——看你还做人！”

老二发火了。从来只放在心里的，不好意思说出来的，都一下子爆了出来：

“分明是你逼我，你逼我！我到了这个地步你还逼我！……你放到外面的有七八千，放到咸隆的五六千，你当我不晓得，你见死不救！……唉，亲生娘啊！……”

“好！好！”太太给一拳打中了要害似的——猛地冲了过来。她干巴巴的脸上竟发着油光，还有点带红色。

五二子也哭了起来。

“太太真冤枉，太太真冤枉！……这个话哪块来的嗄……”

可是突然——她爹爹狠心地给了她一个嘴巴子，她身子一倒，那边又来了一下更重的。他的拳头狠命地揍到她的头上，胸脯上，脊背上。两只脚往她身上乱踢着，她倒在地下叫着滚着。

大太太这就拿出一把大剪子，找出一根麻绳来。她跟唐启昆拼命：她硬要叫他把她自己弄死——用剪刀戳或者用绳子勒。

“我跟你到亲戚家去问，到咸隆钱庄去问一问！看我放了债没有！不然你就弄死我！去，去！去问去！我跟你去！”

做儿子的把袖子一捞，他反正已经不打算要这个面子：他不在乎：

“去就去！”

那个一愣：僵住了。于是她躺到地板上打起滚来。

“哼，这个样子！”唐启昆压着嗓子叫。

他不知道怎么办好。孙小姐似乎受了伤，在地下滚着不肯起来。孙少爷可不知道这回事似的，一天到晚不在家，到外面去看壁报，去听说书。就是老陈桂九他们也不大放心：他们那些工钱赏钱一直存在他那里——连本带利统共五百多。大太太简直成了个牢头禁子，仔细提防着怕他逃走。他什么没有了，连那付平光眼镜也给她弄碎了。

可是他到底溜了出来——连皮包都没有带。

瞧见了省城的码头，他胜利地闪了一下微笑。他想像到那些债户在他家怎么个闹法，感到了很痛快，他咬着牙：

“我不管了！我再也不家去，永不家去！——我什么都不要，让她们去过日子！”

他踏上了岸，忽然脑子里有种很古怪的念头闪了一下：他觉得他母亲有点可怜。仿佛一个斗赢了的人——瞧着对方那付苦巴巴求饶的样子，不免有点不忍似的，他很大方地叹了一口气。

“唉，她倒也难怪。过日子过到这个地步，难怪她要着急要拼命。……活该！她要是好好的，人家倒还可帮她点个忙。哪个叫她这样子跟人家逼死逼活的嗄！”

“二先生！”

这位二先生吓了一跳。

唔，还好。不过是何云荪。他鼻子给冻得发紫，可是并没穿大衣：他一出门就总是装出一付穷相。手里正拿一支稀皱的纸烟，再配上那件灰布罩袍，就简直是个刚进城的种田老。

他们俩一个字也不提到叶公荡的田，唐启昆觉得对面这家伙可鄙，十分不愿意谈到那上面去。那个可满没那回事似的，只殷勤地问到近来的一些情形：

“令堂康健吧？令嫂呢？……你这回上哪里去？怎么，你好像瘦了，气色也不大好。……我要过江去，华老先生新得了一块什么石头，硬叫我去看看，我是无所谓的：要看石头就看石头，要看花就看花。人生在世也不过这么回事：我倒看得开。”

说了打起哈哈来。然后又放低了声音：

“不瞒你二先生说，我简直不得了：这回我亏空了一万二千。哈哈哈哈！……呃，你听见乡下的消息没有？……我那些田——嗨，有田真受罪。手边有现钱，就不怕了。我心里有个主意：达观固然要紧，现钱也要紧。没得钱的话——达观实在也无从达起。二先生你看我这个主意对不对，二先生你说，嗳？”

他又放声大笑了。

唐启昆直到坐在黄包车上，还似乎听见那豪放的笑声，仿佛一个小球那么在他耳朵里跳。听来简直是一种挖苦：那个姓何的生到世界上——竟是专门为嘲笑他而来的。

“真该死！”

不过他已经看得见那幢小洋房子。叫他感到一阵暖气。楼上的窗门全都关得严严的，给上午的太阳照出了反光——显得很温柔。阳台上挂着一条西装裤，一件背心。铅丝上挂着一块块的布片，大概是小孩子的尿布：风一飘——她们就呆呆地荡一下，似乎冻了冰的样子。

“怎么会有这些个东西呢？”他皱了皱眉。一到后门口就往里冲。

“找哪个？”

“找少奶奶！找哪个！”

“哪个少奶奶！”一位老妈子挡住了他。“你姓什么？”

那些下人没有一张熟脸子，连厨房里的东西也都是陌生的。前面客厅门开了，走出一位带眼镜的太太来。她声明这一家姓孙。

姓唐的感到两条腿站在冷水里似的：

“那么——那么——唐家呢，搬到哪块去了？”

“不晓得。我们搬来才个把月。”

唐启昆一掉脸就走。他去找李金生。可是他没找着。

“李先生啊——到广东去了，跟他太太一起走的。”

“太太？”

可是有一个中年人过来招呼他。问明他贵姓之后，于是带着很巴结的神气把他拖到旁边，很秘密地告诉他是怎么回事，一面不住地干咳着。

“李先生走的时候托我说给你唐先生听的……”

边说边咳着，拿手堵住了嘴。唐启昆好容易才弄明白。不过公司里的情形他不懂：他只知道现在已经换了东家。这是李金生跟另外那位股东商量好了才顶出去的。

“另外那位股东!”唐启昆嗄声叫。“他是我的同学，他——他——他不过三成股子!”

那个人把堵着嘴的手扬几扬，等咳完了才开口，很不着急的样子：

“不错的。不过他一查出了唐先生你扯了一大笔亏空，他就要到法院里去告你。后来李先生劝住了他，这才想法子招了顶，不然就维持不下。算了算账——唐先生你还欠另外那位股东一点钱。这些账都放在霍律师事务所里：李先生说的要请你过一过目。”

“你贵姓?”

那个用手堵着嘴，含糊地吐了一个音。然后他又谈到李金生的做人。他跟那位李先生不过为了盘店的交易才认识的，可是他们马上就很谈得来。他认为李先生很爽直，做事情又精细又认真。

“这回就是的：他把账目弄得清清楚楚，什么事都办好——他才走。”

这个用种很可怕的颤声问：

“他太太呢? 是个什么样的人?”

“我不晓得，我只晓得她是南京人。……哦，不错：

李先生还叫我代他谢谢你——你替他做了媒。”

唐启昆全身发起抖来。他瞪着对方，老实想要一下子扑过去把那个家伙勒死。他脸子成了灰色：越绷越紧，越绷越紧，就一下子绷破了似的——陡的笑出一声来。声音尖得连自己都害怕，可是怎么也忍它不住。他肩膀很奇怪地抽动着，仿佛在那里替肺部打气。

“我做的媒……我做的媒……什么好事都是我做的媒……”

他走了开去，重甸甸地跨着步子，好像带上了脚镣似的。

路边行人很匆忙地走着，看来个个都很起劲，个个都很快活。汽车兴高彩烈地吼着，扬起一道灰土奔了过去：只要瞥一眼——就看得见车子里的人在微笑着瞧着他姓唐的，显得又高贵，又骄傲。一些车夫拉着空车子钉着人问：

“车子？车子？”

一发见了唐启昆就欢天喜地直奔过来，放下车子让他上去。他照习惯抬了抬腿子，可又抬起脸来望前移动步子。眼睛大概因为离了眼镜，朦朦的没一点神气。他望着这条长长的马路，晕头晕脑地问着自己：

“我到哪块去呢？……我怎么办呢？……我到哪块去呢？……”

太阳渐渐移到天中央，把大地烤得暖和和的。什么东西都格外发亮，竟有点耀眼，幸灾乐祸地看着他。路边的树没有一片叶子，只是把枯枝往上踏开着，仿佛带着很老靠的神气——把这片蓝得发亮的天空一把托住了似的。

江边那个大钟刚刚打了十二点。

图书在版编目（CIP）数据

在城市里 / 张天翼著. — 北京：中国国际广播出版社，2013.1
（良友文学丛书）
ISBN 978-7-5078-3539-7

Ⅰ. ①在… Ⅱ. ①张… Ⅲ. ①长篇小说－中国－现代
Ⅳ. ①I246.5

中国版本图书馆CIP数据核字（2012）第266000号

在城市里

著　　者	张天翼
责任编辑	张娟平　聂福荣
版式设计	国广设计室
责任校对	徐秀英
出版发行	中国国际广播出版社（83139469　83139489[传真]）
社　　址	北京复兴门外大街2号（国家广电总局内）
	邮编：100866
网　　址	www.chirp.com.cn
经　　销	新华书店
印　　刷	环球印刷（北京）有限公司
开　　本	620×920　1/16
字　　数	200千字
印　　张	24.5
版　　次	2013 年 1 月　北京第一版
印　　次	2013 年 1 月　第一次印刷
书　　号	ISBN 978-7-5078-3539-7/I · 409
定　　价	49.80元

CRI 中国国际广播出版社　欢迎关注本社新浪官方微博　官方网站 www.chirp.cn

人文阅读与收藏·良友文学丛书

(1)	鲁　迅　编译	竖　琴
(2)	何家槐　著	暧　昧
(3)	巴　金　著	雨
(4)	鲁　迅　编译	一天的工作
(5)	张天翼　著	一　年
(6)	篷　子　著	剪影集
(7)	丁　玲　著	母　亲
(8)	老　舍　著	离　婚
(9)	施蛰存　著	善女人行品
(10)	沈从文　著	记丁玲
	沈从文　著	记丁玲续集
(11)	老　舍　著	赶　集
(12)	陈　铨　著	革命的前一幕
(13)	张天翼　著	移　行
(14)	郑振铎　著	欧行日记
(15)	靳　以　著	虫　蚀
(16)	茅　盾　著	话匣子
(17)	巴　金　著	电
(18)	侍　桁　著	参差集
(19)	丰子恺　著	车箱社会
(20)	凌叔华　著	小哥儿俩
(21)	沈起予　著	残　碑
(22)	巴　金　著	雾
(23)	周作人　著	苦竹杂记　（暂缺）